Neue unglaubliche Geschichten

Neue unglaubliche Geschichten

PIERRE BELLEMARE
JEAN-FRANÇOIS NAHMIAS

Das verwunschene Haus

und andere wahre Begebenheiten

Aus dem Französischen
von
SYLVIA MADSACK

NYMPHENBURGER

Auswahl aus der französischen Originalausgabe:
»Nuits d'angoisse«, erschienen bei TF1 Éditions, 1990

Umschlaggestaltung: Adolf Bachmann, Reischach
Satz: Tau & Tau Type, Bad Sauerbrunn
Gesetzt aus 10/12 Punkt Times
Druck und Binden: Wiener Verlag, Himberg
Printed in Austria
ISBN 3-485-00668-8

Inhalt

Die hinkende Frau

Stanley Miller, Polizeibeamter in der englischen Stadt Coventry, sitzt am Steuer seines Wagens und verzieht das Gesicht zu einer ärgerlichen Grimasse.

Man schreibt den 22. Dezember 1959, es ist bereits dunkel, und es schneit. Was seinen Unmut hervorruft, sind jedoch nicht die zu dieser Jahreszeit völlig normalen scheußlichen Wetterverhältnisse.

Soeben hat man ihm mitgeteilt, daß auf dem Parkplatz eines großen Häuserblocks in der Birmingham Street – einem von Arbeitern bewohnten Außenbezirk – eine Frau ermordet worden sei. Das Opfer sei mit zwei Messerstichen getötet worden.

In einer Stadt von der Größenordnung Coventrys könnte das ganz alltäglich erscheinen, doch eine Woche zuvor war bereits eine andere Frau nur wenige hundert Meter von dort entfernt erdolcht aufgefunden worden.

Stanley Miller hat allen Grund zu der Befürchtung, daß sich ein sadistischer Mörder in seinem Gebiet herumtreibt und daß ihm ein höchst unerfreuliches Weihnachten bevorsteht.

Eilig stellt Miller seinen Wagen neben einem Polizeifahrzeug ab, während sich mehrere Bobbies vor einer Gruppe von Schaulustigen aufstellen, die sich trotz des Schneefalls schweigend um den Ort des Geschehens geschart haben.

Einer der Beamten kommt auf ihn zu: »Hier entlang, Inspektor. Wir haben das Opfer in den Wagen gelegt.«

In der Nähe des Polizeiautos schluchzt ein etwa sechzigjähriger Mann leise vor sich hin. Der Inspektor hebt die Decke, die über die Leiche gebreitet worden ist. Die Art der Verletzungen bestätigt seine Befürchtungen. Es sind dieselben wie

bei dem ersten Opfer: Ein Stich ging ins Herz und ein weiterer in den Unterleib.
Eines überrascht ihn jedoch: Die Tote, die vor seinen Augen liegt, ist eine Frau zwischen fünfzig und sechzig, groß, mager und mit graumeliertem Haar, ganz das Gegenteil des ersten Opfers, bei dem es sich um eine kleine, eher füllige Blondine von einundzwanzig Jahren gehandelt hatte.
Das ist insofern erstaunlich, als diese Art von sadistischen Irren normalerweise stets denselben Typ Frau überfällt, entweder blonde oder dunkelhaarige, junge oder alte.
Offenbar ist der Vorstadtmörder von Coventry nicht wie die anderen, es sei denn, es gäbe zwischen diesen, in ihrer äußeren Erscheinung so unterschiedlichen beiden Frauen ein gemeinsames Merkmal, das ihm bis jetzt entgangen ist.
Inspektor Miller steigt aus dem Polizeiauto wieder aus und tritt auf den in Tränen aufgelösten Mann zu.
»Entschuldigen Sie bitte, sind Sie der Ehemann?«
»Ja.«
»Wissen Sie, wie es sich abgespielt hat?«
»Nein. Man hat mich in der Fabrik benachrichtigt. Sie ist überfallen worden, als sie von der Arbeit nach Hause kam.«
Vielleicht der Beruf... Das könnte das gemeinsame Merkmal sein. Das erste Opfer war Friseuse gewesen.
»Welcher Art war die Beschäftigung Ihrer Frau?«
»Sie war Krankenschwester.«
Man muß also nach etwas anderem suchen...
Nachdem Stanley Miller mit dem armen Mann noch ein paar Worte gewechselt hat, verläßt er den Schauplatz des Verbrechens. Zurück in seinem Büro nimmt er die Akte des vorangegangenen Verbrechens zur Hand und betrachtet erneut das Photo des ersten Opfers: das volle, lächelnde Gesicht, den rundlichen Körper, das irgendwie Kindliche der gesamten Erscheinung. Das alles hat mit der freudlos und streng wirkenden Frau vom Parkplatz nichts gemeinsam.
Aufmerksam liest Inspektor Miller noch einmal den Autopsiebericht durch, und unvermittelt fällt ihm ein Detail auf.

Der Gerichtsmediziner hat beim ersten Opfer ein ausgeprägtes Hüftgelenkleiden festgestellt. Der Polizeibeamte greift zum Telefonhörer und ruft den Ehemann der Krankenschwester an.
»Verzeihen Sie, daß ich Sie erneut belästige, aber ich muß unbedingt etwas wissen: Hat Ihre Frau gehinkt?«
Es folgt ein Moment des Schweigens, bis der Ehemann mit bewegter Stimme erwidert: »Ja. Sehr stark sogar. Die Arme war von Geburt an behindert.«
Erneutes Schweigen und dann wieder die Stimme des Ehemanns: »Inspektor, glauben Sie... daß man sie deshalb umgebracht hat?«
»Ja, das glaube ich.«
Routinehalber befragt Stanley Miller die Eltern der ermordeten jungen Blondine. Die Antwort ist wie erwartet: Als Folge einer Hüftgelenktuberkulose, die sie sich in früher Kindheit zugezogen hatte, hinkte ihre Tochter stark.
Die Situation ist ernst. Der Inspektor ruft die Journalisten zu sich, um sie zu informieren und um ihre Mithilfe zu bitten. Schon am Abend des 23. Dezember veröffentlichen die Zeitungen von Coventry eine Warnung auf der Titelseite:
»Ein sadistischer Mörder hat es ausschließlich auf Frauen abgesehen, die hinken. Allen unter dieser Behinderung leidenden Personen wird daher dringend geraten, wenn irgend möglich, das Haus nicht zu verlassen und etwaige Besorgungen beispielsweise durch eine Nachbarin ausführen zu lassen. Wer dennoch aus beruflichen oder anderen Gründen dazu gezwungen ist, sollte auf keinen Fall allein ausgehen. Wir raten ihren Arbeitskollegen in der Fabrik oder im Büro, ihnen Begleitschutz zu geben. Sofern nötig, können die Betroffenen Kontakt mit der Polizei aufnehmen, die ihnen im Rahmen ihrer Möglichkeiten einen Beamten schicken wird.«
In den Nachrichtensendungen verbreiten die Radiostationen denselben Warnaufruf, und bald sind sämtliche Bewohner Coventrys über diese unangenehme Angelegenheit im Bilde, die so gar nicht in die Weihnachtsvorbereitungen paßt.

Bei Inspektor Miller laufen alle Fäden auf der Polizeiebene von Coventry zusammen. Er erhält sogar die Erlaubnis, die Bobbies mit Waffen ausstatten zu lassen, was gewöhnlich nicht der Fall ist. Und er schickt Patrouillen los, die vor allem nachts die Wohnviertel kontrollieren.

Darüber hinaus fordert er eigens aus London Angehörige einer Spezialtruppe an. Es handelt sich dabei um sechs junge Frauen, die in einer Sonderausbildung auf der Polizeischule in allen nur erdenklichen Kampftechniken trainiert worden sind. Selbst die Zierlichste unter ihnen vermag mit einem einzigen Judogriff einen Koloß von einem Mann niederzustrecken, und mit einem Karateschlag könnte sie jemanden töten. Doch Inspektor Miller verlangt etwas anderes von ihnen.

»Prägen Sie sich zunächst die Wegstrecke ein, die jede von Ihnen zurücklegen wird, meine Damen. Alle Viertelstunde melden Sie sich dann über Funk. Und jetzt bitte ich Sie zu üben, wie man hinkt.“

Minutenlang sieht der Inspektor den jungen Frauen zu, die mit künstlich gekrümmter Hüfte in seinem Büro ihre Runden drehen. Er begreift plötzlich, was im kranken Hirn des Mörders vorgegangen sein mag: Eine hinkende Frau hat etwas seltsam Schockierendes an sich. Ein sadistischer Verrückter könnte durchaus ein provozierendes oder sogar unzüchtiges Verhalten darin sehen.

Miller bricht die Vorführung ab, die ihm ganz gegen seinen Willen Unbehagen bereitet hat.

»Ich danke Ihnen, meine Damen. Ich möchte Sie noch darauf aufmerksam machen, daß die größte Schwierigkeit darin besteht, das Hinken über einen längeren Zeitraum durchzuhalten. Es wird nämlich schnell schmerzhaft und mühsam, und vor allem neigt man immer wieder dazu, es zu vergessen und in seinen normalen Gang zurückzufallen. Ich rate Ihnen daher, daß Sie sich im Geiste ständig wiederholen: Ich hinke, ich hinke... Also viel Glück, und seien Sie tapfer!«

24. Dezember 1959, fünf Uhr nachmittags. Judith Appleby

läuft mit raschem Schritt durch die hellerleuchteten Straßen. Sie ist eine hübsche kleine Frau von fünfunddreißig Jahren, blond, mit blauen Augen und rosigen Wangen.
Judith Appleby ist fröhlicher Stimmung. Die zwischen den Häusern gespannten Lichterketten verleihen dem sonst so grau wirkenden Coventry ein festliches Aussehen, die Türen und Fenster der Häuser sind mit Tannenzweigen geschmückt, Gruppen von Kindern singen Weihnachtslieder und erbitten dafür eine kleine Gabe.
An diesem Tag vor dem Weihnachtsfest hat die Bank, in der sie arbeitet, den Angestellten eine Stunde früher freigegeben, damit jeder noch seine Besorgungen machen kann. Und genau damit ist Judith Appleby momentan beschäftigt. Nachdem sie für ihre Kinder Nicolas und Marjorie ein paar Spielsachen gekauft hat, geht sie zum Metzger, um den vorbestellten Truthahn abzuholen. Das einzige, was ihre Freude ein wenig trübt, ist diese schreckliche Sache, die sie morgens im Radio gehört hat. Diese unglückseligen Frauen! Wie kann jemand nur zu so etwas fähig sein? Und ausgerechnet an einem Weihnachtsabend!
Mit dem Truthahn unter dem Arm tritt Judith Appleby wieder auf die Straße. Sie ist inzwischen schwer beladen, und es hat angefangen zu schneien. Sie befindet sich ganz in der Nähe ihres Zuhauses, nur leider sind alle Busse überfüllt. So beschließt sie, eine Abkürzung zu nehmen, über einen kleinen Weg, dessen letztes Stück durch eine unbebaute Gegend führt. Judith hat das schon öfter gemacht, wenn sie es eilig hatte. Ihr Mann und die Nachbarn sagen zwar immer wieder, das sei unvorsichtig von ihr, vor allem bei Dunkelheit, aber sie ist keine ängstliche Natur, und sie hat stets einen geradezu unerschütterlichen Optimismus bewiesen.
Judith Appleby bewegt sich mit all den Paketen auf dem Arm nur mühsam vorwärts. Der Pfad steigt steil an. Die letzte Straßenlaterne liegt bereits fünfzig Meter hinter ihr, und es schneit noch immer.
Schließlich erreicht die junge Frau das unbebaute Stück

Land. Zum Glück kennt sie den Weg, denn die Gegend ist nur durch das indirekte Licht von den unterhalb gelegenen Straßen beleuchtet.
Judith kann ein Schaudern nicht unterdrücken, das nicht allein durch die Kälte hervorgerufen wird. Bei allem Vertrauen in sich selbst und in das Leben muß sie sich doch eingestehen, daß der Ort außerordentlich finster ist, vor allem, wenn sie an diesen Mörder denkt, der draußen herumstreicht.
Judith Appleby zuckt unwillkürlich die Schultern. Wenn es einen Menschen gibt, den sie nicht fürchten muß, dann ihn! Die Polizei hat gesagt, daß er sich nur an hinkenden Frauen vergreift, und sie hinkt nicht.
Allerdings gibt es in einer großen Stadt wie Coventry noch eine ganze Menge anderer Gestalten, denen man als Frau bei Dunkelheit in einer gottverlassenen Gegend wie dieser nur sehr ungern begegnen würde!
Sie beschleunigt ihren Schritt und stößt gleich darauf einen Schrei aus, während sie der Länge nach zu Boden stürzt und dabei die Geschenke und den Truthahn fallenläßt. Sie ist an einen dicken Stein gestoßen und hat dadurch das Gleichgewicht verloren.
»Ich wette, der Truthahn ist ganz schmutzig geworden«, schimpft sie vor sich hin, »und die Spielsachen für die Kinder auch!«
Sie steht auf, bückt sich, um den Truthahn aufzuheben und stößt erneut einen Schmerzensschrei aus. Ihr rechter Fuß tut grausam weh. Bestimmt hat sie sich den Knöchel verstaucht!
Sie versucht, ein paar Schritte zu gehen, aber der Schmerz ist unerträglich. Und jetzt überfällt sie ein nicht endenwollendes Schwindelgefühl. Es ist dermaßen idiotisch, dermaßen unvorstellbar und dermaßen schrecklich, aber sie hinkt!
Instinktiv hört Judith Appleby auf zu gehen, oder vielmehr, sie hört auf zu hinken. Soeben hat sie den langsamen, schweren Schritt eines Mannes vernommen, der allmählich auf sie zukommt. Der Alptraum beginnt...
Reglos, wie eine im Schnee versunkene Statue, bleibt sie ste-

hen. Noch vor einem Augenblick hatte sie keinerlei Grund, den Mörder zu fürchten, und jetzt hat sich alles auf eine ebenso brutale wie lächerliche Art und Weise ins genaue Gegenteil verkehrt!

Sie wagt nicht, den Kopf zu wenden. Der Mann ist inzwischen ganz nah. Sie hört bereits seinen Atem in der kalten Winterluft, während sie verzweifelt den Horizont fixiert.

Der Unbekannte spricht sie an: »Guten Abend.«

Judith Appleby dreht sich um. Er ist ungefähr so alt wie sie. Er ist gut gekleidet, elegant sogar, mit dem tadellos geschnittenen Überzieher und dem weißen Seidenschal; er hat kurzes Haar, und er trägt eine Brille.

›Ein Gentleman‹, denkt sie. ›Es gibt nicht den geringsten Anlaß, daß ich mich ängstige, denn er ist ein Gentleman. Im Gegenteil, er wird mir sogar helfen und meine Pakete tragen. Ich werde ihm erzählen, was mir passiert ist, und ihn bitten, mich zu beschützen...‹

Der Mann betrachtet sie mit leichtem Lächeln. Trotz der Kälte spürt Judith, die nach wie vor reglos dasteht, wie ihr der Schweiß ausbricht. Nein, er hat überhaupt nichts Beruhigendes an sich, weit davon entfernt... Wieviel lieber hätte sie in diesem Moment einen Typen mit schwarzer Lederjacke und fettigem Haar vor sich, der eine Fahrradkette aus der Tasche zieht! So einer hätte wenigstens in die Szenerie gepaßt!

Aber was hat dieser distinguiert aussehende Mann bei Dunkelheit und Schneefall in solch einer abgelegenen Gegend zu suchen?

Es kann nur eine Antwort darauf geben.

»Was starren Sie die ganze Zeit so vor sich hin, Madam?«

Judith Appleby hebt den Blick zu dem Mann empor. Er ist blond, das hatte sie zuvor nicht bemerkt. Und er wirkt sehr sanft, viel zu sanft...

Mit einer Stimme, die unbefangen klingen soll, antwortet sie: »Nun, ich betrachte mir die Gegend.«

»Was Sie da vor sich sehen, sind die Gaswerke.«

Judith sieht jetzt genauer hin, was sie bislang nicht getan hat.

Tatsächlich ist sie dabei, die städtischen Gaswerke von Coventry anzustarren.
Die Stimme des Mannes klingt nach wie vor ironisch, doch jetzt schwingt ein ungeduldiger Unterton mit: »Wie lange wollen Sie da noch so stehenbleiben?«
»Ich habe viel Zeit.«
»Ist Ihnen nicht aufgefallen, daß Ihre Füße in einer Wasserlache stecken?«
Judith senkt den Kopf.
»Nein, das hatte ich nicht bemerkt.«
»Und haben Sie auch nicht bemerkt, daß es schneit? Und daß all Ihre Pakete zu Boden gefallen sind?«
Judith Appleby weiß nichts zu erwidern. Der Mann fixiert sie mit dem Blick.
»Gehen Sie weiter!«
Sie weiß, daß sie verloren ist, wenn sie gehorcht. Vielleicht hat er sie noch nicht wirklich hinken gesehen, vielleicht vermutet er es nur. Sie darf sich auf keinen Fall von der Stelle rühren!
»Ich kann nicht!«
»Und warum nicht? Jeder Mensch kann gehen. Es sei denn... daß Sie nicht so gehen können wie andere!«
Je nach Veranlagung ist man in Todesangst entweder wie gelähmt, oder es werden sämtliche Überlebenskräfte mobilisiert. Zum Glück gehört Judith zur zweiten Sorte. Sie spürt, daß ihr Verstand jetzt messerscharf arbeitet. Niemals zuvor hat sie die Dinge so klar gesehen. Sie muß reden, immerzu mit ihm reden, sein Interesse wachhalten! Es kommt für sie nur noch darauf an, Zeit zu gewinnen, in der vagen Hoffnung auf irgendeine Rettung. Die Zeit ist ihr Überlebensfaktor.
»Ich bedauere diesen Unglückseligen, von dem man im Radio hört. Was für eine schreckliche Idee, Frauen umzubringen, weil sie hinken!«
»Warum nennen Sie ihn einen Unglückseligen?«
»Das muß er doch sein, wenn er an einem Weihnachtsabend einen Menschen töten will, oder finden Sie nicht?«

Der Mann verzieht höhnisch das Gesicht: »Das hängt davon ab, wen man tötet. Es gibt Geschöpfe, die es nicht verdienen zu leben!«
»Sie können doch nichts dafür!«
»Geschöpfe, die sich beim Gehen verrenken, sind abgrundtief häßlich! Und außerdem kommt das einer Aufforderung gleich! Sagen Sie, Madam...«
Judith wirft dem Mann einen verzweifelten Blick zu, doch dieser wiederholt jetzt mit einer Höflichkeit, die beunruhigender ist als alles andere zuvor: »Ich bitte Sie, gehen Sie schon!«
Jetzt gibt es keinen Ausweg mehr. Judith Appleby spielt ihre letzte Karte aus. Sie sinkt zu Boden und zeigt auf ihren angeschwollenen rechten Fuß: »Ich habe mir den Knöchel verstaucht. Es war ein Unfall. Ich hinke nicht wirklich.«
»Gehen Sie los!«
Der Mann zieht ein langes Messer aus seinem Mantel.
»Stehen Sie auf, und gehen Sie so wie vorhin! Sie hatten schon einen guten Anfang gemacht...«
Judith denkt messerscharf nach. Bei diesem Irren löst der Anblick einer hinkenden Frau eine Art von erotischem Wahn aus, der sich in einem Verbrechen entladen muß. Und genau in diesem Moment befindet er sich in einem Zustand unerträglicher Erregung und Frustration zugleich. Wenn sie jetzt aufsteht und losgeht, wird er sie umbringen, denn nur dadurch findet er die ersehnte Befriedigung...
Judith erkennt, daß sie in gewisser Weise Macht über ihn hat. Solange sie sich nicht bewegt und seinem Verlangen nicht nachkommt, bleibt sie Herrin der Lage.
»Nein«, sagt sie, »tut mir leid, aber ich habe keine Lust.«
Der Gesichtsausdruck des Mörders verändert sich jäh. Er beginnt zu bitten und zu flehen, wie ein kleiner Junge, mit dem man nicht spielen will.
»Bitte gehen Sie weiter! Es ist Weihnachten, und ich muß nach Hause. Meine Frau und meine Kinder erwarten mich.«
»Ach, Sie haben Frau und Kinder?«

»Aber ja. Nun gehen Sie schon, ich bitte Sie!«
»Nein. Erzählen Sie mir zuerst etwas von sich!«
Und der Mann, der es auf die hinkenden Frauen von Coventry abgesehen hat, schickt sich an, von seinem Leben zu erzählen, mitten in der Schneelandschaft gegenüber den städtischen Gaswerken.
Judith Appleby hört nicht richtig zu, sie gibt nur von Zeit zu Zeit eine einsilbige Antwort, während sie auf das Wunder wartet, das sie retten soll... Von irgendwoher muß doch schließlich die Rettung kommen! Im Radio hieß es, daß die Polizei Patrouillen über die ganze Stadt verteilt habe. Wie kann sie da eine so abgelegene Gegend auslassen, in der überall Gefahren lauern?
Und in dem Moment sieht sie, wie sich die Gestalt einer hinkenden Frau nähert! Der Mann läßt von Judith ab und stürzt auf die andere zu...

Judith Appleby verlebte dieses Weihnachtsfest nicht im Kreise ihrer Familie. Nachdem der Mörder von einer Angehörigen der weiblichen Spezialtrupppe unschädlich gemacht wurde – übrigens erst nach einem heftigen Zweikampf –, brachte man Judith erst einmal ins Krankenhaus. Dort wurde sie eine Weile behandelt, bis sie sich von dem schrecklichen Nervenschock erholt hatte. Was ihre Fußverletzung betraf, so schenkten die Ärzte dieser nur wenig Beachtung. Sie meinten, das sei kaum der Rede wert und begnügten sich damit, den Fuß zu bandagieren.
Oft sind es eben nur Geringfügigkeiten, die über Leben und Tod entscheiden.

Ein Kind in der Nacht

Auf einem einsamen Hafendamm in Dünkirchen spaziert Liliane Chenu scheinbar ziellos auf und ab. Es ist der 5. Mai 1950, gegen drei Uhr morgens.

Mit ihrer übertriebenen Schminke, die nur schlecht die vorzeitigen Falten in ihrem Gesicht verbirgt, sieht sie entschieden älter als ihre fünfunddreißig Jahre aus. Selbst wenn sie sich nicht mitten in der Nacht auf diesem gottverlassenen Kai befände, könnte man an ihrem aufreizenden Gang und dem tief geschlitzten Kleid mühelos erraten, welcher Art ihr Metier ist.

Liliane Chenu lebt von der käuflichen Liebe, und das ist ihr ins Gesicht geschrieben. Sie ist bereits lebenslang gezeichnet. Im übrigen weiß kaum jemand, daß sie Liliane Chenu heißt, abgesehen von der Polizei. Für jedermann ist sie seit langem niemand anderes als »Lili«.

»Hallo, Lili!«

Ein Schatten nähert sich ihr. Es ist Josiane, ihre Kollegin und einzige Freundin. Sie sind gleich alt und stammen aus demselben Dorf. Sie haben beide zur selben Zeit ihre Heimat verlassen, um sich in der Stadt Arbeit zu suchen, und die haben sie schließlich auch gefunden, obwohl es nicht das war, was sie sich erhofft hatten.

Anfangs litt Lili noch unter Schuldgefühlen, doch die sind ihr inzwischen vergangen. Nur eines macht ihr gelegentlich zu schaffen, etwas, das sie dann allerdings sofort wieder aus ihrem Bewußtsein verscheucht: Sie bedauert aufrichtig, kein Kind zu haben.

»Träumst du vor dich hin, Lili?«

Lili wechselt mit Josiane ein paar Worte, bevor die beiden

sich trennen. Lili bleibt allein zurück, bis ein Geräusch sie plötzlich aufschrecken läßt. Sie hört, wie jemand in ihre Richtung läuft, doch es ist kein Mann. Dem leichten Schritt nach zu urteilen, kann es sich nur um eine Frau handeln.

Forschend starrt sie in die Dunkelheit, und im nächsten Moment erkennt sie die Gestalt, die auf sie zukommt. Es ist ein Kind, ein gutgekleideter Junge von etwa elf Jahren. Er trägt offenbar seinen Sonntagsanzug.

Der Junge scheint sie nicht zu bemerken und will an ihr vorbeilaufen. Lili packt ihn am Arm.

»Nicht so schnell! Wohin willst du denn mitten in der Nacht?«

Der Knabe versucht sich zu befreien, ohne zu antworten.

»Was hast du um drei Uhr morgens hier zu suchen?«

Noch immer keine Antwort. Lilis Stimme nimmt einen sanfteren Klang an: »Sag mir, wie du heißt, ja?«

Zum ersten Mal hebt der Kleine den Blick. Trotz der schwachen Beleuchtung sieht Lili jetzt ein artiges Kindergesicht vor sich, das von kurzgeschnittenen blonden Haaren umrahmt wird.

»Ich heiße Simon, Madame.«

»Nun, Simon, was ist dir zugestoßen?«

Simon beginnt zu schluchzen. Lili läßt sich mit ihm auf einer leeren Obstkiste nieder und nimmt ihn in die Arme.

»Simon ist dein Vorname, nicht wahr, aber wie heißt du mit Nachnamen?«

»Brunet.«

»Und wo wohnst du? Hier in Dünkirchen?«

»Nein, Madame. In Saint-Paul.«

Lili kennt Saint-Paul. Es ist ein großes Dorf im Landesinneren, etwa dreißig Kilometer entfernt.

»Das ist aber weit weg! Wie bist du denn hierhergekommen? Zu Fuß?«

Der kleine Simon Brunet wird erneut von heftigen Schluchzern geschüttelt. Für die junge Frau ist jetzt ziemlich klar, was sich abgespielt hat: Der Junge ist von zu Hause geflo-

hen, wahrscheinlich, weil man ihm Vorhaltungen gemacht hat. Er ist zum Hafen gelaufen, um als blinder Passagier auf Weltreise zu gehen. Diese verrückten Ideen findet man oft bei Burschen seines Alters.
Doch seine Antwort ist anders als erwartet: »Ich bin mit dem Auto hergekommen.«
Lili fährt erschrocken zusammen. Was soll das bedeuten? Handelt es sich um eine Entführung?
Mit jäh beunruhigter Stimme erkundigt sie sich weiter: »Wo sind deine Eltern?«
»Mama ist tot...«
Lili drückt das Kind enger an sich.
»Ist es schon lange her, daß du deine Mama verloren hast?«
»Nein, sie ist erst vor kurzem gestorben.«
»Vor kurzem?«
»Ja. Sie war sehr krank. Sie hat immerzu gehustet. Es sind viele Ärzte zu uns nach Hause gekommen. Und dann war sie auf einmal tot...«
»Bist du deshalb weggelaufen? Weil du so traurig bist?«
»Nein, ich bin ja gar nicht weggelaufen. Papa ist mit uns fortgefahren...«
Das Kind beginnt heftig zu frösteln. Lili lächelt den Jungen an und preßt ihn noch stärker gegen ihren Körper.
»Simon, du hast doch keine Angst, oder? Ich bin hier, um dich zu beschützen. Jetzt erzähl mir mal alles von Anfang an. Deine Mutter ist also gestorben...«
»Ja. Ich hatte geschlafen. Dann kam Papa und hat mich geweckt. Er hat zu mir gesagt: ›Mama ist tot. Geh zu ihr.‹ Ich bin in ihr Zimmer gegangen. Sie lag auf dem Bett und hatte ihr schönstes Kleid an. Sie hatte Blumen in den Händen, und in ihrem Haar waren auch Blumen. Dann hat Papa gesagt, wir sollen uns anziehen. Zu mir hat er gesagt, daß ich meinen Sonntagsanzug tragen soll.«
»Was heißt ›wir‹? Hast du noch Geschwister?«
»Ja, eine Schwester und zwei Brüder.«
»Sind sie jünger als du?«

»Meine Schwester ist acht. Meine kleinen Brüder sind fünf und drei Jahre alt.«
»Du hast dich also angezogen...«
»Ja. Ich bin in mein Zimmer gegangen, und da habe ich lange Zeit gewartet, bis Papa kam. Er hatte auch seinen besten Anzug an. Er hat meine Geschwister bei der Hand genommen und gesagt: »Wir steigen jetzt alle ins Auto ein.«
»Um jemanden zu besuchen?«
»Nein.«
»Wohin wolltet ihr dann?«
»Als wir im Auto saßen, habe ich Papa gefragt, und er hat geantwortet: ›Wir fahren zum Meer.‹«
»Hat er dir nicht gesagt, weshalb?«
»Nein.«
»Und dann seid ihr nach Dünkirchen gefahren?«
»Ich weiß nicht...«
»Du weißt nicht, daß du hier in Dünkirchen bist? Hast du die Stadt denn nicht erkannt?«
»Nein.«
»Bist du noch nie hier gewesen?«
»Doch. Zur Kirmes, aber ich habe es nicht wiedererkannt.«
»Was meinst du, warum dein Vater nach Dünkirchen gefahren ist? Wollte er hier jemanden treffen?«
»Nein. Wir kennen hier niemanden. Ich glaube, er wollte uns alle im Meer ertränken...«
»Hat er dir das gesagt?«
»Nein. Aber ich glaube es.«
»Und wie hast du dann entfliehen können?«
»Das Auto fuhr auf einmal nicht mehr weiter. Papa ist ausgestiegen, um nach den Reifen zu sehen, und da bin ich geflohen. Er hat es nicht gemerkt. Meine Schwester und meine kleinen Brüder haben geschlafen. Als ich vom Auto weit genug weg war, fing ich an zu rennen.«
Lili steht plötzlich auf. Im Angesicht einer solchen Gefahr heißt es vor allem, ruhig Blut zu bewahren. Wenn der Vater seine tote Frau zu Hause zurückgelassen hat und mit den

Kindern im Auto zu einem Ort gefahren ist, wo er niemanden kennt, dann muß er den Verstand verloren haben. Bestimmt hat er die Absicht, eine nicht wiedergutzumachende Tat zu begehen, eine andere Erklärung kann es nicht geben.
Sie beugt sich zu Simon herab: »In welcher Entfernung steht das Auto ungefähr?«
»Ich weiß nicht...«
»Bist du weit gelaufen?«
»Nicht sehr weit.«
Das Kind deutet in die Richtung, aus der es gekommen ist: »Von da...«
»Komm mit«, sagt Lili und setzt sich mit dem Kind am Arm so schnell sie kann in Bewegung. Dann ruft sie: »Josiane! Komm schnell her!«
Sie stößt einen Seufzer der Erleichterung aus, als sie von weitem die Stimme ihrer Freundin hört.
»Bist du es, Lili? Ist etwas passiert?«
»Ja. Komm schnell, es geht um eine schlimme Sache!«
Kurz darauf steht Josiane vor ihnen. Lili informiert sie kurz über die Situation und sieht, wie die andere ganz bleich wird.
»Wir müssen die Polizei verständigen!« ruft Josiane.
»Ja, und zwar mußt du zur Polizei gehen. Aber das genügt nicht. Es dauert schließlich nicht ewig, einen Reifen zu wechseln. Die Polizei wird zu spät kommen. Ich vermute, daß der Vater zur Mole fahren will.«
»Was sollen wir also tun?«
»Ich vertraue dir Simon an. Unterdessen werde ich den Vater suchen gehen.«
»Hast du schon eine Idee, wie du ihn an seinem Vorhaben hindern willst?«
»Nein, bis jetzt nicht...«
Mit einer raschen Bewegung entledigt sich Lili ihrer Stöckelschuhe und läuft dann mit nackten Füßen den dunklen Hafendamm entlang.

Lange Zeit kommt sie nur an verlassen daliegenden Straßen vorbei, doch plötzlich vollführt ihr Herz einen Satz: Dort unten, im Schein einer Straßenlaterne, steht ein geparktes Auto. Ein Mann kniet neben einem der Hinterreifen. Es gibt keinen Zweifel, das muß der Vater von Simon sein!
Sie zwingt sich zu einem langsamen Schritt, um wieder Atem zu schöpfen, und geht so natürlich wie möglich auf den Mann zu. Noch hat sie nicht die geringste Ahnung, wie sie sich verhalten soll. Sie weiß nur, daß sie unbedingt diese drei unglückseligen Kinder vor einem schrecklichen Tod bewahren muß.
Mit einem Schlag hat sie alle Enttäuschungen und Demütigungen vergessen, die das Leben ihr zugefügt hat. Was immer auch jetzt geschieht: Falls es ihr gelingt, Simons Vater von seinem Plan abzubringen, wird ihr bescheidenes Erdendasein einen Sinn gehabt haben...
Der Mann dreht den Schraubenschlüssel ein letztes Mal herum und erhebt sich dann. Er nimmt den kaputten Reifen und legt ihn in den Kofferraum. Es ist höchste Zeit, jetzt muß gehandelt werden!
Lili nähert sich lächelnd, doch als der Mann eine Prostituierte vor sich sieht, zuckt er ärgerlich zurück.
»Was soll das?« ruft er. »Lassen Sie mich in Frieden!«
Lilis Lächeln verstärkt sich. Es geht jetzt vor allem darum, Zeit zu gewinnen.
»Wollen wir nicht eine kleine Spazierfahrt zusammen machen?« fragt sie.
Simons Vater stößt sie zurück und will in den Wagen einsteigen, doch Lili kommt ihm zuvor. Sie setzt in diesem Moment alles auf eine Karte.
»Sie haben kein Recht dazu!«
»Wie bitte?«
»Sie haben nicht das Recht, Ihre Kinder zu töten. Die Kleinen haben doch nichts Böses getan!«
Fassungslos starrt der Mann sie an. Er ist groß und hager, hat sehr kurz geschnittenes Haar und ein eckiges Gesicht. Ob-

wohl Simon vom Beruf seines Vaters nichts erzählt hatte, könnte Lili darauf wetten, daß er beim Militär ist.
Seine grauen Augen nehmen plötzlich einen unbarmherzigen Ausdruck an, doch Lili empfindet keine Angst.
»Woher wissen Sie das?«
»Simon hat es mir gesagt. Er ist in Sicherheit.«
Der Mann dreht sich zum Wagen um und stößt einen wütenden Schrei aus, als er das Verschwinden seines Ältesten entdeckt.
Mit drohend erhobenen Händen will er sich der jungen Frau bemächtigen: »Sie... ich werde Sie...«
»Sie werden mir antworten! Sie haben kein Recht, mir eine Erklärung zu verweigern! Damit machen Sie es sich zu einfach!«
Durch Lilis Ruhe entwaffnet, erstarrt er mitten in der Bewegung. Als er sie wieder ansieht, wirken seine Augen verschwommen. »Ich will nicht, daß den Kindern dasselbe geschieht wie mir.«
»Was ist Ihnen denn geschehen?«
»Ich habe meine Mutter im Alter von sieben Jahren verloren, und das habe ich niemals verwunden. Ein Vater kann seine Kinder nicht allein aufziehen. Der meinige konnte es schon nicht, und ich wäre dazu ebensowenig imstande. Nein, glauben Sie mir, ich muß ihnen das ersparen. Es wird für sie eine Erlösung sein.«
Da der Mann offenbar findet, die Unterhaltung sei beendet, nachdem er eine befriedigende Erklärung gegeben hat, setzt er sich ans Steuer. Lili ist sich darüber klar, daß sie jetzt noch irgend etwas sagen muß, ganz gleich, was es ist.
»Und was ist mit Gott? Haben Sie auch an Gott gedacht?«
»Nein, ich muß gestehen, daß ich das nicht getan habe. Aber ich bin sicher, daß Er mein Verhalten billigt.«
»Dessen bin ich keineswegs sicher. Welche Vorstellung haben Sie denn von Gott, um so etwas denken zu können?«
»Welche Vorstellung ich von Gott habe?«
»Ja...«

Und so kommt es, daß Lili, die Prostituierte aus Dünkirchen, um halb vier Uhr morgens in einer einsamen Hafenstraße über Gott spricht. Sie sagt alles, was ihr gerade einfällt und wird dabei nur von einem einzigen Gedanken beherrscht: Die drei kleinen Wesen zu retten, die im Fond des Wagens schlummern und trotz ihrer Unterhaltung nicht einmal wach geworden sind.

Das Polizeiauto nähert sich ohne Sirene. Als der Mann es bemerkt, ist es zu spät. Mit einer raschen Kehrtwendung hat ihm das Fahrzeug den Weg blockiert. Die Straße zur Mole, wo er den Tod suchen wollte, ist ihm versperrt.

Simons Vater, der heftig wütet und gestikuliert und der sich jetzt offensichtlich in einem Zustand vollkommener Verwirrtheit befindet, wird weggeführt. Josiane und Simon steigen aus dem Polizeiauto. Simon nähert sich Lili und sieht sie verzweifelt an.

»Du wirst uns doch nicht ganz allein lassen, oder?« fragt er angstvoll.

Lili betrachtet ihn, als wäre er das Kind, das sie niemals wird haben können.

»Ich muß jetzt gehen. Aber ich werde wiederkommen.«

»Wann?«

»Bald, Simon, sehr bald.«

Und Lili verschwindet im Laufschritt mit ihren nackten Füßen in einer dunklen Seitenstraße des Hafens von Dünkirchen.

Ein öffentlicher Mord

An diesem 14. März 1964 erscheint der Polizeibeamte William Dray wie jeden Morgen um acht Uhr in seinem Büro. Seit mehr als einem Jahr tut er Dienst in einem Kommissariat in Queens, einem Vorort von New York.
In New York Polizist zu sein ist nicht gerade ein leichter Job, obwohl das Viertel von Queens längst nicht die Kriminalitätsrate von Stadtteilen wie Manhattan oder der Bronx erreicht. Da Mordfälle aber auch hier an der Tagesordnung sind, zeigt er sich nicht besonders überrascht, als einer seiner Kollegen ihm ankündigt: »Es gibt Arbeit für Sie, Inspektor. Eine junge Frau von siebenundzwanzig Jahren namens Kitty Holden ist heute nacht in der Austin Street ermordet worden. Sie wurde überfallen, als sie um halb vier Uhr morgens nach Hause zurückkehren wollte. Das übliche also. Der Leichnam befindet sich im Saint-Patrick-Hospital.«
Nachdem all das zur täglichen Routine gehört, antwortet Dray in professionellem Ton: »Gut, ich sehe sie mir an. Anschließend möchte ich den Beamten sprechen, der den Fall als erster aufgenommen hat.«
In der Leichenhalle des Hospitals untersucht der Inspektor das Opfer.
›Schade um sie‹, denkt er. ›Eine hübsche junge Frau...‹ Dunkelhaarig, groß, schlank und gut proportioniert war sie sicher ein angenehmer Anblick gewesen. Früher jedenfalls, denn was Dray jetzt zu sehen bekommt, ist rundheraus gesagt schrecklich. Alles deutet auf das Martyrium hin, das die Unglückliche vor ihrem Tode durchgemacht haben muß.
Ohne die Ausführungen des Gerichtsarztes abzuwarten, stellt William Dray fest, daß der Tod durch mehrere Messerstiche

verursacht wurde, mindestens zehn an der Zahl. Außerdem muß sich das Opfer, bevor es starb, verzweifelt gewehrt haben: Die Kleider hängen in Fetzen, die Hände weisen tiefe Schnittwunden auf, und die Knie sind mit Abschürfungen übersät, als wäre sie lange Zeit auf dem Boden gekrochen, bis sie zusammenbrach.

Obwohl er ein abgehärteter Bursche ist, verzieht William Dray in Anbetracht eines so gewalttätigen und ekelhaften Verbrechens angewidert das Gesicht.

Wieder in seinem Büro angekommen, findet er dort den Beamten vor, der den Fall als erster bearbeitet hatte.

»Man hat uns um drei Uhr fünfunddreißig angerufen, Inspektor. Das Opfer lag in der Eingangshalle seines Appartementhauses in der Austin Street 1023. Die Frau ist im Krankenwagen gestorben. Sie hatte ihr Auto, einen grünen Volkswagen, dreihundert Meter weiter unten auf dem Parkplatz von Kew Gardens abgestellt. Dort hat der Kerl sie überfallen, denn wir haben Blutspuren und die Schuhe des Opfers gefunden. Sie konnte zunächst entkommen, aber der Mann hat sie ein Stück weiter oben wieder eingeholt, vor einem Spirituosengeschäft. Auf dem Gehsteig haben wir erneut Spuren eines Kampfes entdeckt. Der Mörder hat offenbar geglaubt, sie dabei getötet zu haben, und ist geflüchtet, während die Frau noch die Kraft aufgebracht hat, sich kriechend bis zu ihrem Haus zu schleppen, denn wir haben überall auf dem Gehsteig blutige Handabdrücke gefunden. Als sie es schließlich bis in die Eingangshalle der Austin Street 1023 geschafft hatte, ist der Mörder abermals zurückgekehrt und hat ihr den Rest gegeben.«

Inspektor Dray verzieht erneut das Gesicht. Wahrhaftig ein abscheuliches Verbrechen! Jetzt bleibt ihm nichts anderes übrig, als nach Zeugen zu suchen.

Die Austin Street, in der er sich kurz darauf einfindet, ist wirklich eines der angenehmsten Fleckchen von New York. Die Straße ist von Baumreihen gesäumt, die Gehsteige sind breit und sauber gefegt, die Häuser wirken gepflegt. Man hat

nicht den Eindruck von zunehmender Verwahrlosung wie in so vielen anderen Gebieten der Stadt.
Inspektor Dray stellt seinen Wagen auf dem Parkplatz von Kew Gardens ab, direkt neben dem grünen Volkswagen von Kitty Holden. Er hat vor, zu Fuß bis zur Nummer 1023 zu gehen, während er sich vorzustellen versucht, was sich vor nur wenigen Stunden hier abgespielt haben mag. Verglichen mit anderen Verkehrsschlagadern New Yorks ist die Straße sehr ruhig. Nachts wird es noch weniger Verkehr geben, denkt sich Dray; folglich muß irgend jemand die Schreie des Opfers gehört haben. Und irgend jemand hat sicher auch etwas gesehen, denn die Bäume tragen noch keine Blätter, und die Austin Street ist durch die großen Straßenlaternen, die in einem Abstand von nur dreißig Meter verteilt sind, besonders gut beleuchtet.
Es ist Mittagessenszeit, und William Dray sagt sich, daß er die meisten Leute jetzt zu Hause antreffen wird. Also kehrt er zu seinem Ausgangspunkt zurück und klingelt an einer Wohnung in dem Anwesen, das sich direkt gegenüber dem Parkplatz befindet.
Ein Mann um die dreißig, ziemlich korpulent, in Hemd und Hosenträgern, macht ihm auf. Er hat die Serviette um den Hals geknotet.
»Polizei. Ich würde Ihnen gern ein paar Fragen stellen.«
Mißtrauisch beäugt der Mann den Ausweis, den William Dray ihm vor die Nase hält.
»Nun gut, kommen Sie herein. Aber wissen Sie, von diesem Mord heute nacht haben wir nicht viel mitbekommen, meine Mutter und ich.«
»Dann sind Sie also im Bilde?«
»Na ja, so wie jeder hier, denke ich.«
»Was heißt das, wie jeder hier?«
Eine Frau, die gegen Mitte Fünfzig sein könnte, erscheint im Flur. Sie trägt riesige Lockenwickler auf dem Kopf.
»Laß mich antworten, Michael! Das ist Michael, mein Sohn. Seit meiner Scheidung lebe ich hier allein mit ihm. Also, es

war drei Uhr morgens, als Michael mich geweckt hat. Er hat gesagt: ›Mutter, da draußen sind irgendwelche Leute, die sich anscheinend prügeln!‹«
William Dray strafft unwillkürlich seine Gestalt.
»Sind Sie sicher, daß es drei Uhr war? Aber man hat die Polizei doch erst um drei Uhr fünfunddreißig angerufen!«
»Es gibt keinen Zweifel, Inspektor, denn ich habe auf die Wanduhr geblickt. Die Sache hat sich auf dem Parkplatz da drüben abgespielt. Ein weißes Auto mit geöffnetem Schlag und aufgedrehten Scheinwerfern stand neben einem grünen Volkswagen, und ein Mann und eine Frau haben miteinander gekämpft. Der Mann war ein Schwarzer, dessen bin ich mir sicher.«
»Haben Sie denn keine Schreie gehört?«
»Doch, doch, die Frau hat ständig geschrieen: ›Zu Hilfe, um Gottes willen, zu Hilfe, er will mich umbringen!‹«
»Mama, sie hat gesagt: ›Er will mich erstechen!‹«
»Ja, du hast recht, mein Liebes, sie hat geschrieen, daß er sie erstechen will. Daraufhin habe ich zu Michael gesagt: ›Misch dich da lieber nicht ein.‹ Nicht wahr, man gerät heutzutage so schnell in Schwierigkeiten! Ich habe zu ihm gesagt, er soll das Licht ausmachen. Sonst hätte der Mann uns womöglich gesehen, und man weiß ja nie!«
Der Inspektor betrachtet die Frau, die vor ihm steht. Sie spricht in seelenruhigem Tonfall, während sie kritisch seinen Dienstausweis studiert. Dray muß sich zwingen, die Beherrschung zu wahren.
»Ihr Sohn hat vorhin gesagt, jeder hier wisse über das Verbrechen Bescheid...«
»Natürlich. Die Leute sind von den Schreien wach geworden. Überall gingen die Lichter an. Ein Mann im Haus nebenan hat sogar sein Fenster aufgerissen und gerufen: ›Lassen Sie die Frau los!‹ Daraufhin ist der Neger geflüchtet.«
»Und dann?«
»Der Mann hat sein Fenster wieder zugemacht. Als der Neger sah, daß der Mann hinter dem Fenster verschwunden

war, kam er zurück und fiel erneut über das Mädchen her. Aber das war weiter oben in der Straße, man konnte es nicht mehr so gut sehen.«
Mit eisiger Stimme fragt der Inspektor: »Haben Sie Telefon, Madam?«
Die Frau starrt ihn unter ihren Lockenwicklern an.
»Ja, warum?«
Diesmal kann sich Dray nicht länger zurückhalten. »Um die Polizei anzurufen!« explodiert er.
»Nun, wir haben geglaubt, die anderen hätten das schon getan, nicht wahr, Michael? Ich hoffe, wir bekommen keine Unannehmlichkeiten, Inspektor! Inspektor...«
Aber Dray ist schon im Treppenhaus. Er verspürt ein unwiderstehliches Bedürfnis, weit weg zu fliehen. Dennoch muß er seine Untersuchung fortsetzen.
Im nächsten Haus trifft er den Mann an, der das Fenster geöffnet hatte. Er bestätigt die Fakten.
»Als ich sah, was da draußen passierte, habe ich ihm zugerufen, er soll das Mädchen in Ruhe lassen. Daraufhin ist er verschwunden. Er hat es nicht weiter versucht.«
»Doch, das hat er! Er ist ein paar Minuten später zurückgekommen. Haben Sie das denn nicht gehört?«
»Na ja, ich meine... ich war wieder schlafen gegangen. Sie müssen das verstehen, mein Job beginnt morgens um halb sieben...«
Und Inspektor Dray verfolgt weiter den Leidensweg, den die unglückliche Kitty Holden nur wenige Stunden zuvor zurückgelegt hat. Jedesmal, wenn er an einer Wohnungstür klingelt, sieht er dasselbe verlegene Lächeln auf den Gesichtern der Leute, hört er dieselben ausweichenden Antworten.
Er fühlt, wie Ekel und Verachtung in ihm hochsteigen. Sie alle waren Zeugen des Verbrechens! Der Mord hat sich gewissermaßen in der Öffentlichkeit abgespielt, und nicht einer von ihnen hat zum Telefonhörer gegriffen, um die Polizei zu rufen!
Als er vor dem Gebäude gegenüber dem Spirituosengeschäft

angelangt ist, dort, wo der Mann sein Opfer ein zweites Mal überfallen hat, ist es mit seiner Selbstbeherrschung längst vorbei. Er hämmert laut an die Tür der Wohnung, die sich im ersten Stock befindet, mit Blick zur Straße. Fast hätte er die Bewohner über den Haufen gerannt, so heftig ist er hineingestürzt.

Es handelt sich um ein älteres Rentnerehepaar, das er offenbar gerade beim Fernsehen gestört hat. William Dray zieht die Vorhänge auf und öffnet das Fenster zur Straße.

»Sagen Sie mir bloß nicht, Sie haben nichts gesehen und nichts gehört! Bei Ihnen brannte ebenso Licht wie bei den anderen hier. Der Mord hat sich vor Ihren Augen abgespielt, in nur zwanzig Metern Entfernung! Schauen Sie genau hin, da vorne sieht man sogar noch eine Blutspur!«

Die beiden alten Leute stehen eng aneinandergepreßt im hinteren Teil des Raumes. Sie sind anscheinend zu Tode erschrocken. Schließlich beginnt der Mann zu sprechen: »Sie dürfen uns das nicht übelnehmen. Dies hier ist ein anständiges Viertel, und wir wollen keine Scherereien. Und so ein Ehestreit...«

Der Inspektor schreit auf wie ein Verrückter: »Ehestreit? Haben Sie etwa nicht gesehen, daß der Mann mit einem Messer auf die Frau losgegangen ist? Wagen Sie nur zu behaupten, Sie hätten das Messer nicht gesehen, und ich lasse Sie auf der Stelle wegen falscher Zeugenaussage verhaften!«

Der Mann zittert am ganzen Körper. Er schluckt mühsam. Dann sagt er: »Ja... wir haben das Messer gesehen.«

»Wie oft hat der Mann zugestochen?«

»Ich weiß nicht... fünf- oder sechsmal.«

»Und die Frau, haben Sie die nicht gehört? Hat sie die ganze Zeit nicht geschrieen?«

»Doch, sie hat geschrieen: ›Zu Hilfe, er bringt mich um!‹ Aber wir sind ehrbare Bürger, Inspektor... Wir bezahlen immer pünktlich unsere Steuern. Und ich war im Krieg...«

William Dray stürmt hinaus und knallt die Tür hinter sich zu. Zum ersten Mal in seinem Leben hat er Lust, alles hinzuwer-

fen, den Polizeidienst zu quittieren und ganz weit weg zu gehen, um irgend etwas anderes zu machen.
Aber er muß den Weg bis zum Ende gehen, bis er das Ende dieser elenden Austin Street erreicht hat, bis er zu den letzten Niederungen der menschlichen Natur in all ihrer Feigheit vorgedrungen ist...
William Dray steuert jetzt auf die Nummer 1023 zu, dort, wo Kitty Holden gewohnt hat, dort, wo ihr Martyrium seinen Höhepunkt fand. Er wird den letzten Zeugen befragen, die Person, die schließlich die Polizei gerufen hatte: die Concierge des Gebäudes.
Inspektor Dray betritt die Pförtnerloge und nimmt unaufgefordert auf dem Sofa Platz. Er ist müde, er ist am Ende. Vor sich sieht er eine alterslos wirkende Frau. In aufrechter Haltung erwartet sie seine Fragen.
»Sie haben also die Polizei alarmiert? Gut, erzählen Sie!«
»Ich sah, wie sich Miss Holden in die Halle schleppte. Es war schrecklich. Sie verlor viel Blut.«
»Und was haben Sie getan?«
»Fast gleich darauf ist der Mann erschienen. Er hat sich auf sie gestürzt und...«
»Fast gleich darauf... Wieviel Zeit verging bis zu seinem Auftauchen?«
»Ich weiß es nicht genau. Vielleicht ein oder zwei Minuten.«
»Und währenddessen haben Sie nicht die Polizei angerufen? Wieso haben Sie nicht versucht, der Frau zu helfen?«
»Ich hörte, wie ein Wagen in der Straße wendete und bekam Angst. Ich wußte ja, daß der Mann bewaffnet war.«
In der Stimme von Inspektor Dray liegt jetzt keine Empörung mehr. Er ist bereits jenseits davon.
»Sie haben demnach gewartet, bis der Mörder sein Werk vollendet hatte und geflohen war, bevor Sie die Polizei gerufen haben. Stimmt das?«
»Sie müssen das verstehen: Ich hatte Angst, daß er mich ebenfalls umbringt. Der Mann hätte mich genauso getötet wie diese junge Frau. Nachdem ich telefoniert hatte, ging ich

zu der Kleinen und nahm sie in die Arme. Ich sagte zu ihr, daß man nachts nicht allein ausgehen darf, daß sie das nicht hätte tun sollen. Ich glaube, sie hörte mir nicht zu. Jedenfalls antwortete sie nichts...«

William Dray verbirgt in seinem Bericht nicht das geringste Detail und ruft anschließend sogar die Journalisten der Stadt zu sich. Er erzählt ihnen, daß eine junge Frau in aller Öffentlichkeit ermordet worden ist und daß es Dutzende von Zeugen gab, die nichts unternommen haben, um sie zu retten.

Am anderen Tag berichtet die gesamte amerikanische Presse in Schlagzeilen über »Die Schande der Austin Street«. Man prangert die Mentalität der Großstadtbewohner an, besonders der Bürger von New York, die Angst und den Egoismus von Leuten, die sich hinter ihren Mauern verstecken und Augen und Ohren verschließen, wenn sich vor ihrer Tür eine Tragödie abspielt. Die Behörden schalten sich ein und bringen Aufrufe im Fernsehen, um ihre Mitbürger zu einem Minimum an Zivilcourage zu bewegen.

Was William Dray betrifft, so setzt dieser seine Ermittlungen fort. Den Zeugenaussagen zufolge handelt es sich bei dem Fahrzeug des Mörders um einen weißen Wagen der Marke Valiant, und weiße Valiants, die in New York zugelassen sind und einem Schwarzen gehören, sind nicht sehr zahlreich. Tagelang werden sowohl die Stadt als auch der Staat New York daraufhin überprüft, doch die Suche verläuft ergebnislos.

William Dray nimmt inzwischen an, daß der Mörder in einen anderen Bundesstaat oder sogar ins Ausland geflüchtet sei. Die Bundespolizei sucht daraufhin flächendeckend überall in den USA nach ihm, und nach zwei Wochen wird ein gewisser David Stewart festgenommen, als er versucht, die mexikanische Grenze zu passieren. Nach einem langen Verhör gesteht er, Kitty Holden getötet zu haben.

Eine Woche später sieht sich Inspektor Dray dem Mörder von der Austin Street gegenüber. Der Mann ist ohne großes Interesse für ihn; er wirkt eher beschränkt und ziemlich unsicher. Aber es ist nicht die Persönlichkeit des

Mörders, die William Dray interessiert, es ist vielmehr das, was er ihm erzählt.
Während Dray das offizielle Geständnis aufnimmt, spürt er, wie erneut Wut und Empörung in ihm aufsteigen, so wie einige Wochen zuvor, als er der Reihe nach die Hausnummern dieser so ruhigen und »wohlanständigen« Straße von New York abgeklappert hatte...
Und dies ist das Geständnis, das David Stewart, der Mörder Kitty Holdens, dem Polizeiinspektor William Dray zu Protokoll gibt:
»Ganz plötzlich war es über mich gekommen. Ich hatte Lust zu töten, es war einfach stärker als ich. Ich fuhr mit dem Auto durch die Straßen, auf der Suche nach einem Opfer. Da sah ich, wie eine Frau ihren Wagen in Kew Gardens parkte. Ich hielt an und packte sie. Ich zog mein Messer hervor und begann auf sie einzustechen. In dem Moment tauchte ein Bursche an einem der Fenster auf und schrie: ›Lassen Sie die Frau los‹ oder so ähnlich. Ich bekam Angst, weil ich dachte, die Polizei würde kommen. Also ließ ich die Frau wieder los. Doch dann verschwand der Bursche von dem Fenster, und gleich darauf machte er das Licht aus. Da bin ich dem Mädchen nachgerannt, und sobald ich sie erwischte, stach ich erneut auf sie ein. Anschließend stieg ich wieder in meinen Wagen, doch unterwegs dachte ich plötzlich, daß sie vielleicht noch nicht tot war, und deshalb wendete ich und fuhr zurück. Mir war inzwischen klar, daß die Leute vor den Fenstern sich nicht darum kümmerten und daß sie nichts unternehmen würden. Da habe ich sie dann endgültig erledigt, das ist alles.«
Ja, das war alles... David Stewart wurde zum Tode verurteilt, später begnadigt, und nach und nach wurde die Angelegenheit vergessen. Von jedem, nur nicht von William Dray. Wenn er Nachtdienst hat, hören seine Kollegen ihn oft murmeln, während er das stumme Telefon anstarrt: »Warum ruft bloß keiner von ihnen an?«

Der Doppelgänger

Kevin O'Neil läuft seit etwa zehn Minuten blindlings vor sich hin. Er weiß nicht, wohin er rennt, und er weiß nicht einmal, wo er sich befindet. Auf jeden Fall muß er das Zentrum von Dublin längst hinter sich gelassen haben. Er hat eine unbestimmte Ahnung, daß er auf den Hafen zusteuert. In dieser Nacht des 20. Januar 1930 tobt ein richtiger Schneesturm, und die Sichtweite beträgt nicht mehr als zehn Meter.
Kevin O'Neil bleibt stehen, um Atem zu schöpfen. Er lehnt sich an eine Straßenlaterne. Mit seinen fünfundvierzig Jahren ist er noch immer ein sehr gutaussehender Mann und eine sehr vornehme Erscheinung. Er hat eine schlanke Figur, blondes Haar, ein langes, fein geschnittenes Gesicht, und sein Abendanzug mit dem schwarzen Umhang wirkt äußerst elegant.
Nachdem er nochmals die eiskalte Nachtluft tief in sich eingesogen hat, läuft er weiter. Das einzig Wichtige ist, jenem anderen zu entkommen, dem er sich beim Verlassen des Theaters plötzlich gegenübergesehen hatte.
Als er weitere fünf Minuten gerannt ist, bleibt er erneut stehen, keuchend vor Atemlosigkeit. Er dreht sich um... Ist er hinter ihm? Aber wie soll er das wissen bei diesem Schneetreiben, das dichter ist als Nebel? In einigen Metern Entfernung sieht er jetzt ein erleuchtetes kleines Haus vor sich, aus dem dumpfe Musiklaute zu ihm dringen. Das ist vielleicht seine Rettung!
Kevin O'Neil stößt die Tür des Pubs auf, und sofort umfängt ihn ein Gefühl intensiver Wärme. Er macht ein paar Schritte in den verqualmten Raum hinein. Er befindet sich tatsächlich am Hafen und noch dazu in einer richtigen Kaschemme. An-

getrunkene Matrosen stehen um ein verstimmt klingendes Klavier herum und singen lauthals alte Balladen, während einige nicht sehr vertrauenswürdig aussehende Gestalten in kleinen Grüppchen an den Tischen sitzen. Zweifellos hat er es hier mit allerlei Gesindel zu tun, aber was kann ihm das schon ausmachen?

Er durchquert den Raum und läßt sich in einen Sessel fallen. Eine Weile lang ist er zu sehr damit beschäftigt, wieder zu sich zu kommen, als daß er auf seine Umgebung achten würde. Da reißt ihn eine spöttische Stimme aus seiner Erstarrung: »Nun, feiner Herr, sind wir in schlechte Gesellschaft geraten? Das war aber ziemlich unvorsichtig!«

Kevin O'Neil hebt den Kopf. Er hatte nicht bemerkt, daß an diesem Tisch bereits jemand saß. Es handelt sich um einen etwa dreißigjährigen Mann mit dunklem, eng anliegendem Haar. Sein Blick ist stechend, obwohl er ein breites Lächeln aufgesetzt hat. Über dem kragenlosen Hemd trägt er eine Weste von ausgezeichnetem Schnitt, und man errät unschwer, daß er sie nicht selbst gekauft hat...

Kevin antwortet nicht. Er betrachtet das Gesicht seines Gegenübers. Bestimmt ist er ein Dieb, vielleicht sogar ein Mörder, doch seltsamerweise macht ihm das keine angst. Im Gegenteil, die arrogante Selbstsicherheit, die von dem Mann ausgeht, beruhigt ihn eher.

»Also was ist, feiner Herr? Stimmt etwas nicht? Sie müssen sich wohl erst mal erholen... Man könnte glauben, Sie hätten den Teufel gesehen!«

»Sie ahnen nicht, wie recht Sie damit haben«, erwidert Kevin O'Neil mit erstickter Stimme.

Kevins Tischgenosse zieht die Stirn in Falten.

»Der Teufel! Das klingt nach einer tollen Geschichte! Ich liebe solche Geschichten, Sie müssen sie mir erzählen! Übrigens, ich heiße Jacky Barrow. Das sagt Ihnen wohl nichts, oder?«

Kevin antwortet nicht.

»Oh, ich habe ganz vergessen, daß man mich bei den Mi-

lords nicht kennt. Aber hier am Hafen, da kennt man mich, das versichere ich Ihnen! Und Sie, wie heißen Sie?«
»Kevin O'Neil.«
»Und was ist Ihr Beruf, daß Sie sich so fein ausstaffieren können?«
»Ich bin Bankier.«
Zwei finster aussehende Burschen nähern sich O'Neil unauffällig, aber Barrow springt mit überraschender Behendigkeit vom Tisch auf.
»Kommt nicht in Frage! Laßt die Finger von meinem Freund Kevin!«
Leicht verwundert ziehen sich die beiden Ganoven zurück, wobei sie etwas vor sich hin grummeln.
Jacky Barrow klatscht in die Hände: »Bringt meinem Freund Kevin sofort etwas zu trinken!«
Ein paar Minuten später hat Kevin O'Neil sich wieder ein wenig gefaßt. Die zwei Schlucke Whisky, die er inzwischen getrunken hat, sind ihm gut bekommen.
»Also, Kevin, was ist mit der Geschichte?«
Kevin O'Neil betrachtet erneut sein Gegenüber. Soll er wirklich einem hergelaufenen Schurken, dem er zufällig begegnet ist, alles erzählen? Falls nicht, ist es jedoch womöglich bald zu spät...
»Es ist eine lange Geschichte.«
»Um so besser!«
O'Neil schweigt. Am anderen Ende des Raumes singen die Seeleute noch immer ihre Balladen. Jacky Barrow scheint aller Welt Furcht einzujagen, denn die Tische um sie herum sind leer. Kevin wirft einen Blick zur Eingangstür. Nein, sie öffnet sich nicht...
Er beginnt also zu erzählen: »Kennen Sie Rathcormack, im Süden?«
»Natürlich«, sagt Jacky nickend, »ich bin ein echter Ire.«
»Von dort stammt die Familie O'Neil ursprünglich. Was ich Ihnen berichte, hat sich vor zweihundert Jahren abgespielt, genau gesagt ist es sogar noch etwas länger her. Alles hat im

Jahre 1715 begonnen, und zwar durch die Schuld von zwei meiner Vorfahren: Patrick und Jeremiah O'Neil. Die beiden waren Zwillinge.«
Kevin nimmt einen Schluck Whisky. Während er diese Geschichte wiederholt, die er längst auswendig kennt, kehren seine Lebensgeister zurück.
»Aber sie waren in einem Maße Zwillinge, wie Sie es sich nicht vorstellen können! Sie waren nicht zwei Brüder, sondern die zweifache Ausgabe ein- und desselben Menschen. Es war absolut unmöglich, sie auseinanderzuhalten. Ihre Mutter hatte jedem von ihnen ein andersfarbiges Bändchen ums Handgelenk geschlungen, aber sie machten sich einen Spaß daraus, die Bändchen zu vertauschen, so daß man nie wußte, wer Patrick und wer Jeremiah war.«
Jacky Barrow hört mit offenem Munde zu. Der junge Bandenchef – möglicherweise auch Mörder – ist unter dem Zauber dieser Erzählung für die Dauer eines Abends wieder zum staunenden Kind geworden.
»Das Drama hat sich zugetragen, als die beiden achtzehn Jahre alt wurden. Patrick und Jeremiah waren einander so sehr ähnlich, daß sie sogar dieselben Gefühle empfanden. Und natürlich verliebten sie sich zur selben Zeit in dasselbe junge Mädchen. Sie hieß Jessica und war die einzige Tochter einer sehr wohlhabenden Witwe der Stadt. Patrick machte ihr den Hof, aber wie sollte man wissen, ob es nicht doch der andere war? Jedenfalls dauerte es nicht lange, Jessicas Gunst zu erlangen.«
Wegen des Lärms im Pub rückt Jacky näher an seinen Tischgenossen heran.
»Kurz darauf wurde sie heimlich Zeugin einer Unterhaltung zwischen den beiden Brüdern, die nicht mehr den geringsten Zweifel ließ: Sie hatten ihre unglaubliche Ähnlichkeit ausgenutzt, weil sie sich das beträchtliche Vermögen des Mädchens teilen wollten. Und darüber lachten sie auch noch lauthals! Weinend suchte Jessica das Weite. Am nächsten Tag fand man ihren Leichnam im Fluß.«

Der Gauner lauscht dem Bericht mit großer Anteilnahme.
»Das arme Mädchen!« ruft er aus.
»Leider ist das noch nicht alles. Jessicas Mutter konnte den Kummer und die Schande nicht ertragen. Sie hat daraufhin jegliche Nahrung verweigert, bis sie gestorben ist. Unmittelbar vor ihrem Tod hat sie sich in ihrem Bett aufgerichtet, und vor dem Geistlichen und allen übrigen Anwesenden hat sie geschrieen: ›Ich verfluche die Familie O'Neil, und ich bitte Gott, den Allmächtigen, dafür zu sorgen, daß jedesmal, wenn der älteste Sohn dieser Familie seinem Doppelgänger begegnet, er das Ende des Jahres nicht mehr erlebt...‹«
Jacky Barrow ist zusammengefahren.
»Und ist das so eingetroffen?«
»Ja. Die Zwillinge haben sich verheiratet. Ihre ältesten Söhne sind an einem Herzstillstand gestorben, beide fast im selben Alter, etwa mit fünfundvierzig Jahren. Und das ging immer so weiter: Alle ältesten Söhne der Familie O'Neil haben unter denselben Umständen den Tod gefunden.«
»Sind sie tatsächlich ihrem Doppelgänger begegnet?«
»Das weiß ich nicht... Ich weiß nur, wie es sich bei meinem Vater zugetragen hat, denn ich bin dabeigewesen. Es spielte sich auf einem Packboot ab, auf der Rückfahrt von New York. Ich war damals zwanzig, mein Vater fünfundvierzig Jahre alt. Es war gegen elf Uhr abends. Ich stand auf der Brücke. Da kam mein Vater auf mich zu. Vollkommen erschüttert sagte er zu mir: ›Kevin, ich habe ihn gesehen!‹. Dann verabschiedete er sich von mir und schloß sich in seiner Kabine ein. Ich blieb lange Zeit auf der Brücke, bis ich ihn plötzlich wiedersah. Ich blickte auf meine Uhr: Es war inzwischen zwei Uhr morgens. Der verhängnisbringende Tag war vorbei. Zum ersten Mal hatte sich der Fluch nicht erfüllt. Weinend vor Freude lief ich auf ihn zu. Er wandte sich zu mir um... Doch das war nicht mein Vater! Der Mann vor mir ähnelte ihm wie ein Bruder und war auch wie er gekleidet, aber es war nicht mein Vater!«
Kevin O'Neil leert sein Glas auf einen Zug.

»Ich rannte zur Kabine meines Vaters und fand ihn tot auf dem Bett liegen. Er war bereits kalt. Während der fünf Tage, die unsere Überfahrt dauerte, habe ich den Mann niemals wiedergesehen, ebenso wie ich ihn auch vor jener tragischen Nacht noch nie gesehen hatte. Er schien genau in jenem Moment erschienen zu sein, um sich danach in Luft aufzulösen.«

Jacky Barrow schlägt mit beiden Fäusten auf die Tischplatte.

»Aber Sie wollen doch nicht etwa sagen, daß...«

»Doch. Als ich vorhin aus dem Theater kam, hat mich mein Doppelgänger am Ausgang erwartet. Der Mann, der da trotz des Schneetreibens reglos auf dem Gehsteig stand, hatte für mich gleich etwas Beunruhigendes an sich gehabt. Ich ging auf ihn zu, und als ich ihn aus der Nähe betrachten konnte, hatte ich mich gleichsam selbst gesehen wie in einem Spiegel. Ich rannte fort und bin schließlich hier hereingekommen...«

Der junge Ganove ist aufgestanden. Er zittert leicht.

»So wahr ich Jacky Barrow heiße«, ruft er, »das werde ich verhindern!«

Mit tonloser Stimme fragt Kevin: »Was wollen Sie denn tun?«

»Ich weiß nicht... irgend etwas...«

»In einem Monat werde ich so alt sein wie mein Vater, als er starb, und noch nie hat ein ältester Sohn der O'Neils das fünfundvierzigste Lebensjahr überschritten.«

Jacky Barrow setzt sich wieder hin. Er ist totenbleich geworden. Mit starrem Blick sagt er: »Großer Gott, dort drüben ist er!«

Kevin O'Neil dreht sich um. Die Tür des Pubs hat sich soeben geöffnet, und ein Mann ist eingetreten. Er trägt einen sehr eleganten Abendanzug und einen schwarzen Umhang. Ohne die beiden zu beachten, geht er zur Bar und bestellt etwas zu trinken.

Jacky Barrow betrachtet ihn mit weit aufgerissenen Augen. Dann mustert er Kevin. Die Ähnlichkeit ist frappierend. Sie

gleichen sich nicht vollständig, aber sie haben dieselbe Größe, dieselbe Haarfarbe und sind genau gleich gekleidet. Vor allem aber haben sie dieselbe Art, sich zu bewegen, dieselben Gesten und dieselbe Körperhaltung mit dem leicht gekrümmten Rücken und dem vorgereckten Kopf.
Kevin hat eine Taschenuhr aus seiner Weste gezogen. Es ist eine sehr hübsche, ziselierte Uhr mit einem halb in Gold, halb in Silber eingravierten Muster. Er seufzt.
»Halb zwölf. Ich habe höchstens noch dreißig Minuten zu leben.«
Jacky Barrow preßt die Kieferknochen fest zusammen.
»Ich sage Ihnen doch, das werde ich zu verhindern wissen!«
Sein Tischgenosse schüttelt den Kopf.
»Man kann nicht gegen sein Schicksal ankämpfen. Ich bin an der Reihe.«
»Doch, man kann etwas dagegen tun. Ein Fluch muß nicht ewig währen. Irgendwann kommt der Tag, wo man ihn brechen kann. Dazu braucht man nur ein wenig Mut. Seien Sie ein Mann, Kevin...«
»Ich habe diesen Mut nicht. Es ist sinnlos.«
»Dann werde ich es für Sie tun!«
Jacky senkt die Stimme: »Hören Sie zu, Kevin... Ich dürfte Ihnen das eigentlich nicht verraten, aber ich habe schon eine ganze Menge schlimmer Sachen getan. Auf einen Coup mehr oder weniger kommt es nicht mehr an...«
»Machen Sie keine Dummheiten!«
»Es wird nicht die erste und nicht die letzte Dummheit sein, und zumindest würde ich einmal für etwas gut sein...«
Der junge Gauner zieht ein feststehendes Messer aus seiner Tasche.
»Sehen Sie dieses Messer? Es hat mir schon manchen Dienst erwiesen... Und falls man dahinterkommt, so war es allein meine Idee, mir diesen feinen Burschen zu kaufen, sobald er wieder auf der Straße stand. Sagen wir also, daß es seine Geldbörse ist, die mich interessiert, und reden wir nicht mehr darüber!«

»Aber das ist doch Wahnsinn!«
Jacky Barrow lächelt. »Machen Sie sich keine Sorgen! Natürlich sind alle O'Neils wohlanständige Leute. Als Sie diesen verteufelten Doppelgänger von Ihnen hereinkommen sahen, wagten Sie nicht, irgend etwas zu unternehmen. Sie sind einfach sitzen geblieben wie eine Porzellanfigur. Ein trefflicher Schlag hingegen... Kevin, ich bin sicher, daß der Fluch ein Ende hat, wenn ich Ihren Doppelgänger töte!«
Zum ersten Mal erkennt man bei Kevin Anzeichen von innerer Erregung. Gespannt betrachtet er sein Gegenüber.
»Wie wollen Sie die Sache anpacken?«
»Sobald er Anstalten macht zu gehen, verlasse ich vor ihm das Lokal und warte draußen auf ihn. Ich gebe ihm hundert Meter Vorsprung, und dann schnappe ich ihn mir!«
Jacky Barrow zuckt zusammen. Hinten am Tresen hat der Mann in Schwarz einen Geldschein gezückt. Der Wirt nimmt ihn entgegen und sucht das Wechselgeld zusammen. Das ist der richtige Moment!
Jacky klopft Kevin auf die Schulter, sagt noch ein Wort der Ermutigung zu ihm, zieht sich die Mütze tief in die Stirn und geht eiligen Schrittes hinaus.
Das Schneetreiben ist inzwischen noch dichter geworden. Jacky Barrow schlägt den Kragen seiner Weste hoch. Dann greift er in die Tasche und holt das Messer hervor. Er betrachtet die lange Klinge. Schneeflocken fallen darauf. Seltsam, in dieser Nacht empfindet er beinahe so etwas wie Glück!
Er ist nicht zum Vergnügen ein Dieb und ein Mörder geworden. Aber in dem Milieu, in dem er lebt, muß man entweder der Stärkere sein, oder man wird aufgefressen. Doch nun wird er zum ersten Mal etwas tun, um jemandem zu helfen. Der Gentleman war ihm sympathisch, und seine Geschichte hat ihn sehr aufgewühlt.
Fünf Minuten sind vergangen. Der Mann in Schwarz verläßt den Pub und bewegt sich ohne Eile in gleichmäßigem Schrittempo vorwärts. Die Sache ist für Jacky einfach wie

ein Kinderspiel. Auf leisen Sohlen folgt er dem Mann. Er springt ihm in den Rücken und stößt ihm von hinten das Messer mitten ins Herz.
Jacky Barrow verspürt ein Gefühl tiefer Genugtuung, während er sich über den Leichnam beugt.
»Es ist vollbracht, Kevin«, murmelt er.
Doch sein Triumphgefühl weicht alsbald einem seltsamen Unbehagen. Das Gesicht des Toten zeigt einen Ausdruck vollkommener Ruhe und wirkt sogar beinahe erleichtert.
Es ist verrückt, wie sehr er Kevin ähnelt! Noch viel mehr als vorhin...
Jacky unterdrückt ein Schaudern und macht sich daran, die Taschen seines Opfers zu durchwühlen. Man darf trotz allem den Sinn für die Realität nicht verlieren! Er greift nach der Geldbörse, die gut gefüllt zu sein scheint und läßt sie in seine Tasche gleiten. Er wird den Inhalt später untersuchen. Dann fährt er mit der Hand in die Weste des Mannes, und im nächsten Moment stößt er einen Schrei aus: »Nein, das ist doch nicht möglich!«
Was er in der Hand hält, ist eine sehr hübsche ziselierte Uhr mit einem halb in Gold, halb in Silber eingravierten Muster. Es ist Kevins Uhr...
Aber das würde ja bedeuten, daß er ihn getötet hat, ihn, Kevin!
Wie ein Wahnsinniger rast er zum Pub zurück. Er stürmt hinein und stößt die Umstehenden beiseite. Der Tisch, an dem Kevin gesessen hatte, ist leer.
Er stürzt auf die Bar zu und fährt den Wirt an: »Welcher der beiden ist als erster gegangen?«
»Du meinst die beiden feinen Herren?«
»Ja, die meine ich.«
»Seltsam, daß du mich danach fragst! Nachdem er bezahlt hat, ist derjenige, der an der Bar stand, zur Tür gegangen, doch dann ist er plötzlich zurückgekehrt und hat noch etwas zu trinken bestellt. Daraufhin ist derjenige, der am Tisch saß, aufgestanden und hat das Lokal verlassen.«

Jacky ist starr vor Entsetzen. »Aber warum hat Kevin das getan?« stammelt er vor sich hin. »Warum wollte er sterben? Warum wollte er, daß ich ihn töte?«
Ihm fällt auf, daß es im Pub ganz still geworden ist, und daß die übrigen Gäste langsam vor ihm zurückweichen. Da erst bemerkt er das blutige Messer in seiner rechten Hand. Er öffnet die linke Hand: Er trägt auch noch immer Kevins Taschenuhr bei sich. Sie zeigt eine Minute vor Mitternacht an...
Jacky schleudert das Messer und die Uhr weit von sich und flieht wie von Furien gejagt in den Schneesturm hinaus.

Einer der Gäste aus dem Pub hat ihn angezeigt, und so wird Jacky Barrow anderntags wegen Mordes an Kevin O'Neil verhaftet. Sergeant O'Higgins bricht in lautes Gelächter aus, als Jacky ihm seine Version des Tathergangs erzählt.
»Das ist wirklich zu komisch! Also war es nicht er, den du umbringen wolltest, sondern ein Gespenst, das ihm ähnlich sah! Und all das willst du getan haben, um ihm einen Dienst zu erweisen! Aus Nächstenliebe! Sag mal, hältst du uns für solche Dummköpfe?«
»Aber ich schwöre es Ihnen. Das ist die Wahrheit! Sie brauchen nur die Familiengeschichte der O'Neils zu überprüfen.«
Die Polizei von Dublin hat sich die Mühe nicht gemacht. Dieser skrupellose Mord an einem Bankier, der sich in die Niederungen des Hafenviertels verirrt hatte, war für sie klar wie Gebirgswasser.
Doch selbst, wenn die Polizei das getan hätte, wäre sie nicht fündig geworden. Kevin war der letzte Vertreter der Familie O'Neil. Sein jüngerer Bruder war fünfzehn Jahre zuvor im Krieg gefallen. Niemand hätte die Glaubwürdigkeit dieser Geschichte bestätigen können.
Jacky Barrow wurde zum Tode verurteilt und gehängt, nachdem er bis zuletzt seine Version aufrechterhalten hatte.
So wird man niemals erfahren, ob er das Opfer des unvorstellbarsten aller Abenteuer wurde oder ob er einfach nur eine besonders blühende Phantasie besaß!

Verhängnisvolle Neugier

Von außen betrachtet, das heißt, aus der Sicht ihrer Freunde, Berufskollegen und Nachbarn, verkörpert das Ehepaar Schneider geradezu das Musterbeispiel einer erfolgreichen Existenz.

Er, Thomas Schneider, hat mit seinen fünfunddreißig Jahren bereits eine Karriere als leitender Angesteller eines großen Automobilunternehmens hinter sich, und die vor ihm liegende Zukunft verheißt einen noch glanzvolleren Aufstieg.

Sie, die zweiunddreißigjährige Erika, ist nicht berufstätig. Sie widmet sich ausschließlich ihren häuslichen Pflichten, was im Frankfurt des Jahres 1978 eher selten vorkommt, selbst in gutbürgerlichen Kreisen. Doch dieser freiwillige Verzicht auf Erwerbstätigkeit wird allgemein als Zeichen von besonderer Harmonie zwischen den Eheleuten angesehen. Immerhin ist es ihr Recht, so zu leben, wie sie es für richtig halten, und wenn sie sich dabei wohl fühlen, um so besser.

Dennoch gibt es da jemanden, der die Situation der beiden aus einem gänzlich anderen Blickwinkel betrachtet, und diese Person ist die erst sechsjährige Tochter des Ehepaars, die kleine Gretel.

Das Kind ist wach und frühreif, was ihm sicherlich eher schadet, denn es errät die ganze Wahrheit. Es spürt genau, daß sich die Eltern schon lange nicht mehr verstehen. Bei Tisch erlebt es immer wieder dieselben Diskussionen und Streitigkeiten. Die Eltern glauben, die Kleine begreife noch nicht, was da vorgeht, und werfen sich ungeniert alle möglichen häßlichen Wahrheiten an den Kopf.

»Ich habe es satt, den ganzen Tag zu Hause zu sitzen und mich um den Haushalt zu kümmern!«

»Du brauchst das ja nicht zu machen. Ich bezahle dir eine Haushälterin.«
»Natürlich, du bezahlst immer alles, denn du bist ja der einzige von uns beiden, der arbeitet. Und ich verlange nichts anderes, als ebenfalls berufstätig sein zu können! Aber das willst du ja nicht. Ich mache den Haushalt nur deshalb, weil ich mich dermaßen langweile, daß ich alles mögliche tun würde!«
»Und du langweilst mich mit deinen Phrasen!«
»Ich will wieder arbeiten. Bevor ich dich kennenlernte, war ich Journalistin. Ich bin sicher, die Zeitung würde mich wieder einstellen.«
»Kommt überhaupt nicht in Frage!«
O ja, die kleine Gretel begreift sehr gut. Sie begreift, daß ihre Mutter unglücklich ist, weil sie den ganzen Tag zu Hause bleiben muß, und daß dies die Schuld ihres Vaters ist. Daher versucht sie, die Mutter zu zerstreuen, wenn sie mit ihr zusammen ist; sie bittet sie, mit ihr zu spielen und ihr aus ihren Kinderbüchern vorzulesen. Doch während dieser Lesestunden entfährt Erika so mancher Seufzer.
Gretel denkt bei sich: ›Mama ist unglücklich, weil sie nicht arbeiten darf...‹ Und sie macht sich innerlich Vorwürfe, daß es ihr nicht gelingen will, die Mutter auf andere Gedanken zu bringen.
Es ist der 27. März 1978. Wie so oft ist das Abendessen im Kreise der Familie sehr unerfreulich verlaufen. Gretel hat ihren Eltern schon zu Beginn der Mahlzeit angemerkt, daß das leidige Thema wieder auf den Tisch kommen würde. Nachdem die üblichen Argumente ausgetauscht worden sind, die Gretel inzwischen auswendig kennt, nimmt der Streit zwischen den Eltern diesmal jedoch sehr viel ernstere Formen an.
Noch nie hat die Kleine gesehen, daß ihr Vater im Gesicht derart rot geworden ist, noch nie hat sie diese zitternden Hände bei ihm gesehen und diese geschwollene Ader an seiner Stirn. Und noch nie hat sie ihre Mutter so bleich gesehen.

Als die Eltern sie auffordern, in ihr Zimmer zu gehen, ist Gretel äußerst beunruhigt. Sie verläßt das Eßzimmer, doch statt den Eltern zu gehorchen, bleibt sie hinter der Tür stehen, um zu lauschen.

Zitternd vernimmt sie Worte, deren Sinn sie nicht versteht und die viel schlimmer sein müssen als alles, was sie bisher von ihren Eltern gehört hat.

»Ja«, ruft Erika, »ich will in Zukunft getrennt schlafen!«

»Du bist meine Frau, und es ist deine Pflicht...«

»Ja, das paßt zu dir, von Pflicht zu reden! Im Zusammenleben mit dir habe ich nie etwas anderes kennengelernt als Pflichten!«

Nach einem Moment des Schweigens fügt Erika auf einmal hinzu: »Thomas, ich will mich scheiden lassen.«

Starr vor Schrecken hört das kleine Mädchen daraufhin Geräusche wie bei einer Verfolgungsjagd, dann scheint etwas Schweres zu Boden zu fallen, und plötzlich breitet sich eine lange Stille aus...

Trotz ihrer Furcht hält Gretel es schließlich nicht mehr aus und öffnet die Tür. Ihre Mutter liegt ausgestreckt am Boden. Ihr Vater kniet mit starrem Blick davor.

Gretel stürzt in den Flur, wo das Telefon steht. Sie wählt die Nummer der Polizei, die sie auf Wunsch der Eltern für den Notfall auswendig gelernt hat.

Mit ihrer Kinderstimme sagt sie: »Hallo, kommen Sie schnell! Papa hat Mama umgebracht!«

Sie gibt die Adresse an und hängt ein.

Wenige Minuten später versammelt sich etwa ein Dutzend Leute im Häuschen der Schneiders, das in einem gepflegten Vorort von Frankfurt liegt. Ein Kommissar und einige seiner Leute haben sich um den Ehemann geschart. Vergeblich bedrängen sie ihn mit Fragen. Thomas Schneider antwortet nicht. Er ist wie versteinert und zeigt keinerlei Reaktion.

Gretel ist in ihr Zimmer geführt worden. Ein Polizeibeamter versucht ohne große Überzeugung, sie mit ihren Spielsachen abzulenken. Natürlich hat das kleine Mädchen nicht die geringste Lust zu spielen. Sie möchte wieder nach unten ins Eßzimmer gehen, und der Beamte muß sie mit Gewalt zurückhalten.

Dort unten, im Eßzimmer, findet jetzt nämlich ein dramatischer Kampf um Leben und Tod statt. Als die Rettungsleute zusammen mit der Polizei am Tatort eingetroffen waren, sahen sie sofort, daß Erika Schneider noch nicht tot war. Ihr Mann hatte versucht, sie zu erwürgen, und ihr Hals war mit Blutergüssen übersät, aber sie atmete noch. Man hatte daher unverzüglich mit künstlicher Beatmung begonnen, und nach zehn Minuten intensiven Bemühens ist es geschafft: Erika kann wieder richtig atmen. Sie ist gerettet!

Anschließend bringt man sie ins Krankenhaus, während ihr Mann in Handschellen aufs Kommissariat geführt wird. Die kleine Gretel wird kurz darauf von ihren Großeltern mütterlicherseits mit dem Wagen abgeholt.

Zu dem Drama, das sich abgespielt hat, sagen sie nur den einen Satz: »Mama ist am Leben.« Und unterwegs im Auto wiederholt das Kind im stillen immer dieselben Worte: ›Ich habe Mama gerettet...‹

Ein Monat ist vergangen. Nach längerem Klinikaufenthalt kehrt Erika Schneider zu ihren Eltern zurück. Großpapa und Großmama haben Gretel darauf vorbereitet und zu ihr gesagt: »Du weißt, Mama ist krank. Sie ist nicht mehr wie früher. Du mußt also besonders lieb zu ihr sein...«

Ja, Mama ist sogar sehr krank. Gretel wird das sofort klar, als sie die Mutter im Rollstuhl auf sich zukommen sieht. Sie stürzt auf sie zu, doch sie erlebt eine weitere Überraschung: Ihre Mutter hat den Kopf zur Seite gedreht, sie blickt nicht in Gretels Richtung, und sie lächelt sie nicht an. Erst als sie ganz nah ist, bemerkt Erika die Gegenwart des Kindes.

»Mein Kleines, du mußt begreifen...«, sagt die Mutter sanft. »Ich bin gelähmt, kann weder Arme noch Beine bewegen.«

Erika Schneider läßt einen Moment verstreichen und fügt mit veränderter Stimme hinzu: »Und außerdem kann ich dich auch nicht sehen. Ich bin blind...«

Sie zwingt sich zu einem Lächeln und fährt fort: »Aber das macht nichts. Dir verdanke ich, daß ich noch lebe. Du hast mich gerettet.«

Das Leben bei den Großeltern geht weiter, und der Alltag kehrt wieder ein. Jedesmal, wenn Gretel aus der Schule kommt, verbringt sie lange Zeit mit ihrer Mutter. Die Kleine ist nicht wenig stolz darauf, Mama gerettet zu haben. Doch das genügt nicht, sie möchte noch mehr tun und ihr auch die Freude am Dasein wiedergeben.

In den Momenten, wo sie zusammen sind, spürt Gretel, daß die Mutter sich wohl fühlt. Sie ist ruhig und hört ihr zu. Sie fragt sie, wie es in der Schule gewesen ist. Sie läßt sich von Gretel beschreiben, was sich draußen ereignet, welche Farbe der Himmel hat, wie die Blätter an den Bäumen aussehen, und welche Blumen blühen. Voller Eifer antwortet das Kind auf all ihre Fragen.

Doch es gibt auch andere Momente. Gretel weiß davon, weil sie an der Tür lauscht, nachdem man sie abends schlafen geschickt hat. Sie pflegt dann auf ihr Zimmer zu gehen, wartet eine Viertelstunde, schleicht sich wieder nach unten und preßt ihr Ohr an die Tür. Sie kann einfach nicht anders, denn sie hat Angst. Und was wäre geschehen, hätte sie an jenem schrecklichen Abend nicht gelauscht? Also muß sie damit weitermachen. Sie beginnt, ihre Mutter auf diese Weise zu überwachen...

Tatsächlich ist Erika Schneider nicht mehr dieselbe, sobald ihre Tochter nicht mehr bei ihr ist. Sie verfällt in eine düstere, deprimierte Stimmung, und schon bald ist die kleine Gretel an die Gespräche gewöhnt, die die Erwachsenen miteinander führen.

»Wenn Gretel nicht wäre, würde ich Selbstmord begehen«, sagt die Mutter oft. »Es ist zu furchtbar!«

Darauf die Stimme von Großpapa oder Großmama: »Komm schon, Kleines, rede keinen Unsinn!«

»Eines Tages werde ich nicht mehr den Mut haben, um weiterzumachen. Dann werde ich es tun.«

Das alles hört Gretel hinter der Tür. Am liebsten würde sie dann ins Zimmer stürzen und ihrer Mutter um den Hals fallen, aber sie fürchtet, daß man sie schelten könnte. Daher bleibt sie noch ein paar Minuten hinter der Tür stehen, bevor sie schließlich schlafen geht. Und sie nimmt sich vor, am anderen Tag zu ihrer Mutter noch netter zu sein.

Im September des Jahres 1978 wird sie heimlich Zeuge ganz anderer Gespräche. Man redet über den Prozeß, und Gretel begreift, daß es um ihren Vater geht. Man wird ihn als Mörder verurteilen.

Eines Tages wird ihre Mutter von einem schwarzen Wagen abgeholt. Niemand hat Gretel etwas gesagt, weder ihre Mutter noch die Großeltern, doch die Kleine weiß genau, daß die Mutter zum Prozeß fährt. Am folgenden Tag ziehen die Großeltern ihre besten Sachen an und fahren zur selben Stunde fort. Auf Gretels Fragen geben sie keine Antwort. Statt dessen erklären sie ihr lächelnd: »Wir machen ein paar Besorgungen. Wir sind bald wieder da...«

Gretel beharrt nicht. Natürlich hält man sie noch für ein Kind, denn schließlich ist sie erst sieben. Die Großen können ja nicht wissen, daß all das, was Gretel hinter der Tür belauscht hat, sie vorzeitig hat reifen lassen.

Am Abend dieses Tages ist Gretel wieder auf ihrem Lauschposten. Man hat sie diesmal früher zu Bett geschickt als sonst. Es geht also um etwas Wichtiges, und in der Tat hört sie lautes Stimmengewirr.

Großvater scheint wütend zu sein. Er spricht mit der donnernden Stimme, die sie gar nicht an ihm mag: »Sieben Jahre Gefängnis! Sieben Jahre, nachdem er dir das angetan hat!«

Großmama erwidert sanft: »Aber die Schadenersatzsumme ist dafür besonders hoch ausgefallen...«

Doch dann schweigt Großmama, denn Erika hat angefangen zu weinen.

Das einzige, was Gretel in diesem Moment bewußt wahrnimmt, sind die Tränen ihrer Mutter. Ihr Vater ist zu sieben

Jahren Gefängnis verurteilt worden, doch das sagt Gretel nicht viel. Sie weiß nur, daß ihre Mutter wieder weint, und das macht ihr angst. Sie muß sich noch mehr Mühe geben, besonders lieb zu ihr zu sein. Und sie muß unbedingt weiter an der Tür horchen, denn sie ahnt, daß sich ein erneutes Drama anbahnt.

Im Laufe der nächsten Monate verschlechtert sich Erikas seelische Verfassung zunehmend. Eigentlich dürfte Gretel davon nichts wissen. Wenn sie mit ihrer Mutter zusammen ist, zwingt sich diese, fröhlich und ganz normal zu wirken. Sie erkundigt sich besorgt nach ihren Schulergebnissen und läßt sich mit scheinbar unverändertem Interesse von den täglichen Erlebnissen ihrer Tochter erzählen.

Doch abends hinter der Tür vernimmt das Kind eine gänzlich andere Sprache. Die Stimme der Mutter klingt so müde, wie Gretel es noch nie gehört hat. Und vor allem sagt sie ganz schreckliche Dinge zu den Großeltern. Gretel ist inzwischen acht. Sie ist ihren Jahren weit voraus und versteht genau, worum es geht.

»Ich kann nicht mehr! Ich weiß, daß ich mich um Gretels willen bemühen müßte, aber es geht über meine Kraft.«

»Nimm dich zusammen, Liebes!«

»Wenn ich nicht gelähmt wäre, hätte ich es längst getan. Ich flehe euch an, tut es an meiner Stelle!«

Großpapa und Großmama flüstern erschrocken miteinander. Sie wollen natürlich nicht, daß die Kleine wach wird. Erika schweigt schließlich.

Gretel geht in ihr Zimmer und nimmt sich fest vor, alles zu tun, um dies zu verhindern...

Es ist der 18. Januar 1980. Gretel steht wieder an der Tür und horcht, doch diesmal hat sie es nicht absichtlich getan, und es handelt sich nicht um die Tür zum Eßzimmer, sondern um die Küchentür. Genauer gesagt lauscht sie jetzt keiner Unterhaltung. Sie hat vielmehr ein Schluchzen vernommen, einen halb erstickten Schluchzer von ihrer Großmutter.

Alarmiert späht das Kind durch den Türspalt. Es gibt nichts

Besonderes zu sehen. Großmutter bereitet die Medikamente für Mama vor. Und wenn sie traurig ist, so liegt das an den schrecklichen Dingen, die Mama jeden Abend zu ihr sagt.
Beim Abendessen denkt Gretel nicht mehr daran. Als sie jedoch später ihren Lauschposten bezieht, ist sie jäh beunruhigt. Sie preßt ihr Ohr noch fester gegen die Tür, denn die Situation kommt ihr verändert vor. Ihre Mutter sagt nichts und beklagt sich auch nicht. Nur das Flüstern der Großeltern dringt an Gretels Ohr.
Sie versteht nur ein paar Wortfetzen: »...besser so... bald befreit... mußte sein...«
Gretel weiß sofort Bescheid. Wie vor zwei Jahren stürzt sie zum Telefon und wählt die Nummer der Polizei.
»Hallo, kommen Sie schnell! Großvater und Großmutter haben Mama umgebracht!«
Die Polizei erscheint wenige Minuten später, da man den Anruf des Kindes ernst genommen hat. Die Großeltern stehen an der Türschwelle. Sie geben sofort alles zu.
»Wir haben ihr ein Röhrchen Schlaftabletten gegeben. Sie selbst hat uns darum gebeten. Sie hat nicht gelitten.«
Die Männer von der Ambulanz hören ihnen nicht zu. Sie stürzen zu der jungen Frau hin, die bereits bewußtlos ist. Und wie vor zwei Jahren führen sie an Erika Schneider Wiederbelebungsversuche durch. Aber diesmal haben sie keinen Erfolg, und Erika liegt nach wie vor im Koma, als sie ins Krankenhaus gebracht wird.
Was Gretel betrifft, so macht sie sich keine Sorgen. Immerhin hat sie ihre Mutter schon einmal gerettet. Ganz bestimmt ist es ihr auch jetzt wieder gelungen. In ihrem Zimmer, wo sie in Gegenwart eines Polizisten wartet, vergnügt sie sich seelenruhig mit ihren Spielsachen.
Im Wohnzimmer findet unterdessen ein dramatischer Wortwechsel zwischen dem Kommissar und Erikas Eltern statt.
Die beiden alten Leute pressen sich ängstlich aneinander, als der Beamte erklärt: »Sie sind genauso Kriminelle wie Thomas Schneider, und man wird Sie beide wegen desselben

Verbrechens verurteilen, nämlich wegen Mordes!«
Erikas Vater versucht, die Tat zu rechtfertigen: »Wir haben es nur getan, um ihr unnötiges Leiden zu ersparen. Sie litt unter körperlichen Schmerzen, denn sie hatte zuletzt auch noch Rheumatismus bekommen. Vor allem aber hat sie seelisch gelitten, Sie ahnen ja nicht, wie sehr! Jeden Tag hat sie uns angefleht, dem ein Ende zu machen.«
Doch der Kommissar läßt sich nicht überzeugen.
»Und was ist mit dem Kind, das uns angerufen hat, dieses arme Kind, das jetzt alles zum zweiten Mal erlebt? Haben Sie gar nicht an die Kleine gedacht?«
Da brechen die beiden alten Leute zusammen.
»Das haben wir nicht gewollt! Wir wußten ja nicht, daß Gretel an der Tür gelauscht hat! Wir hatten vor, ihr zu sagen, die Mutter sei an den Folgen ihrer Krankheit gestorben.«
Der Kommissar hört ihnen nicht länger zu. Trotz ihres Alters läßt er keine Schonung walten und verhaftet sie.

Erika Schneider hat die Dosis Schlaftabletten, die ihre Mutter ihr verabreicht hatte, nicht überlebt. Sie starb im Krankenhaus, ohne das Bewußtsein wiedererlangt zu haben. Vielleicht hatte sie tatsächlich sterben wollen, um von ihrem Leiden erlöst zu werden. Wie auch immer, weder sie noch die Großeltern hatten an Gretel gedacht. Denn für das Kind begann die Tragödie jetzt erst richtig.
Man mußte ihr beibringen, daß es ihr nicht gelungen war, ihre Mutter ein zweites Mal zu retten. Die Kleine war Vollwaise geworden, da sie keine Familie mehr hatte.
Am Ende wurden Erikas Eltern zu fünf Jahren Gefängnis mit Bewährung verurteilt. Doch der Hauptzeuge, die Person, die am meisten betroffen war, nahm am Prozeß nicht teil. Gretel Schneider war schließlich erst acht Jahre alt...
Mehrere Familien hatten sich angeboten, der Kleinen ein neues Zuhause zu geben. Hoffen wir, daß dies gelungen ist und daß Gretel vergessen konnte, was sie hinter der Tür belauscht hatte.

Der Henker als Opfer

Am 8. Dezember des Jahres 1780 stürmt der fünfunddreißigjährige Thomas Dietrich in die Polizeipräfektur von Tübingen, der Hauptstadt des Königreiches Württemberg. Der blonde, gutgewachsene junge Mann ist in schwere Pelze gehüllt, denn an diesem Tag herrscht eisiger Frost.
Er schnauzt den Pförtner an: »Wo ist der Polizeipräfekt? Ich muß ihn umgehend sprechen!«
Der Pförtner eilt davon, um seinen Vorgesetzten zu rufen, wobei sein Gesichtsausdruck eine Mischung aus Furcht und Überraschung zeigt. Schließlich weiß jeder in der Gegend, wer Thomas Dietrich ist: Er ist der Henker von Tübingen.
Kurz darauf sieht sich dieser dem Polizeipräfekten des Königreiches gegenüber, Johann Berger, der wie gewöhnlich mit äußerster Sorgfalt gekleidet ist. Darüber hinaus trägt er bei jeder Gelegenheit ein besonders feines Gebahren zur Schau, was ihn allerdings nicht hindert, sein Amt mit unerbittlicher Härte auszuüben.
»Nun, mein lieber Dietrich, was führt Euch zu mir?«
Thomas Dietrich entledigt sich seines Umhangs und läßt sich in einen Stuhl fallen.
»Es handelt sich um etwas Schreckliches, um etwas ganz Abscheuliches! Ich habe jemanden enthauptet!«
Diese Antwort ist so unerwartet, daß der Polizeipräfekt in lautes Gelächter ausbricht.
»Ihr habt jemanden enthauptet? Das ist wahrlich eine große Neuigkeit!«
Doch der Henker selbst lacht nicht.
»Laßt mich weiterreden. Ich habe gestern abend jemanden enthauptet!«

»Gestern abend? Aber...«
Thomas Dietrich sinkt noch tiefer in seinen Stuhl.
»Ja, Ihr habt richtig gehört: Es war gestern abend. Und es handelte sich nicht um die Vollstreckung eines Gerichtsurteils, sondern um etwas... um etwas anderes.«
Und dann erzählt der Henker von Tübingen dem Polizeipräfekten Johann Berger eine geradezu unglaubliche Geschichte...
Alles hatte im Morgengrauen des Vortages begonnen. Wie es für einen Mann üblich ist, der das Amt des Henkers ausübt, wohnt Thomas Dietrich nicht in der Stadt selbst. Sein Haus befindet sich ganz am Rande von Tübingen, weit weg von den Wohngebieten der anderen. Außerdem ist er unverheiratet, was bei Männern seines Berufes ebenfalls häufig vorkommt. Er hat noch keine passende Frau gefunden.
Er ist daher allein, als eine große Kutsche vor seinem Hause hält. Drei Männer steigen aus und klopfen an seine Tür.
»Bist du der Henker von Tübingen?«
»Ja, der bin ich.«
Mehr zu sagen bleibt ihm keine Zeit, denn man wirft ihm eine Decke über den Kopf, und während er sich noch vergeblich zu befreien versucht, wird er gefesselt und in den Wagen gestoßen, der sofort losfährt.
Alsbald wird die Decke durch eine Augenbinde ersetzt, und er vernimmt die Worte: »Hab keine Angst, wir werden dir nichts tun. Aber wenn du zu entkommen oder zu schreien versuchst, bist du ein toter Mann!«
Und tatsächlich fühlt Thomas Dietrich den Lauf einer Pistole an der Schläfe. Was soll er also anderes tun, als zu gehorchen?
Die Reise erscheint ihm unendlich lang. Sie dauert einen halben Tag oder vielleicht auch länger, doch wer nur Dunkelheit um sich hat, verliert jedes Zeitgefühl.
Die Kutsche hält mehrmals an, um die Pferde zu wechseln. Als sie wieder einmal zum Stehen kommt, vernimmt Dietrich das Geräusch von klirrenden Ketten, und als sich das

Gefährt erneut in Bewegung setzt, das Geräusch von Rädern auf einer Holzunterlage. Kein Zweifel, denkt er, soeben hat man eine Zugbrücke passiert. Nachdem abermals ein Kettengeräusch ertönt und die Zugbrücke hochgezogen wird, bleibt die Kutsche endgültig stehen.

Vier kräftige Hände packen den jungen Mann und befördern ihn rüde ins Freie. Eisige Luft kommt ihm entgegen, als er in den Schnee hinausstolpert. Er errät, daß er sich im Innenhof eines Schlosses befinden muß.

Zwei Männer ziehen ihn mit sich fort und führen ihn eine Treppe hinunter. Er zählt die Stufen: Es sind achtundachtzig. Je weiter er hinabsteigt, desto glitschiger werden sie. Mehrmals verliert er das Gleichgewicht, bis er endlich ganz unten angelangt ist. Seine Schritte erzeugen einen lauten Widerhall, als befände er sich in einer Kathedrale.

In dem Moment wird er losgelassen und die Binde von seinen Augen entfernt. Fassungslos betrachtet Thomas Dietrich seine Umgebung: Er befindet sich in einer weitläufigen Krypta. An den Wänden des riesigen Gewölbes sind Fackeln angebracht, die einen düsteren Schein erzeugen. Ihm gegenüber sitzen sieben Gestalten an einem langen Tisch. Sie alle sind maskiert und tragen das Gewand eines Richters.

Der junge Mann wendet den Kopf und fährt entsetzt zusammen, als er auf der linken Seite des Raumes einen Richtblock und ein Beil entdeckt, genau wie er sie für offizielle Hinrichtungen verwendet!

Die in der Mitte sitzende Gestalt ergreift schließlich das Wort: »Thomas Dietrich, wir haben dich hierher gebracht, damit du deiner Pflicht nachkommst.«

Auf eine Handbewegung von ihm erscheinen zwei gleichfalls maskierte Personen durch eine Tür im hinteren Teil des Gewölbes. Sie führen eine Frau herein, die ein schwarzes Kleid trägt und deren Kopf mit einem schwarzen Schleier bedeckt ist. Ein paar blonde Locken kommen darunter hervor und fallen ihr auf die Schultern. Ihre Hände sind auf dem Rücken zusammengebunden, und man sieht die weiße Haut

ihrer wohlgeformten Arme. Es ist eine junge, zweifellos sehr schöne Frau, die sich unter dieser Aufmachung verbirgt.
Der Henker stößt einen Schrei aus: »Nein, niemals!«
Der Richter in der Mitte der Versammlung zieht daraufhin eine Pistole aus seiner Weste und erklärt: »Ich gebe dir eine Viertelstunde Bedenkzeit. Wenn du dann noch immer nicht dazu bereit bist, werden wir dich töten und einen anderen finden, der diese Aufgabe an deiner Stelle erledigt. Wie dem auch sei, diese Frau wird ihrer Strafe nicht entkommen.«
Thomas Dietrich hat das Gefühl, einen Alptraum zu erleben. Er fragt: »Aber was hat sie denn getan?«
»Du hast ein Recht, das zu erfahren«, erwidert der Maskierte zustimmend.
Doch in dem Moment nähert sich die junge Frau dem Richtertisch und schüttelt verneinend den Kopf.
Der Richter ergreift wieder das Wort: »Da sie es so wünscht, werden wir darüber Stillschweigen bewahren. Also, du hast eine Viertelstunde Zeit!«
Mit zugeschnürter Kehle starrt Thomas Dietrich abwechselnd auf die reglos dasitzenden Männer, die Pistole auf dem Tisch, deren Lauf in seine Richtung zielt, die ebenfalls völlig reglose junge Frau in Schwarz, das Beil und den Richtblock.
»Aber das ist doch nicht möglich!« stammelt er.
Die Zeit verstreicht. Zwischendurch ertönt immer wieder mit unheimlichem Widerhall die Stimme des Vorsitzenden: »Noch zehn Minuten...Fünf Minuten... Zwei Minuten...«
Ein leises Klicken ist zu hören. Der Vorsitzende hat die Waffe entsichert. Da schreit Thomas Dietrich auf: »Nein! Ich tue, was Ihr verlangt!«
Ganz von allein legt die junge Unbekannte ihren Kopf auf den Richtblock. Während Dietrich das Beil ergreift, hat er nur einen einzigen Gedanken: Seine Gefühle zu zügeln und nicht zu zittern, um dieser Unglücklichen unnötiges Leiden zu ersparen. Das Beil saust hinab, und der noch immer verschleierte Kopf rollt auf den Steinboden. Dann verliert Thomas Dietrich das Bewußtsein.

Als er wieder zu sich kommt, befindet er sich erneut mit verbundenen Augen in der Kutsche. Er legt dieselbe unendlich lange Reise zurück, nur diesmal in umgekehrter Richtung, bis er im Morgengrauen vor seinem Haus ankommt.
Nachdem er ihn losgebunden und die Augenbinde entfernt hat, überreicht ihm einer der Männer, die ihn begleitet haben, einen Geldbeutel.
»Hier sind dreihundert Louisdor für Eure Arbeit.«
Und die Kutsche fährt davon. Thomas Dietrich bleibt allein zurück. Dann läuft er in die Stadt, um den Polizeipräfekten aufzusuchen.
Dieser hat seinem Bericht gelauscht, ohne die ihm eigene Höflichkeit aufzugeben, die er in allen Situationen zu wahren pflegt.
»Und habt Ihr sie noch, die dreihundert Louisdor?«
Der Henker zieht den Geldbeutel aus seiner Tasche.
»Hier sind sie.«
Der Polizeihauptmann zählt das Geld in aller Ruhe nach.
»Ja, es stimmt«, sagt er schließlich, »es ist genau die Summe.«
Thomas Dietrich wird allmählich ungeduldig.
»Was meint Ihr, wo sich dieses Schloß befindet? Wenn wir immer geradeaus gefahren sind, haben wir bestimmt eine sehr lange Strecke zurückgelegt, vielleicht sogar bis ins Ausland. Aber ich glaube eher, wir haben uns eine ganze Weile im Kreis gedreht. Meiner Ansicht nach liegt dieses Schloß noch in Württemberg.«
Zerstreut läßt Johann Berger die Münzen durch seine Finger gleiten.
»Ihr seid jetzt ein reicher Mann, Dietrich. Diese Arbeit hat sich für Euch wirklich gelohnt!«
Zitternd erhebt sich der Henker von Tübingen: »Wie könnt Ihr nur so etwas sagen!«
Der Polizeipräfekt ist ebenfalls aufgestanden: »Und Ihr, wie könnt Ihr mir eine solche Geschichte auftischen? Haltet Ihr mich für einen Dummkopf?«

Der Henker starrt ihn fassungslos an.
»Glaubt Ihr mir etwa nicht?«
»Nein, ich glaube Euch nicht. Allerdings hätte ich nicht vermutet, daß Ihr über eine derart blühende Phantasie verfügt. So etwas zu erfinden, damit Ihr Eure dreihundert Louisdor erklären könnt, dazu gehört wirklich einiges!«
»Aber...«
»Schweigt! Heute nacht ist in Tübingen ein reicher Kaufmann ermordet worden, und den Zeugenaussagen nach hatte er eine stattliche Summe in Louisdor bei sich. Wachen! Ergreift diesen Mann und bringt ihn fort!«
Und so findet sich Thomas Dietrich kurz darauf im Gefängnis wieder. Die Tage vergehen... Der Polizeipräfekt Berger ist ein Mann von schnellen Entschlüssen. Wenn er sich erst einmal in eine Idee verrannt hat, weicht er nicht mehr davon ab. Keinen Moment lang versucht er, die Erzählung von Thomas Dietrich zu überprüfen, der inzwischen des Mordes angeklagt worden ist. In Kürze wird man ihm den Prozeß machen, und über den Ausgang des Verfahrens gibt es keinen Zweifel. Das einzige Problem wird darin bestehen, einen zweiten Henker aufzutreiben, der dem ersten den Kopf abschlägt...
Man schreibt den 10. Januar 1781. Es ist ein Monat vergangen, seitdem Thomas Dietrich von jenem unerhörten Abenteuer berichtet hat, das er erlebt zu haben behauptet. An diesem Tag nun verlangt eine wichtige Persönlichkeit des Landes, vom Polizeipräfekten Johann Berger empfangen zu werden. Es handelt sich um den Baron von Buch, der zum besten württembergischen Adel gehört.
Der Polizeipräfekt, dessen hauptsächliches Bestreben darin besteht, bei Hofe wohlangesehen zu sein, beeilt sich, dem Verlangen nachzukommen.
»Herr Baron, es ist mir eine große Ehre...«
Doch sein Besucher schneidet mit einer Handbewegung weitere Höflichkeitsfloskeln ab.
»Ihr wißt, wer ich bin?«

»Wer wüßte das nicht?«
»Dann wißt Ihr auch, daß ich seit meiner Heirat mit der Familie von Scheffel verwandt bin?«
»Aber ja, selbstverständlich.«
»In dem Falle habt Ihr also keinerlei Grund, meine Worte in Zweifel zu ziehen.«
Der Polizeipräfekt fühlt sich auf einmal unbehaglich.
»Herr Baron, ich verstehe nicht ganz...«
»Ihr werdet noch früh genug verstehen. Ihr erinnert Euch sicher, daß die Familie von Scheffel, genau gesagt, meine Schwägerin Inge von Scheffel, kürzlich in eine kriminelle Affäre verwickelt war, nicht wahr?«
Johann Berger begreift immer weniger, worauf der Baron hinauswill. Natürlich erinnert er sich daran; schließlich hat er selbst die Ermittlungen durchgeführt! Es war übrigens ein ganz besonders schreckliches Verbrechen. Man hatte die kleine Tochter der Gräfin Inge von Scheffel im Schloßgraben erwürgt aufgefunden. Aufgrund der Zeugenaussage der Gräfin konnte man den Schuldigen rasch überführen. Es handelte sich um einen Bediensteten, einen gewissen Hans Steiner. Dieser wurde daraufhin zum Tode verurteilt und hingerichtet.
»Wie könnte ich das vergessen, Herr Baron!«
Der Baron von Buch wirft dem Beamten einen verächtlichen Blick zu.
»Ihr werdet diese Angelegenheit bestimmt nicht in guter Erinnerung behalten, wenn Ihr erst die Fortsetzung hört. Ihr wart noch nie ein Mann von großem Urteilsvermögen, Berger! Zu Eurer Entschuldigung muß man zwar sagen, daß immerhin die Aussage von Inge von Scheffel vorlag, aber wenn Ihr gründlicher ermittelt hättet, so wäre Euch bald klar geworden, daß Ihr es mit einer Verrückten zu tun hattet.«
Berger verliert immer mehr den Boden unter den Füßen. Sein Gegenüber fährt fort: »Inge von Scheffel selbst hat ihr Kind in einem Zustand geistiger Umnachtung getötet. Dann hat sie ihren Diener beschuldigt, und Ihr habt diese Geschichte geglaubt. Erst Ende November letzten Jahres gestand sie ihrem

Vater schließlich die Wahrheit, weil sie von Gewissensbissen geplagt wurde.«
»Aber das ist ja furchtbar!«
»Furchtbar, in der Tat. Ihr Vater, der Baron von Scheffel, faßte daraufhin einen Beschluß: Inge sollte bestraft werden, doch es galt, einen Skandal zu vermeiden. Er hat daher eine Art Tribunal zusammengerufen, an dem sowohl er selbst teilgenommen hat, als auch der Gemahl von Inge, ihre beiden Brüder, die beiden Brüder von Hans Steiner sowie meine Person. Wir waren insgesamt sieben an der Zahl.«
Den Polizeipräfekten schaudert es. Vor seinem geistigen Auge erscheint ein Bild, ein Bild aus der Erzählung von Thomas Dietrich. Er sieht den langen Tisch im Kellergewölbe des Schlosses vor sich, an dem sich sieben maskierte Gestalten versammelt hatten, die wie Richter gekleidet waren...
»Und was geschah dann?« stammelt er.
Mit plötzlich veränderter Stimme erklärt der Baron: »Inge war in ihrem Zimmer eingeschlossen worden, während wir uns berieten. Alsbald waren wir uns alle über die Strafe einig: Sie verdiente den Tod. Das einzige, worüber wir lange diskutierten, war die Art der Hinrichtung. Am Ende setzte sich der Standpunkt der beiden Brüder Steiner durch.«
Johann Berger ist bleich geworden.
»Und was bedeutet das?«
»Inge sollte auf dieselbe Weise sterben wie Hans Steiner, nämlich durch das Beil des Henkers, der diesen enthauptet hatte. Wir teilten Inge daraufhin mit, zu welchem Schuldspruch wir gelangt waren. Sie nahm das Urteil an. Als nächstes planten wir die Entführung von Thomas Dietrich.«
Der Polizeipräfekt verliert sichtlich die Fassung. Er bringt kein Wort mehr hervor.
In verächtlichem Ton fährt der Baron fort: »Ich brauche Euch nicht zu erzählen, wie die Geschichte ausgegangen ist. Dietrich wird Euch die Details sicher berichtet haben. Jedenfalls waren wir es, die ihm die dreihundert Louisdor ausgehändigt haben.«

Mit kaum hörbarer Stimme fragt Johann Berger: »Aber warum seid Ihr gekommen und erzählt mir all das?«
»Weil sonst ein Unschuldiger hingerichtet worden wäre, deshalb! Die anderen waren nicht derselben Auffassung wie ich. Für sie ging die Familienehre vor, doch das entspricht nicht meiner Sicht der Dinge. Ihr wißt jetzt, was Euch zu tun übrig bleibt, Berger. Ihr müßt uns alle sieben verhaften, denn wir haben ein Verbrechen begangen!«
Und genau dazu mußte sich der Polizeipräfekt Johann Berger am Ende entschließen. Unmittelbar danach quittierte er den Dienst. Er hatte sich lächerlich gemacht und war entehrt.
Als den selbsternannten Richtern nun als Angeklagten der Prozeß gemacht wurde, war dies in der Stadt Tübingen ein ungemein aufsehenerregendes Ereignis. Zu ungewöhnlich war dieser Fall ja auch!
Thomas Dietrich, der sich zunächst noch neben ihnen auf der Anklagebank befunden hatte, wurde später freigesprochen, da man ihn zu seiner Tat gezwungen hatte. Nach seiner Entlassung aus dem Gefängnis wurde er wieder voll in sein Amt eingesetzt.
Das Gericht ließ jedoch auch den übrigen Angeklagten gegenüber Milde walten. Keiner von ihnen wurde zum Tode verurteilt. Sie erhielten lediglich Gefängnisstrafen.
Der Henker von Tübingen nahm diese Urteilsverkündungen mit ebenso großer Erleichterung zur Kenntnis wie seinen eigenen Freispruch. In dieser dramatischen Geschichte wäre also keine weitere Enthauptung mehr notwendig.

Das verwunschene Haus

Tommy Robertson, ein junger Mann von neunundzwanzig Jahren, hat sich wie viele andere an diesem 7. Mai 1979 in den Büroräumen der Miller Building Company eingefunden, in der siebenundzwanzigsten Etage eines Wolkenkratzers in New York.

Während Tommy Robertson im Vorzimmer wartet, wirft er einen Blick nach links und rechts. Nüchtern registriert er, daß der Raum voller Menschen ist und daß sich mindestens fünfzig Leute auf die kleine Annonce hin gemeldet haben, was bei dem Text keineswegs erstaunlich ist: »Junges Ehepaar mit Kind zur Bewachung von Luxusvilla gesucht. Äußerst großzügige Bezahlung.«

Seit dem Beginn des Morgens verläßt ein Bewerber nach dem anderen mit gesenktem Kopf und enttäuschtem Gesichtsausdruck das Büro des Chefs, Philipp Miller. Was Tommy Robertson betrifft, so ist dieser wie seine Frau Kate schon ein Jahr lang arbeitslos. Es liegt nicht daran, daß er unfähig oder gar faul wäre; im Gegenteil, er wäre bereit, die schwersten Arbeiten auszuführen. Tommy ist ein großer, kräftiger Mann mit dunklem Haar, energischen Zügen und einem athletisch gebauten Körper. Er strotzt geradezu vor Gesundheit.

»Der nächste...«

Tommy steht auf und betritt, ohne sich große Hoffnungen zu machen, das Büro des Chefs. Philipp Miller empfängt ihn mit einer knappen Geste. Er ist ein Mann zwischen fünfunddreißig und vierzig, dessen Augen hinter den Brillengläsern ziemlich kalt wirken; der Inbegriff eines Geschäftsmannes, voller Tatendrang und skrupellos.

»Setzen Sie sich. Ich werde Ihnen jetzt einige Fragen stellen, und Sie antworten mir, ohne sich zu wundern und ohne irgendwelche Kommentare, okay?«
Tommy Robertson unterdrückt eine Grimasse. Der Kerl ist mehr als unsympathisch, aber in Tommys Situation hat man keine Wahl.
»Gut. Sie sind also verheiratet, und Sie haben ein Kind, den fünfjährigen Bob. Gehen Sie zur Kirche, Mr. Robertson?«
Dieser Einstieg in das Thema ist zumindest völlig unerwartet. Tommy ist sich natürlich vollkommen darüber im klaren, daß es einen guten Eindruck erwecken würde, wenn er mit »ja« antwortet. Dennoch verspürt er plötzlich nicht mehr die geringste Lust, sich Mühe zu geben.
»Nein, ich setze niemals einen Fuß hinein.«
Zu seiner Überraschung hellt sich Millers Gesicht auf.
»Bestens. Und Ihre Frau?«
»Meine Frau tut, was ich ihr sage.«
»Sehr schön. Sie glauben also nicht an Gott?«
»Nein, überhaupt nicht.«
»Und Sie sind auch nicht abergläubisch?«
»Das alles ist doch... ich meine, das ist doch alles Unsinn.«
»Großartig! Waren Sie im Krieg, Mr. Robertson?«
»Ja, ich war in Vietnam.«
»Ausgezeichnet. Sagen Sie, waren Sie damals je in einer Situation, wo Sie jemanden töten mußten?«
Tommy Robertson verliert immer mehr die Fassung. Er beschließt, aufs Ganze zu gehen.
»Und ob ich das mußte! Mehr als einmal!«
»Und wie haben Sie damals reagiert?«
»Es hat mich nicht weiter berührt.«
Philipp Miller steht auf.
»Ich muß Ihnen keine weiteren Fragen stellen, Mr. Robertson. Sie sind genau der Mann, den ich suche. Der Job gehört Ihnen.«
Tommy Robertson ist derart verblüfft, daß er nichts zu erwidern weiß.

Der andere fährt fort: »Ich werde Ihnen jetzt erklären, worum es sich handelt. Kennen Sie Southampton auf Long Island?«
Tommy nickt. Ja, er kennt diesen luxuriösen Badeort, der etwa fünfzig Meilen von New York entfernt ist.
»Das Haus, um das es geht, liegt direkt am Meer. Es ist ein sehr großer Besitz mit siebzehn Zimmern, sechs Badezimmern, einem Swimmingpool, einem zwei Hektar großen Park und einem Privatstrand. Ihre Tätigkeit dort wird genau ein Jahr dauern.«
Tommy Robertson hat endlich die Fassung wiedererlangt.
»Und wo sollen wir wohnen?«
»In der Villa natürlich! Um die Instandhaltung des Hauses brauchen Sie sich nicht zu kümmern. Sie haben drei Bedienstete zur Verfügung und zwei Autos. Ich komme für Ihre Lebenshaltungskosten auf und biete Ihnen zusätzlich tausend Dollar im Monat sowie eine Prämie von zwanzigtausend Dollar bei Vertragsende. Sind Sie damit einverstanden?«
Tommy fällt es nach wie vor schwer, aus seiner Verwirrung wieder aufzutauchen. Was zuviel ist, ist zuviel! schießt es ihm durch den Kopf. Schließlich gelingt es ihm zu sagen: »Aber ich begreife nicht ganz, wieso...«
Er lehnt die dicke Zigarre ab, die Philipp Miller ihm hinhält. Dieser zündet sich bedächtig die seine an und meint dann: »Sie haben recht, Mr. Robertson. An Ihrer Stelle würde ich mich natürlich auch fragen, was sich dahinter verbirgt, und tatsächlich steckt etwas dahinter. Aber es ist nichts Unanständiges, wie ich Ihnen versichern kann, sondern lediglich eine Verkaufsidee, die ich rundheraus als genial bezeichnen möchte!«
Tommy hört mit gespitzten Ohren zu.
»Ich handle mit Immobilien, und ich habe immer eines festgestellt: Wenn sich in einem Haus einmal ein besonders schreckliches Drama abgespielt hat, behaupten die Leute in der Gegend hinterher gern – zu Recht oder zu Unrecht, aber das ist nicht mein Problem –, daß ein Fluch auf dem Haus liege. Als logische Folge ist besagtes Haus daraufhin prak-

tisch unverkäuflich. Man kann es für ein Butterbrot erwerben. Und genau das tue ich. Ich beschäftige eine Anzahl Mitarbeiter, die überall in den Vereinigten Staaten solche Häuser für mich aufspüren, in denen es angeblich spukt, und die kaufe ich dann.«
Tommy Robertson versteht noch immer nicht, worauf Mr. Miller hinauswill.
»Und was habe ich damit zu tun?«
»Das ist doch genau der Trick! Ich lasse für die Dauer eines Jahres ein Ehepaar mit Kind darin wohnen, und da nichts Schlimmes geschieht, sondern die Leute im Gegenteil absolut glücklich dort leben, glaubt künftig niemand mehr an einen solchen Fluch. Im darauffolgenden Jahr verkaufe ich das Haus dann zum doppelten oder dreifachen Preis.«
Tommy ist völlig konsterniert durch so viel Realitätssinn.
»Trotzdem muß ich sagen, daß Sie damit sehr weitgehen...«
»Aber nein! Sie werden doch jetzt keinen Rückzieher machen wollen! Sie haben erklärt, daß Sie weder an Gott noch an den Teufel glauben und daß Sie ohne Schwierigkeiten auch Ihre Frau davon überzeugen können. Nun? Ich verlange von Ihnen doch nichts anderes, als ein Jahr lang eine heitere, entspannte Miene zur Schau zu tragen, damit Ihre Nachbarn sehen, wie glücklich Sie sind. Ich bezahle Sie dafür, glücklich zu sein. Ist das nicht großartig?«
»Doch. Danke, Mr. Miller.«
»Gut. Heute abend sprechen Sie mit Ihrer Frau, und morgen früh kommen Sie, um den Vertrag zu unterzeichnen. Anschließend reisen Sie unverzüglich nach Southampton. Einverstanden?«
»Mmmh... eine Frage noch: Was ist denn eigentlich in diesem Haus passiert?«
»Es war im vergangenen Jahr... Der kleine Sohn eines Milliardärehepaars ist im Swimmingpool ertrunken. Die Eltern wurden damit nicht fertig und haben Selbstmord begangen, indem sie mit dem Auto gegen einen Baum gefahren sind. Es war ihr einziger Sohn gewesen.«

»Wie hieß der Junge?«
»Bob, warum?«
»Ach, nur so. Also bis morgen, Mr. Miller.«
Kate Robertson wirkt in ihrer körperlichen Erscheinung ebenso zart, wie ihr Mann Tommy robust ist. Sie ist fünfundzwanzig Jahre alt, und ihr blaßblondes Haar verleiht ihr ein seltsam vergeistigtes Aussehen. Wie Tommy erwartet hat, ist sie keineswegs begeistert, als er ihr die unglaubliche Neuigkeit berichtet. Nachdem die beiden ihren Sohn zu Bett gebracht haben, diskutieren sie die Sache im Wohnzimmer ihrer schäbigen Wohnung in Brooklyn.
»Ich habe Angst, Tommy! Nicht um meinetwillen, sondern wegen Bob.«
»Wieso wegen Bob? Warte nur erst seine Reaktion ab, wenn wir in dem Haus angekommen sind!«
»Aber trotzdem...wenn ich an dieses schreckliche Drama denke und an das Kind, das ebenfalls Bob hieß...«
»Ach, das hätte ich dir nicht erzählen sollen! Hör zu, heute ist auf einmal die Chance unseres Lebens gekommen, und da lasse ich mich nicht von solchen Ammenmärchen ins Bockshorn jagen! Ich habe Mr. Miller zugesagt, und dabei bleibt es!«
»Es ist nicht nur deswegen, Tommy. Hast du nicht daran gedacht, daß...«
»Jetzt reicht's mir aber! Du packst die Koffer, und ab morgen leben wir in der großen Welt!«
Am anderen Tag wird der Vertrag unterzeichnet, und kurz darauf trifft das Ehepaar Robertson zusammen mit dem kleinen Bob in der märchenhaften Luxusvilla in Southampton ein.
Bei seiner Beschreibung des Besitzes hatte Philipp Miller eher noch untertrieben. Das Ganze ist wie ein Traum aus Tausendundeiner Nacht. Derartiges sieht man sonst nur im Film, in aufwendigen Superproduktionen, wo Geld keine Rolle spielt.
Die Köchin, das Zimmermädchen und der Gärtner beeilen

sich, ihre armseligen zwei Koffer nach oben zu tragen und ihnen anschließend die Räumlichkeiten zu zeigen. Mobiliar und Ausstattung sind von geradezu unvorstellbarem Luxus. Bei jedem neuen Zimmer pfeift Tommy unwillkürlich durch die Zähne und ruft: »Kate, hast du das gesehen? Aber nun sieh dir das bloß an!«
Der kleine Bob ist vor Begeisterung ganz außer sich. Er fühlt sich wie im Himmel. Nur Kate stimmt nicht mit ein.
»Tommy, ich habe Angst«, flüstert sie ihrem Mann zu.
»Angst wovor? Das ist doch lächerlich! Ich habe noch nie ein Haus gesehen, das so heiter und fröhlich wirkt!«
Und zu dem Zimmermädchen gewandt sagt er: »Kommen Sie doch bitte mal etwas näher. Wie lange sind Sie schon hier?«
»Mr. Miller hat uns vor drei Monaten eingestellt.«
»Und haben Sie in diesen drei Monaten ein Gespenst mit einem weißen Laken gesehen? Oder das Rasseln von Ketten gehört?«
»Nein, Sir. Alles war vollkommen normal.«
»Siehst du, Kate! Nun mach nicht so ein Gesicht, sondern lächle wieder! Du hast allen Grund dazu. Wir werden ein Jahr lang wie die Milliardäre leben, und dafür werden wir auch noch bezahlt!«
Doch während ihr Mann freudestrahlend durch die riesigen Räume eilt, die zum Park und dem Privatstrand hinausgehen, entfährt Kate Robertson ein tiefer Seufzer. Sie weiß, daß dieses Haus mit oder ohne Gespenst eine ernsthafte Gefahr birgt...

Es ist der 6. April 1980. Seit elf Monaten wohnen die Robertsons in der Villa, und es scheint, als habe Tommy tatsächlich recht gehabt. Nichts, absolut nichts ist geschehen, kein Türenknarren, kein seltsamer Windhauch war zu vernehmen. Ganz im Gegenteil, es war ein Leben wie im Paradies!
Aber alles hat einmal ein Ende. In einem Monat läuft ihr

Vertrag aus, und dann werden sie abreisen. Und inzwischen geben sich die Interessenten für die Villa die Klinke in die Hand. Wie Philipp Miller angeordnet hat, müssen die Robertsons all diesen Leuten gegenüber ihr strahlendstes Lächeln aufsetzen und gewissermaßen wie das Glück in Person erscheinen.

An diesem 6. April hat Kate Robertson soeben einem reichen New Yorker Ehepaar die siebzehn Zimmer, den Park und den Privatstrand gezeigt. Als sie damit fertig ist, nimmt die Dame sie beiseite.

»Sagen Sie, Madam, ist in diesem Haus nicht ein schreckliches Drama passiert?«

»Ja, aber warum fragen Sie mich danach?«

»Nun, ich habe gehört... also, es heißt, auf dem Haus liege ein Fluch.«

»Aber das ist doch absurd! Glauben Sie etwa, mein Mann, mein Sohn und ich würden hier wohnen, wenn das der Fall wäre?«

»Nein, natürlich nicht. Es war dumm von mir, daß ich daran nicht gedacht habe. Ich glaube, ich werde alles tun, um meinen Mann zum Kauf zu überreden.«

In diesem Moment geschieht etwas völlig Unerwartetes. Der sechsjährige Bob kommt ins Zimmer gerannt, wirft sich auf die Dame und attackiert sie heftig mit seinen kleinen Fäusten.

»Geh weg, geh weg, du böse Frau!« ruft er dazu.

Fassungslos versucht Kate Robertson, ihren Sohn zu bändigen.

»Hör sofort damit auf! Was ist denn in dich gefahren? Bist du verrückt?«

Bob beginnt zu weinen.

»Ich will nicht, daß die Dame hier wohnt! Ich will nicht, daß wir hier weggehen! Und ich will nicht dahin zurück, wo wir früher waren. Da war es überhaupt nicht schön. Hier ist es viel schöner. Ich will hierbleiben. Geh weg, du böse Frau!«

Schließlich gelingt es Kate, ihren Sohn zu beruhigen. Doch nachdem sie ihn abends zu Bett gebracht hat, kommt es erstmals zu einem ernsthaften Streit mit ihrem Mann.

»Tommy, das, was ich befürchtet habe, ist eingetreten. Bob wird nicht damit fertig, wieder so leben zu müssen wie zuvor. Bist du dir überhaupt darüber klar, was es heißt, nach diesem Traum hier in unsere Zweizimmerwohnung zurückkehren zu müssen? Das kann man einem Kind nicht zumuten! Dein Mr. Miller hat das genau gewußt, und trotzdem hat er keinen Moment gezögert, seinen Plan auszuführen. Es war einfach unanständig von ihm!«

Tommy Robertson zuckt die Schultern: »Und was ist mit dem vielen Geld, das wir dabei verdient haben?«

»Wir bräuchten die hundertfache Summe, um etwas Ähnliches zu kaufen. Sicher, wir können uns jetzt eine größere Wohnung zulegen, aber was ändert das schon?«

»Wie auch immer, wir werden uns wieder daran gewöhnen.«

»Wir schon, aber Bob nicht. Seit einiger Zeit ist er nervös und weint bei jeder Gelegenheit. Er wird es nicht ertragen, davon bin ich überzeugt...«

Aus dem Kinderzimmer ertönt auf einmal ein Schrei. Kate stürzt zu ihm, gefolgt von Tommy. Bob steht neben seinem Bett. Er wirkt völlig verstört, so als habe er einen Schock erlitten. Seine Mutter nimmt ihn in die Arme. Starr vor Schrecken sagt er: »Mama, ich habe den kleinen Jungen gesehen!«

»Welchen kleinen Jungen?«

»Er hieß Bob, und er war sechs Jahre alt genau wie ich. Er hat gesagt: ›Komm mit mir spielen... dort unten auf dem Grunde des Swimmingpools...‹ Ich habe Angst! Ich kann doch nicht schwimmen!«

Entsetzt wendet sich Kate zu ihrem Mann: »Tommy, laß uns sofort abreisen!«

»Kommt nicht in Frage!«

»Ich bleibe hier keine Sekunde länger!«

»Kommt nicht in Frage, sage ich dir! Wenn wir vor Vertragsende abreisen, werden uns die zwanzigtausend Dollar nicht ausgezahlt! Bob, geh jetzt wieder schlafen, es war nur ein böser Traum, nichts weiter. Los Kate, nun komm schon! Komm schon, hörst du?«

In den darauffolgenden vierzehn Tagen durchleben die Robertsons einen wahren Alptraum. Jede Nacht wird Bob wach und beginnt laut zu schreien, doch trotz der flehentlichen Bitten seiner Frau will Tommy nicht auf sie hören.

Am Morgen des 24. April erwacht das Ehepaar ein wenig ausgeruhter als gewöhnlich. In dieser Nacht hat Bob nicht geschrieen. Kate geht in sein Zimmer und kommt sofort wieder zurück.

»Er ist nicht mehr da!« ruft sie.

Tommy, der zum ersten Mal fürchterlich beunruhigt ist, sucht das ganze Haus nach ihm ab, doch drinnen ist er nicht zu finden. Die Eingangstür steht offen. Tommy rast wie ein Verrückter nach draußen, überquert den von Blumenbeeten gesäumten Rasen, bis er zum Swimmingpool gelangt und springt hinein...

Aber es ist zu spät. Der kleine Körper, den er aus dem Wasser holt, ist bereits kalt.

Da ertönt hinter ihm ein Schrei. Es ist Kate. Die Hände vors Gesicht geschlagen starrt sie auf das schreckliche Schauspiel. Dann läuft sie zur Garage.

Als Tommy begreift, ist es abermals zu spät. Seine Frau ist schon in einen der Wagen gesprungen und mit quietschenden Reifen losgefahren. Es bleibt ihm nichts anderes übrig, als mit dem zweiten Auto ihre Verfolgung aufzunehmen.

Kate rast wie eine Wahnsinnige durch die Straßen von Southampton, bis sie die kleine Stadt hinter sich läßt. Wohin fährt sie? Tommy hofft verzweifelt, daß ihn seine Vermutung täuscht. Er glaubt, es erraten zu haben: Sie fährt nirgendwohin...

Alles Weitere vollzieht sich innerhalb weniger Sekunden. Gleich bei der ersten Kurve gibt Kate Robertson Vollgas und rast gegen einen Baum.

Tommy bremst auf der Stelle und stürzt aus dem Wagen, doch er muß zurückweichen. Das Fahrzeug ist explodiert und brennt wie eine Fackel.
Er steigt wieder ein, öffnet das Handschuhfach, in dem er stets einen Revolver aufbewahrt und macht sich auf den Weg nach New York.

Wie jeden Morgen begibt sich Philipp Miller um neun Uhr dreißig in sein Büro. Von weitem erkennt er die Silhouette von Tommy Robertson. Als dieser näherkommt, sagt Miller in verärgertem Tonfall: »Was machen Sie denn hier, Robertson? Sie müßten doch in Southampton sein! Aber Robertson, was ist in Sie gefahren? Was soll dieser Revolver? Sind Sie verrückt geworden? Robertson...«

Zwei Schüsse ertönen, und dann brechen die beiden Männer einer nach dem anderen auf dem Pflaster von New York zusammen.

Auszug aus der Abendausgabe der Zeitungen: »Eine besonders schreckliche Tragödie hat sich soeben zunächst in Southampton und anschließend in New York abgespielt. Der kleine Bob Robertson ist in seinem Swimmingpool ertrunken, worauf seine Mutter Selbstmord beging. Dann hat sein Vater zuerst den Besitzer der Villa getötet und anschließend sich selbst. Dies alles ist um so entsetzlicher, als vor zwei Jahren am selben Ort ein ganz ähnliches Drama geschah. In Southampton ist inzwischen jeder überzeugt, daß es sich um einen Fluch handle und daß es nicht mit rechten Dingen zugegangen sei. Wie dem auch sei, eines ist sicher: Das Haus, in dem das Drama stattfand, wird lange Zeit keinen Käufer mehr finden.«

Das Schulheft

Foxville, Süddakota, 16. April 1981, drei Uhr morgens. Sheriff Gary Hopkins stürzt in rasender Eile zu seinem Wagen und klemmt sich hinters Steuer. In den zwanzig Jahren seiner Amtsausübung ist er noch nie mit einem derartigen Drama konfrontiert worden. Vor wenigen Minuten hat ihn ein Telefonanruf aus dem Schlaf gerissen: »Hier ist Nathaniel Albee. Mein Vater und meine Mutter sind ermordet worden. Kommen Sie schnell!«

Die Eltern von Nathaniel Albee! Der Sheriff kann es nicht glauben. Mr. und Mrs. Albee gehören zu den angesehensten Persönlichkeiten der kleinen Stadt. Mr. Albee ist Notar und gilt in der ganzen Gegend als geradezu sagenhaft reich, obwohl er nur ein bescheidenes Häuschen bewohnt, was in seinem ebenso sagenhaften Geiz begründet ist.

Während er mit heulender Sirene durch die verlassenen Straßen rast, sieht der Sheriff die wohlvertraute Erscheinung des Notars vor Augen: die aufrechte und ein wenig steife Silhouette, die grauen Haare, die runden, in einem einfachen Metallgestell gefaßten Brillengläser. Kann es wirklich sein, daß dieser Mann ermordet wurde?

Und Mrs. Albee, diese reizlose kleine Frau, die bei allen Geselligkeiten und Wohltätigkeitsveranstaltungen stets am lautesten die Stimme erhob, sie soll ebenfalls getötet worden sein? Wenn das wirklich so ist, wird Foxville in seinen Grundfesten erschüttert werden!

Ein paar Minuten später kann sich Hopkins von der schrecklichen Wahrheit selbst überzeugen. Der Mord hat im Schlafzimmer der Albees stattgefunden, im ersten Stock ihres Hauses. Die leblosen Körper auf dem Bett bieten einen schrecklichen Anblick: Beide sind sowohl durch Messerstiche als auch durch Hammerschläge getötet worden. Mrs. Albee hat überall tiefe Wunden, von denen einige zweifellos tödlich waren. Mr. Albees Leichnam ist noch schlimmer zugerichtet. Was ist aus dieser eleganten Erscheinung, aus den strengen Gesichtszügen mit dem grauen Haar und den runden Brillengläsern geworden?

Zusammengekrümmt liegt er jetzt da, mit eingeschlagenem, zermalmtem Schädel.

Gary Hopkins dreht sich um. Zwei junge Leute stehen reglos und stumm an der Türschwelle. Nathaniel Albee, ein Student von einundzwanzig Jahren, hat offenbar in aller Eile eine rosafarbene Jeans und ein buntgemustertes Hemd übergestreift, was ebenso deplaziert wie tragisch wirkt. Er ist groß, sehr groß sogar, dunkelhaarig und mager.

Das junge Mädchen neben ihm ist seine Zwillingsschwester Samantha. Sie fröstelt sichtlich in ihrem Nachthemd. Im Gegensatz zu ihrem Bruder ist sie sehr klein.

Der Sheriff geht auf sie zu und nimmt sie beim Arm. Wie die meisten Leute in Foxville weiß auch er, daß das Mädchen seelisch sehr labil ist. Sie hat einige Zeit unter einer schweren Depression gelitten und mußte in einer Nervenklinik behandelt werden. Erst vor einer Woche ist sie dort entlassen worden.

»Kommen Sie, Miss«, sagt Hopkins. »Sie sollten nicht länger hierbleiben.«

Samanthas Stimme klingt seltsam tonlos, als sie sagt: »Ich will wissen, wer...«

»Deshalb bin ich ja hier, und ich werde es herausfinden, das schwöre ich.«

Nachdem er Samantha Albee in ihr Zimmer zurückgebracht hat, wendet sich der Sheriff an Nathaniel: »Entschuldigen Sie, Mr. Albee, aber sind Sie in der Verfassung, mir ein paar Fragen zu beantworten?«

»Ja. Und ich habe Ihnen Verschiedenes zu sagen.«

»Haben Sie denn die Mörder gesehen?«

»Nicht richtig...«
Die beiden Männer verlassen den schrecklichen Ort des Geschehens und gehen nach unten in den Salon.
»Also, was ist passiert, Mr. Albee?«
Der großgewachsene junge Mann krümmt sich zusammen und schüttelt sein braunes Haar.
»Ich hatte geschlafen. Dann hörte ich ein Geräusch im Zimmer meiner Eltern und wollte hineingehen. Dabei stieß ich mit zwei Männern zusammen, die gerade flüchten wollten. Sie warfen mich zu Boden, und bis ich ihnen nachlaufen konnte, waren sie schon geflohen. Als ich ins Zimmer meiner Eltern kam, entdeckte ich... was Sie gerade gesehen haben.«
»Können Sie eine Personenbeschreibung geben?«
»Es handelte sich um einen Weißen und einen Neger. Das habe ich nur an ihren Händen erkannt, denn sie trugen Strumpfmasken.«
»Und auf welche Weise sind sie entkommen?«
»Sie sind durch die Tür geflohen.«
Der Sheriff denkt nach, während Nathaniel Albee das Gesicht in den Händen verbirgt und von trockenen Schluchzern geschüttelt wird.
Sheriff Hopkins verspürt auf einmal ein heftiges Unbehagen. Er wünscht sich, daß diese Geschichte einen Sinn ergibt, aber eben das ist nicht der Fall. Bei zwei Männern in Strumpfmasken denkt man sofort an professionelle Einbrecher, doch kein Gauner, der diesen Namen verdient, würde ein Haus überfallen, in dem vier Personen leben. Er hätte sich vorher genau erkundigt.
Handelt es sich also um pathologische Mörder? Nein, das kann ebensowenig stimmen. Nach diesem Doppelmord wären sie nicht einfach geflüchtet, sondern hätten den jungen Mann und seine Schwester gleichfalls getötet.
Sheriff Hopkins hört auf einmal, wie jemand hinter ihm verlegen hüstelt. Eine Frau mittleren Alters, deren graue Haare auf Lockenwickler gedreht sind, steht auf der Türschwelle des Salons.

»Entschuldigen Sie, Sheriff, könnte ich Sie einen Moment sprechen?«
»Ist es etwas Dringendes?«
»Ja, es ist dringend.«
»Und wer sind Sie?«
»Mrs. Jones, die Nachbarin von nebenan.«
»Gut, ich höre, Mrs. Jones.«
Doch die Frau senkt mit verlegenem Gesichtsausdruck die Augen.
»Ich würde lieber mit Ihnen allein sprechen.«
Gary Hopkins wirft Nathaniel Albee einen raschen Blick zu. Der junge Mann wirkt plötzlich verkrampft, und in seinen Augen erscheint ein Anflug von Furcht.
»Würden Sie uns einen Moment allein lassen, Mr. Albee?«
Wortlos reckt Nathaniel Albee seine lange Gestalt in die Höhe und verläßt den Raum. Mrs. Jones nimmt dort Platz, wo zuvor Albee gesessen hatte, und beginnt mit leiser Stimme zu sprechen: »Es ist ein schreckliches Unglück, was hier passiert ist, und ich fürchte sogar, in Wahrheit ist alles noch viel schlimmer...«
»Erklären Sie mir das genauer!«
»Vor einer halben Stunde hörte ich bei den Albees laute Geräusche, Schreie und dumpfe Schläge... Ich muß dazu sagen, daß ich unter Schlaflosigkeit leide. Jedenfalls stand ich am Fenster. Im Zimmer von Mr. und Mrs. Albee brannte Licht. Dieser Krach dauerte noch ungefähr ein oder zwei Minuten, und dann war es auf einmal ganz still.«
»Das ist alles?«
»Ja, das ist alles, und eben das ist das Schreckliche daran: Ich habe nämlich niemand aus dem Haus kommen sehen.«
»Sind Sie sicher?«
»Ganz sicher. Es sei denn, es wäre jemand aus dem rückwärtigen Fenster gestiegen. Aber durch die Tür ist niemand gekommen, auf keinen Fall!«
Sheriff Hopkins hat noch die Aussage von Nathaniel Albee im Ohr, und er weiß jetzt: Der junge Mann hat gelogen. Nie-

mand hat das Haus durch die Tür oder durch einen anderen Ausgang verlassen, und zwar aus dem einfachen Grunde, weil niemand das Haus betreten hatte. Im Haus der Albees waren in dieser Nacht nur vier Personen. Zwei von ihnen sind tot. Der Mörder ist folglich unter den beiden anderen zu suchen.

Sheriff Hopkins bittet Mrs. Jones, wieder zu gehen, und läßt erneut Nathaniel Albee zu sich kommen. Er faßt in ein paar Sätzen die Zeugenaussage der Nachbarin zusammen und richtet dann ein einziges Wort an den jungen Mann: »Nun?«

Hopkins hatte gehofft, daß Nathaniel daraufhin zusammenbricht, doch das ist nicht der Fall, ganz im Gegenteil. Albee reckt trotzig den Kopf und wirkt jetzt keineswegs mehr wie der typische Junge aus guter Familie, der ein glänzendes Universitätsstudium absolviert. Er ähnelt vielmehr einem wilden Tier, das von Jägern in die Enge getrieben wird. Dem Sheriff erscheint Nathaniel Albee plötzlich wie ein Ungeheuer.

»Diese Alte ist doch verrückt! Sie lügt!« ruft Albee.

»Nein, Sie sind es, der lügt! Ihre Darstellung der Dinge war von Anfang an unglaubwürdig. Ich habe keine Sekunde daran geglaubt. Sie werden der Wahrheit nicht entkommen können! Wer hat Ihre Eltern umgebracht?«

Es folgt ein Moment äußerst gespannten Schweigens zwischen den beiden Männern, bis Nathaniel Albee schließlich mit besiegter Miene den Kopf senkt.

»Gut, ich werde Ihnen alles sagen. Ich habe diese Geschichte Samanthas wegen erfunden. Meine Schwester hat es getan...«

»Sie behaupten, Ihre Schwester habe Ihre Eltern getötet?«

»Ja, so ist es.«

»Mit einem Küchenmesser und einem Hammer?«

»Samantha hatte gerade eine schwere Depression überstanden, aber anscheinend wurde sie in der Klinik nicht wirklich geheilt. Als ich die Schreie hörte und ins Zimmer meiner Eltern lief, war es schon zu spät. Sie stand dort mit dem Ham-

mer in der Hand und mit dem blutigen Messer... Sie ist für ihre Tat nicht verantwortlich, Sheriff!«
Der Sheriff dreht sich um, weil er ein Geräusch gehört hat. Samantha hat soeben den Salon betreten. Sie nähert sich mit etwas unsicherem Schritt und bleibt vor ihrem Bruder stehen.
»Ich kann nicht, Nathaniel! Verzeih mir!«
»Aber du warst es doch, Samantha! Du hast sie getötet!«
Sheriff Hopkins unterbricht diesen Dialog zwischen den Geschwistern: »Was können Sie nicht, Miss?«
»Ich kann den Plan nicht ausführen, den Nathaniel und ich uns ausgedacht haben. Ich sollte mich für schuldig erklären und so tun, als wäre ich geistesgestört, falls die Version mit den Einbrechern nicht stichhaltig genug ist. Aber ich will nicht den Rest meines Lebens unter Verrückten verbringen!«
»Willst du etwa lieber sterben, du Dummkopf?«
»Ich will lieber die Wahrheit sagen, Nathaniel. Es ist stärker als ich: Ich muß jetzt alles erzählen.«
Samantha Albee beginnt zu erzählen, was in Wirklichkeit geschehen ist, und Sheriff Hopkins blickt in einen immer tieferen Abgrund des Schreckens...
»Nathaniel und ich haben meine Eltern gemeinsam getötet. Er hat die Tat ausgeführt, und ich habe die beiden festgehalten.«
Nathaniel Albee ist auf dem Sofa zusammengesunken und wird von nervösen Zuckungen geschüttelt.
Seine Schwester fährt fort: »Wir hatten keine andere Wahl.«
Gary Hopkins ist bleich geworden.
»Keine andere Wahl? Sie wagen es, so etwas zu sagen?«
»Es ging nicht anders... Als ich heute zu Bett gehen wollte, entdeckte ich, daß mein Sekretär geöffnet worden war. Ich sah in den Schubläden nach und stellte fest, daß eines meiner alten Schulhefte fehlte. Dann ging ich zu Nathaniel, um ihn zu fragen, ob er es gewesen sei, doch er war es nicht. Es waren meine Eltern. Wir liefen zu ihrem Schlafzimmer, und da hörten wir einen Schrei von meiner Mutter. Sie hatte angefangen, darin zu lesen. In dem Moment, wo ich ihr Zimmer

betrat, warfen sich meine Eltern auf mich wie wilde Tiere. Sie wollten mich umbringen. Nathaniel rannte nach unten in die Küche und holte das Messer und den Hammer, und dann haben wir es getan. Es mußte sein! Sie hatten geschrieen, sie würden der ganzen Welt die Wahrheit enthüllen!«
Samantha Albee schweigt erschöpft. Der Sheriff packt sie an den Schultern und schüttelt sie.
»Was stand in dem Schulheft? Was war so schrecklich, daß Sie Ihren Vater und Ihre Mutter umbringen mußten?«
Samantha antwortet nicht. Doch jetzt ergreift Nathaniel Albee das Wort. Er wirkt auf einmal ganz ruhig.
»In dem Schulheft ist ein Ereignis beschrieben, das fünfzehn Jahre zurückliegt. Samantha und ich waren damals sechs. Wir hatten einander sehr lieb und waren sehr glücklich zusammen. Warum also mußten unsere Eltern noch einen kleinen Bruder in die Welt setzen? Wir haßten ihn von seiner Geburt an, und ein paar Tage danach schworen wir uns, ihn zu töten. Es gibt viele Kinder, die so einen Neuankömmling am liebsten umbringen würden, aber wir haben es in die Tat umgesetzt. Wir erstickten ihn mit seinem Kissen, als er in der Wiege lag. Damit es auch wirklich unser gemeinsames Verbrechen war, hielt jeder von uns eine Seite des Kissen. Unsere Eltern glaubten an einen Unfall und der Arzt ebenfalls...«

Die Geschwister Albee mußten sich für ihre Tat niemals verantworten, denn es kam zu keiner Verhaftung. Sie hatten einen letzten Ausweg gewählt, für den Fall, daß alle anderen versagen würden.
In dem Moment, wo sie ein paar persönliche Sachen zusammenpacken sollten, gelang es jedem von ihnen, eine Zyankalikapsel zu schlucken, die sie schon bereitgehalten hatten. Damit hatte die Tragödie ihr definitives Ende gefunden. Im Haus der so angesehenen Familie Albee gab es vier Tote und darüber hinaus das Gespenst eines unschuldigen kleinen Wesens, das vor fünfzehn Jahren ermordet worden war.

Sheriff Hopkins rief seine Männer, und als sie am Schauplatz des Geschehens eintrafen, stieg er in seinen Wagen und fuhr langsam los. Er überließ es seinen Mitarbeitern, nach dem Hauptindiz des Verbrechens zu suchen, dem Schlüssel für das furchtbare Drama: ein altes Schulheft, das in einer Kinderschrift vollgeschrieben und überall mit Blut beschmiert war. Er selbst hätte es nicht einmal berühren können, geschweige denn öffnen und darin lesen. Dazu wäre er niemals imstande gewesen!

Das Gesetz der Wüste

Hachem Kabir durchschreitet die Ruinen von Palmyra, der in der Syrischen Wüste gelegenen antiken Stadt, ganz in der Nähe von Damaskus.

Es ist eine klare Vollmondnacht. Hachem Kabir bewegt sich langsam vorwärts. Er hat keinen Blick für das zugleich majestätisch und romantisch wirkende Dekor, das ihn umgibt. Schließlich ist er kein Tourist, und es hat einen anderen Grund, daß er sich in dieser Nacht des 16. Oktober 1955 in den Ruinen von Palmyra aufhält.

Hachem bleibt in der Mitte der Stelle stehen, wo sich vor etwas weniger als zweitausend Jahren der Haupttempel der Stadt befunden hatte. Er sieht sich um, doch außer ihm ist niemand da. Er ist demnach als erster angekommen. Reglos verharrt er...

Mit seiner hohen Gestalt und dem weißen Burnus kann man ihn schon von weitem erkennen. Seine fein gezeichneten Gesichtszüge haben bei aller Jugendlichkeit auch etwas Ernsthaftes. Trotz seiner achtzehn Jahre ist er bereits das Oberhaupt der Familie, da seine Eltern im Jahr zuvor einer Epidemie zum Opfer gefallen waren. Seitdem trägt er die Verantwortung für seine Schwester Suleima, wie es bei den Beduinenstämmen Brauch ist.

Hachem späht zwischen den verlassenen Ruinen hindurch... Er ist Suleimas wegen hier. Seine Schwester, die gerade erst siebzehn Jahre zählt, ist eine Schönheit, wie man sie selbst unter den Mädchen der Wüste nur selten sieht. Sie ist hochgewachsen, hat riesige schwarze Augen und langes braunes Haar wie aus Tausendundeiner Nacht. So ist es natürlich nicht verwunderlich, daß Hachem von Bewerbern um Sulei-

mas Hand geradezu bestürmt worden ist. Doch er hatte sie alle zurückgewiesen, denn er hielt es für seine Pflicht, auf eine wirklich gute Partie zu warten.
Als Achmed Lahouine dann daherkam und um Suleima anhielt, war Hachem erstmals bereit, über den Antrag ernsthaft nachzudenken. Immerhin war Achmed Lahouine der Sohn eines reichen Beduinen. Er hatte sich leidenschaftlich in Suleima verliebt und dreißig Kamele für sie geboten.
Dies war ein äußerst großzügiger Vorschlag. Normalerweise hätte Hachem sofort annehmen müssen. Als Familienoberhaupt besitzt er das Recht dazu. Da er jedoch seine Schwester stets sehr geliebt hat, wollte er zuvor ihre Meinung hören.
In den Ruinen von Palmyra denkt Hachem Kabir an das Gespräch, das er vor zwei Tagen mit Suleima geführt hat.
»Suleima«, hatte er zu ihr gesagt, »Achmed Lahouine will dich zur Frau. Er bietet dreißig Kamele.«
Daraufhin war das junge Mädchen in Tränen ausgebrochen. Hachem hatte sie in den Arm genommen.
»Wenn du nicht willst, lehne ich ab. Liebst du einen anderen?«
Suleima hatte genickt.
»Wen?«
»Jussef Mourad.«
»Den Meharistensergeant?«
»Ja.«
»Hat er schon mit dir gesprochen?«
»Ja, am Brunnen.«
»Und du willst ihn heiraten?«
»Ja.«
Hachem hatte überlegt. Jussef Mourad war ein ehrenwerter junger Mann, und darüber hinaus genossen die Meharisten als Angehörige einer Elitetruppe in der Wüste hohes Ansehen. Also umarmte er seine Schwester und meinte: »Gut, sag Jussef, er soll seinen Antrag vorbringen. Ich werde ihm mein Einverständnis geben.«

Doch nun wartete der unangenehmste Teil der Angelegenheit auf ihn, nämlich Achmed die Sache zu erklären. Zu behaupten, daß ihre Unterhaltung einen schlechten Verlauf genommen hatte, war noch stark untertrieben. Lahouine war fuchsteufelswild geworden. Mit einer Hand hatte er seinen Krummdolch umklammert und dazu geschrieen: »So ist das also!«
Hachem, der ebenfalls von leicht erregbarem Temperament war, hatte versucht, ihn rasch loszuwerden, doch Achmed war nicht einfach fortgegangen. In drohender Haltung hatte er ihm ins Gesicht geschleudert: »Du hast mein Angebot zurückgewiesen und meinen Namen beleidigt. Bist du bereit, mich heute abend in den Ruinen von Palmyra zu treffen?«
Und Hachem hatte ruhig geantwortet: »Ich werde dort sein.«
Auch Hachem Kabir hält jetzt mit einer Hand seinen Krummdolch umklammert. Er hat Suleima nichts erzählt, um sie nicht zu beunruhigen. Für gewöhnlich endet diese Art von Duell nicht mit dem Tod eines der Beteiligten. Es kommt in erster Linie darauf an, der Ehre Genüge zu tun...
Soeben ist eine weiße Gestalt zwischen den Säulen aufgetaucht. Hachem Kabir sieht, wie Achmed Lahouine in einigen Meter Entfernung stehenbleibt. Rasch zieht Hachem den Dolch aus dem Gürtel. Sein Gegner greift in die Falten seines Burnus', und Hachem stößt einen Schrei aus.
Er muß sich getäuscht haben! Ein derartiger Verrat ist unmöglich! Und dennoch zieht Achmed Lahouine tatsächlich einen Revolver aus dem Gürtel statt eines Dolches. Im nächsten Moment hallt eine Detonation durch die trockene Wüstenluft...
Über Palmyra ist der Tag wieder angebrochen. In Begleitung von Jussef Mourad hat sich Suleima Kabir auf die Suche nach ihrem Bruder gemacht. Sie entdeckt den Leichnam als erste und wirft sich weinend über ihn, während Jussef reglos daneben steht. Als seine Verlobte wieder aufsteht, und er sie ansieht, weiß er sofort, daß sich ein Drama anbahnt.
Suleima versucht, den Leichnam hochzuheben.

»Komm schon, so hilf mir doch!« ruft sie Jussef zu, der noch immer wie versteinert wirkt.
Der Meharistensergeant ergreift den toten Körper und legt ihn auf den Sattel eines der Maultiere, mit denen sie hergekommen sind. Unter der schon heiß brennenden Sonne legen sie den Weg jetzt in umgekehrter Richtung zurück.
Schließlich bricht Jussef das Schweigen: »Was wirst du tun?«
Und Suleima erwidert mit kaum hörbarer Stimme: »Meine Pflicht.«
»Gehst du zur Polizei?«
»Nein.«
»Aber es handelt sich um Mord. Er hat eine Kugel in der Brust.«
Mit harter Stimme erklärt das junge Mädchen: »Das habe ich gesehen. Er ist von einem feigen Verräter erschossen worden, und ich weiß, wer es ist.«
»Hat er dir gesagt, wen er in den Ruinen treffen wollte?«
»Nein. Aber es kann nur Achmed Lahouine sein.«
Jussef Mourad versucht, seine Verlobte zur Vernunft zu bringen.
»Du hast zweifellos recht. Und eben deshalb müssen wir uns an die Behörden wenden. Achmed wird verhaftet und bestraft werden.«
Suleima Kabir wirft Jussef einen eisigen Blick zu.
»Heißt das, daß du das wirklich vorhast? Willst du zur Polizei gehen?«
»Hör zu, Suleima, du mußt das verstehen. Ich bin dazu verpflichtet. Ich bin ein Meharist, ein Soldat. Und es handelt sich um Mord.«
Haßerfüllt sieht Suleima ihn an.
»Wenn du das tust, Jussef, sind wir für alle Zeiten getrennt!«
Der Meharistensergeant schweigt daraufhin. Einen Moment lang vernimmt man nichts anderes als ihrer beider Schritte und die der Maultiere. Schließlich stößt der junge Mann einen tiefen Seufzer aus, ohne jedoch etwas zu sagen.

Suleima ist es, die am Ende wieder zu sprechen beginnt, mit einer seltsam fern klingenden Stimme, als befinde sie sich in einem Traum: »Ich werde Hachem begraben, und danach gehe ich fort.«
»Wohin willst du?«
Das junge Mädchen scheint die Frage nicht gehört zu haben.
»Ich werde ihn sitzend begraben«, fährt sie fort, »denn er wird nicht eher Ruhe finden, bis ich ihn gerächt habe.«
»Willst du damit etwa sagen, daß...«
»Daß ich ihn rächen werde, ja!«
»Aber du bist verrückt! Ein Mädchen rächt sich nicht!«
»Ich ja.«
»Du kennst das Gesetz der Wüste, nicht wahr? Du weißt also, auf welche Weise du ihn rächen mußt?«
»Ja, ich weiß es. Genauso wie ich weiß, daß Hachem meinetwegen den Tod gefunden hat. Aus Liebe zu mir. Weil er mich keinem Mann geben wollte, den ich nicht liebe. Er hat für mich getan, was kein anderer Bruder getan hätte, und deshalb werde ich für ihn tun, was keine andere Schwester täte!«
Erneutes Schweigen. Dann fragt Jussef: »Suleima, hast du überhaupt nicht an uns beide gedacht?«
Zum ersten Mal verliert die Stimme der jungen Beduinin ihren wilden Ton: »Ich habe keine Wahl. Wenn es Allahs Wille ist, werden wir einander vielleicht wiederfinden.«
»Suleima, du weiß genau, daß das nicht möglich ist. Wenn du ausführst, was du vorhast, wirst du hinterher nie und nimmer entkommen können.«
Das junge Mädchen gibt keine Antwort. Verzweifelt versucht Jussef Mourad, sie von ihrem Plan abzubringen: »Du hast nicht die geringste Chance, Suleima. Kannst du dich nicht damit begnügen, ihn zu töten?«
»Nein, damit wäre mein Bruder nicht wirklich gerächt.«
Jussef faßt seine Verlobte am Arm.
»Dann werde ich die Rache an deiner Stelle vollziehen.«
»Nein, du hast kein Recht, das zu tun.«

»Laß uns heiraten. Sobald ich dein Mann bin, kann ich für dich Rache nehmen.«
Doch Suleima schüttelt den Kopf.
»Ich kann nicht heiraten. Wir müssen uns trennen, Jussef. Vielleicht begegnen wir uns wieder...«
Sie sind inzwischen im Lager der Beduinen angelangt, die eilig herbeilaufen und entsetzt aufschreien. Jussef Mourad blickt Suleima fest in die Augen und sagt: »Ich bin einverstanden, Suleima. Ich werde nichts sagen. Aus Liebe zu dir verzichte ich auf dich.«
Im Lager entdecken sie kurz darauf, daß Achmed Lahouine verschwunden ist. Er ist noch in der Nacht mit seinem Kamel fortgeritten. Seine Flucht kommt einem Geständnis gleich...
Drei Tage später reitet Suleima ebenfalls auf dem Rücken eines Kamels davon. Sie nimmt die Schmuckstücke mit, die als Mitgift für sie gedacht waren und die sie zum Leben brauchen wird.
Sie muß sich zwingen, nicht an Jussefs letzten Blick zu denken, als sie von ihm Abschied genommen hat. Statt dessen konzentriert sie ihre Erinnerung ganz auf das schreckliche Bild ihres toten Bruders, der in sitzender Haltung unter den Steinen der Wüste begraben ist.

Es ist der 2. September 1956. In den Straßen der großen syrischen Stadt Hama drängen sich wie gewöhnlich viele Menschen, um so mehr, als heute Markttag ist.
Niemand achtet unter all den anderen auf die verschleierte junge Frau, obwohl deren Augen – das einzige, was von ihrer Person wirklich sichtbar ist – die Passanten mit seltsamer Intensität mustern.
Seit fast einem Jahr zieht Suleima Kabir auf der Suche nach Achmed Lahouine durch Syrien. Sie war zunächst in die Hauptstadt Damaskus gereist, doch dort hatte sie ihn nicht gefunden. Dann hatte sie sich in den Norden aufgemacht, und vor drei Wochen ist sie in Hama angekommen.
Das Leben, das sie jetzt führt, ist mehr als mühselig; es ist

ein gefährliches und zugleich elendes Umherirren. Für eine Frau ist es besonders riskant, so durch die Straßen zu spazieren, und eine vorübergehende Wohnmöglichkeit zu finden bringt enorme Schwierigkeiten mit sich.
Dennoch gibt sie nicht auf. Ihre Entschlossenheit und ihr Haß treiben sie immer weiter und geben ihr die nötige Kraft. Tief in ihrem Innern weiß sie, daß Achmed Lahouine ihr nicht entkommen kann und daß sie ihn eines Tages aufspüren wird, selbst, wenn er Syrien schon verlassen haben wird, selbst, wenn sie bis ans Ende der Welt gehen muß.
Die Tatsache, eine Frau zu sein, ist in gewisser Weise bei der Suche sogar hilfreich. Der Schleier, den die strengen islamischen Gesetze sie zu tragen verpflichten, ermöglicht ihr, zu sehen, ohne gesehen zu werden, so daß sie die Menschen um sich herum in aller Ruhe betrachten kann. Achmed Lahouine könnte nur einen Meter von ihr entfernt sein und würde sie dennoch nicht erkennen.
Suleima zuckt heftig zusammen. Dieser Bettler, der dort drüben am Boden sitzt, dieser verwahrloste, schmutzige junge Mann, ist er das etwa?
Suleima nähert sich und mustert den Burschen eingehend. Natürlich hat er mit dem reichen, arroganten Beduinen von einst, der sie ihrem Bruder für dreißig Kamele abkaufen wollte, nichts mehr gemeinsam, doch die Gesichtszüge sind dieselben, und daß er zum Bettler geworden ist, erscheint logisch. Achmed war überstürzt geflohen, und das bißchen Geld, das er mitnehmen konnte, ist natürlich längst aufgebraucht. Folglich mußte er irgendwann im Elend landen.
Suleima betrachtet den Bettler nach wie vor mit scharfem Auge. Alles stimmt überein, und die Ähnlichkeit ist frappierend, aber kann sie wirklich sicher sein? Sie darf sich auf keinen Fall irren; dazu hat sie kein Recht.
Der Bettler hat bemerkt, daß die Frau ihn anstarrt. Da er glaubt, ihr Mitgefühl erregt zu haben, streckt er die Hand aus.
»Im Namen Allahs, eine milde Gabe, edle Dame!«

Suleima unterdrückt ein Zittern. Diese Stimme! Es ist eindeutig die seine. Ihr Umherirren hat ein Ende. Jetzt kommt der schwerste Teil ihrer Aufgabe, obwohl sie keine Angst davor hat.
»Eine milde Gabe, im Namen Allahs...«
Suleima flüchtet, ohne zu antworten, bleibt aber unter einem Torbogen in etwa zwanzig Meter Entfernung stehen. Angesichts all dieser Menschen könnte sie ihren Racheplan niemals ausführen. Sie muß zumindest ein paar Minuten mit ihm allein sein. Es heißt also abzuwarten...
Der ganze Tag vergeht darüber, und als die Dunkelheit hereinbricht, beginnt Suleima, nervös zu werden. Eine moslemische Frau kann nachts nicht auf der Straße bleiben. Sie wird ihren Beobachtungsposten aufgeben müssen. Soll sie am anderen Tag wiederkommen? Es ist zwar durchaus wahrscheinlich, daß Achmed Lahouine jeden Tag an derselben Stelle bettelt, aber es ist nur eine Möglichkeit. Und wenn er am anderen Tag nicht mehr da ist? Wenn das Verhalten der geheimnisvollen Frau sein Mißtrauen erregt hat? Vielleicht hat er inzwischen begriffen...
Ist es da nicht besser, sofort zu handeln, trotz der Passanten, die in der Dämmerung noch unterwegs sind?
Nervös umklammert Suleima den Krummdolch ihres Bruders, den sie unter den Falten ihres schwarzen Gewandes trägt. Es ist weniger der Gedanke, auf offener Straße verhaftet zu werden, was sie zurückhält. Sie fürchtet vielmehr, an der Ausführung ihrer Rache von einem der Vorübergehenden gehindert zu werden.
Die junge Frau stößt einen erstickten Schrei aus. Allah ist zweifellos mit ihr, denn Achmed ist soeben aufgestanden. Langsam hat er sich erhoben und bewegt sich jetzt mit schleppendem Schritt vorwärts. Suleima hofft inbrünstig, daß er eine weniger belebte Straße ansteuert. Und abermals dankt sie Allah: Der Bettler ist in eine verlassene Gasse eingebogen. Jetzt gibt es keinen Moment mehr zu verlieren.
»Achmed!« ruft sie.

Der Mann dreht sich um. Er hat mit Sicherheit begriffen, doch er bleibt reglos stehen und starrt sie an. Hat der Schreck ihn gelähmt, oder verbietet ihm sein männlicher Stolz, vor einer Frau zu flüchten?
»Bist du es, Suleima?«
»Ja, ich bin es.«
»Was willst du?«
»Dich töten...«
Und im selben Augenblick hat die junge Frau den Dolch ihres Bruders hervorgeholt.
»Aber ich kann nicht gegen dich kämpfen!« stammelt Achmed.
»Wer spricht davon, daß du gegen mich kämpfen sollst? Hast du etwa gegen meinen Bruder gekämpft?« gibt Suleima mit verächtlichem Lachen zurück.
Lahouine stürzt davon, als Suleima einen Revolver aus ihrem Gewand zieht. Er rennt, so schnell er kann, doch es ist zu spät. In der nächsten Sekunde ertönt ein Schuß, und er fällt zu Boden.
Der Schuß ist weithin hörbar gewesen. Mehrere Leute stürzen herbei und werden Zeuge eines schrecklichen Schauspiels. Suleima Kabir hat sich über ihr Opfer gebeugt und ihm mit dem Dolch ihres Bruders die Brust geöffnet. Sie vollzieht die Rache der Beduinen: Sie schneidet ihm das Herz heraus...
Wenn Suleima sich damit begnügt hätte, ihn zu erschießen, wäre sie womöglich niemals gefaßt worden. Sie hätte flüchten können. Doch sie erfüllt ihre Aufgabe bis zum Schluß.
Sie wird überwältigt und gefesselt. Jetzt leistet sie keinen Widerstand mehr. Das herausgeschnittene Herz von Achmed Lahouine liegt auf den Pflastersteinen neben dem Rest seines Körpers. Suleima hat ihre Rache vollzogen, sie hat Genugtuung gefunden.
Wie soll man einen derartigen Fall nach den Gesetzen der westlichen Welt beurteilen? Trotz ihrer schrecklichen Tat ist Suleima Kabir keine wirkliche Verbrecherin. Sie hat aus ge-

schwisterlicher Liebe gehandelt, in uneigennütziger Weise, und sie hat dabei ohne zu zögern ihr eigenes Glück geopfert. Hätte sie nur an sich selbst gedacht und sich die Dinge leicht gemacht, so wäre sie Jussef Mourads Frau geworden, um fortan in Frieden zu leben.
Solcherart waren im großen und ganzen die Worte, die Suleimas Anwalt für sie fand, als ihr im Januar 1957 in Hama der Prozeß gemacht wurde. Die Richter konnten sich dieser Sichtweise offenbar anschließen, denn die junge Frau wurde lediglich zu fünf Jahren Gefängnis verurteilt. Nach drei Jahren wurde sie bereits entlassen, und natürlich heiratete sie dann Jussef Mourad, der auf sie gewartet hatte.
Doch das erste, was sie taten, bestand darin, während einer ebenso beklemmenden wie erschütternden Zeremonie den Leichnam von Hachem Kabir aus seinem Grab zu nehmen und in liegender Haltung endgültig zu bestatten. Der Wille von Suleimas Bruder war erfüllt worden. Er konnte in Frieden ruhen.

Die kleine Detektivin

Die zehnjährige Elizabeth Logan besitzt alle typischen Attribute kleiner englischer Mädchen, wie man sie so oft auf alten Stichen sieht und von denen in so vielen Versen die Rede ist: Sie hat blondes, lockiges Haar, eine kleine Stupsnase und blaue Augen, in denen sich zugleich Ernst und Schalkhaftigkeit spiegeln.

Allerdings gibt es etwas, das Elizabeth Logan von ihren Altersgenossinnen vollkommen unterscheidet: Sie liest leidenschaftlich gern Kriminalromane, was kleinen Mädchen zur Zeit des Jahres 1928 streng verboten ist.

Die kleine Elizabeth gibt sich ihrer Lieblingsbeschäftigung immer dann hin, wenn ihre Eltern sie alleine lassen, was häufig vorkommt. Ihr Vater bekleidet einen wichtigen Posten im Auswärtigen Amt, so daß ihre Eltern eine Vielzahl gesellschaftlicher Verpflichtungen haben.

An diesem 16. Mai 1928 ist Elizabeth vollkommen allein in dem Haus im Londoner Stadtteil Chelsea. Ihre Gouvernante hat an diesem Tag Ausgang. Nachdem die Kleine rasch das Abendessen hinuntergeschlungen hat, das für sie vorbereitet worden war, ist sie in die Bibliothek ihres Vaters gegangen und hat sich ein Buch gegriffen, das sie schon seit langem lesen will: *Der Mord an Roger Ackroyd* von Agatha Christie.

Es ist jetzt beinahe Mitternacht. Die kleine Elizabeth befindet sich bereits auf dem Höhepunkt der Spannung und wendet fieberhaft eine Seite nach der anderen im Schein ihrer Nachttischlampe. Von Zeit zu Zeit hält sie in ihrer Lektüre inne und versucht, den Namen des Mörders selbst zu erraten, was ihr bevorzugter Sport ist. Außerdem hat sie sich vorgenommen, Polizistin zu werden, wenn sie einmal groß ist. Ja,

eine weibliche Polizistin! Dann wird sie die gefährlichsten Verbrecher jagen. Sie wird der Schrecken aller Mörder sein!
Plötzlich reißt sie der Schrei einer Frau aus ihren Träumen.
»Zu Hilfe! Ein Mörder!«
Elizabeth springt aus dem Bett, läuft zum Fenster und zieht die Vorhänge auf...
Unten, auf der verlassenen Straße, überfällt ein Mann eine alte Frau. Elizabeth kann die Szene genau erkennen. Der Mann ist mit einem Messer bewaffnet. Doch das kleine Mädchen schließt nicht etwa vor Schreck die Augen, sondern nimmt jedes Detail in sich auf.
Die alte Dame ist zu Boden gefallen. Der Mann blickt nach rechts und links, packt die Handtasche seines Opfers, reißt ihm die Halskette ab und flüchtet im Laufschritt. Das Ganze hat nicht einmal dreißig Sekunden gedauert.
Elizabeth rast die Treppe hinunter und stürzt zum Telefon im Salon. Mit einer Stimme, die kein bißchen zittert, sagt sie zu dem Vermittlungsfräulein: »Verbinden Sie mich sofort mit der Polizei! Es ist dringend!«
Und als sich gleich darauf eine männliche Stimme meldet: »Kommen Sie so schnell wie möglich in die Harvey Street 16. Es handelt sich um einen Mord!«
Kurz nach Mitternacht klingeln die Beamten an der Harvey Street 16. Inspektor March, ein großer Bursche mit rotem Schnurrbart, beugt sich überrascht zu der Gestalt im rosafarbenen Bademantel herab, die soeben die Tür geöffnet hat.
»Was machst du denn hier, kleines Fräulein? Geh schnell wieder schlafen. Wo sind deine Eltern?«
Doch zu seiner Verblüffung erklärt das kleine Etwas in selbstbewußtem Ton: »Meine Eltern sind ausgegangen. Ich selbst habe Sie angerufen.«
Mit großen Augen folgt der Inspektor dem Mädchen in den Salon. Elizabeth bietet ihm einen Sessel an und nimmt ihm gegenüber Platz.
»Ich habe alles von meinem Fenster aus beobachtet. Ist die alte Dame tot?«

Inspektor March ist derart verwirrt, eine solche Unterhaltung mit einem Kind führen zu müssen, daß er nach Worten sucht.
»Ich... nun... nein, sie ist nur verletzt. Und du hast tatsächlich etwas so Schreckliches mitansehen müssen?«
Elizabeth Logan blickt den Inspektor aus ihren blauen Augen an, die in diesem Moment sehr ernst wirken.
»Das überrascht mich, Inspektor! Der Mann hat ihr das Messer ins Herz gestoßen, und die Klinge war bestimmt an die zwanzig Zentimeter lang.«
Der wackere Beamte fragt sich mittlerweile, ob er das Ganze vielleicht nur träumt.
»Sag mal, Kleine, wie alt bist du eigentlich?«
»Ich bin zehn. Warum?«
March zündet sich eine Zigarette an, was er sonst während der Dienstzeit niemals zu tun pflegt.
»Du hast recht. Das Opfer war auf der Stelle tot. Ich sehe, daß du trotz deines Alters schon eine sehr gute Beobachterin bist. Ich bin bereit, deine Zeugenaussage entgegenzunehmen...«
Elizabeth richtet sich in ihrem Sessel auf und erklärt mit fester Stimme: »Der Mann war zwischen dreißig und fünfunddreißig Jahre alt, Größe ungefähr ein Meter fünfundsiebzig, von eher südländischem Typ, mit dunklem Haar und schmalem Lippenbart; er trug einen abgetragenen hellgrauen Anzug, ein weißes Hemd, keine Krawatte und eine karierte Mütze.«
Als sie den fassungslosen Blick des Beamten bemerkt, fügt Elizabeth hinzu, wie um sich zu entschuldigen: »Es war nicht mein Verdienst. Die Szene hat sich fast direkt unter der Straßenlaterne abgespielt...«
Am darauffolgenden 17. Mai 1928 beginnt Francis March seine Ermittlungen. Eigentlich ist dieser Raubmord, der sich des Nachts in einer einsamen Straße von London abgespielt hat, ein ganz gewöhnlicher Fall. Höchst ungewöhnlich ist jedoch die Figur des Belastungszeugen.
Am Nachmittag des 17. Mai erscheint Elizabeth im Büro des

Inspektors, um ihre Aussage offiziell zu bestätigen. Diesmal wird sie von ihren Eltern begleitet. Mr. und Mrs. Logan wirken sehr viel nervöser als ihre Tochter, die mit gelassener Stimme all das wiederholt, was sie in der Nacht beobachtet hatte. Zum Schluß meint Elizabeth: »Ich weiß, daß diese Beschreibung auf viele Männer zutreffen kann, aber wenn man mir den Mann gegenüberstellt, werde ich ihn bestimmt wiedererkennen.«

Am Ausgang von Scotland Yard liegen schon mehrere Journalisten auf der Lauer. Mr. Logan stößt sie beiseite und stürzt mit seiner Tochter zum wartenden Wagen, aber den Pressefotografen ist es dennoch gelungen, ein paar Fotos zu schießen. Und am Abend erscheint in den Zeitungen ein Bild von Elizabeth mit dem Titel: »Das kleine Mädchen, das den Mörder gesehen hat«.

18. Oktober 1928. Elizabeth Logan steht in der Londoner Untergrundbahn. Fünf Monate sind seit dem Mord vergangen, dessen Zeuge sie gewesen war. Nicht der geringste Hinweis ist inzwischen aufgetaucht, und der Mörder läuft nach wie vor frei herum. Elizabeth hat immer wieder an das große Abenteuer denken müssen, das sie damals erleben durfte: Sie war echten Polizisten begegnet, und sie war sogar zu Gast bei Scotland Yard.

Ihre Freude darüber wird allerdings durch die Tatsache getrübt, daß ihre Eltern sie keinen Abend mehr alleine lassen, da diese im nachhinein von Gewissensbissen geplagt worden sind. So kann sie nur noch unter großen Schwierigkeiten heimlich ihre Detektivgeschichten lesen...

Ein wenig zerstreut läßt die Kleine die einzelnen Stationen an sich vorüberziehen. Bei der nächsten Station muß sie aussteigen, um sich zu ihrem Klavierlehrer zu begeben, bei dem sie einmal wöchentlich Stunden nimmt.

Plötzlich klopft ihr das Herz bis zum Hals. Der Mann dort drüben auf der Bank, der ihr das Profil zukehrt, ist der Gesuchte! Sie ist sich ihrer Sache vollkommen sicher. Als ob es

gestern gewesen wäre, sieht sie innerlich erneut den Mord unter der Straßenlaterne vor sich. Der Mann trägt jetzt einen anderen Anzug und hat sich den Lippenbart abrasiert, doch er hat dieselbe Mütze auf. Er ist lediglich etwas älter, als sie den Polizisten gegenüber angegeben hatte, denn er dürfte schon auf die vierzig zugehen.
Elizabeth zuckt abermals zusammen. Das Zuschlagen der Türen kam ganz überraschend. Dies war die Station, an der sie hätte aussteigen müssen. Unbewußt hatte sie wohl bereits eine Entscheidung getroffen. Mit ihrer Beschreibung des Mannes konnten die Polizisten nicht allzuviel anfangen. Sie würden genauere Angaben benötigen wie zum Beispiel seine Adresse. Deshalb wird sie ihm folgen und herausfinden, wo er wohnt.
Nach vier weiteren Stationen steigt der Mann aus. Das kleine Mädchen tut es ihm gleich und trippelt hinter ihm her, während er sich mit großen Schritten vorwärtsbewegt. Diese Station der Untergrundbahn führt zu mehreren Anschlußlinien. Welche von ihnen wird er nehmen? Sie darf ihn auf keinen Fall aus den Augen verlieren!
In dem Gang sind nur sehr wenig Leute. Womöglich liegt es am abgehackten Geräusch, das von Elizabeths Schuhen verursacht wird, daß der Mann sich auf einmal umblickt und ihrer gewahr wird. Das kleine Mädchen merkt, wie es auf der Stelle erstarrt. Nichtsdestotrotz wendet der Mann den Kopf und geht weiter.
Sie fahren jetzt mit einer anderen Linie der Untergrundbahn, und das kleine Mädchen wird allmählich nervös, denn in diese Arbeiterviertel am Stadtrand von London kommt sie sonst nie. Doch sie ist fest entschlossen, den Weg bis zu Ende zu gehen. Sie hat sich vier Bankreihen hinter den Mann gesetzt und kann ihn auf die Weise genau im Auge behalten.
Der Zug hält langsam an. Der Mann steht auf, öffnet die Tür und steigt aus. Elizabeth folgt ihm. Sie zwingt sich, ihre Angst zu überwinden. Es ist die Haltestelle »East India

Docks«, ausgerechnet der finsterste Teil des Londoner Hafens. Tapfer hängt sich das kleine Mädchen an die Fersen des Mörders. Innerlich sagt sie sich: »Es war schließlich nicht zu erwarten, daß er im Buckingham Palace wohnt!«
Der Mann biegt in eine verlassene Straße zwischen zwei Lagerhäusern ein. Elizabeth zögert erstmals. Die Situation scheint gefährlich zu werden. Suchend hält sie nach einem Polizisten Ausschau. Ja, dort hinten ist tatsächlich ein Bobby, doch er ist zu weit entfernt. Bis sie ihn erreichen könnte, hätte sie den Mörder aus den Augen verloren, und er würde ihr entwischen. Also beißt sie die Zähne zusammen und nimmt mit gesenktem Kopf seine Verfolgung wieder auf.
Der Mann ist soeben nach rechts eingebogen. Das kleine Mädchen beginnt zu rennen, um ihn einzuholen. Sie biegt jetzt ebenfalls rechts, doch was soll das bedeuten? fragt sie sich unvermittelt. Der Mann ist verschwunden!
Sie rennt noch schneller und bleibt dann wie angewurzelt stehen. Es ist wie in einem Alptraum: Etwa hundert Meter vor ihr türmt sich eine hohe Backsteinmauer auf. Sie befindet sich in einer Sackgasse! Und hinter ihr vernimmt sie einen langsamen, ruhigen Schritt. Der Mann muß sich in einer Ecke versteckt haben und kommt jetzt auf sie zu.
Elizabeth rennt blindlings drauflos. Sie weiß, daß sie verloren ist. Das Ganze war eine Falle. Der Mann hat sie schon in der Untergrundbahn bemerkt. Doch wie konnte er sie erkennen, wo er sie doch noch nie gesehen hat? Damals hatte sie am Fenster gestanden, und es war dunkel gewesen... Und plötzlich begreift sie: Das Foto in der Zeitung! Natürlich weiß er, wie sie aussieht!
Der Mann hinter ihr beschleunigt seinen Schritt ein wenig, doch nur gerade so viel, wie unbedingt notwendig. Er ist sich seiner Sache sicher, da sein Opfer nicht die geringste Möglichkeit hat, ihm zu entkommen.
Das kleine Mädchen hört ein metallisches Klicken. Der Mörder hat sein Klappmesser geöffnet, jenes Messer mit der

zwanzig Zentimeter langen Klinge, das sie damals von ihrem Fenster aus so genau gesehen hatte...
Außer sich vor Angst und Schrecken läuft Elizabeth in eine aufgelassene Lagerhalle hinein. Was für ein lächerliches Versteck! Für den Mann wird es hier nur noch leichter sein, sie zu töten, als draußen auf der Straße, wo vielleicht jemand vorbeigehen könnte.
Elizabeth ist inzwischen in einen düsteren Innenhof gelangt. Sie beginnt, aus vollem Hals um Hilfe zu rufen. Da hört sie eine Stimme, die von unten zu kommen scheint: »Hierher, rasch!«
Die Kleine bückt sich und entdeckt ein Kellerfenster, das durch das wildwuchernde Unkraut fast ganz verdeckt ist. Kopfüber springt sie hinein.
Es war höchste Zeit, denn ihr Verfolger ist soeben im Hof aufgetaucht. Langsam bewegt er sich vorwärts, wobei er das Messer vor sich herträgt.
»Ich weiß, daß du hier bist!« ruft er. »Ich habe dich gesehen. Und ich werde dich finden, egal, wie lange es dauert! Dann bist du dran, Fräulein Detektiv, genau wie die Alte!«
Elizabeth spürt, wie etwas ihren Rücken streift. Als sie sich umdreht, erkennt sie im Halbdunkel einen Jungen, der ungefähr ihr Alter hat. Er ist mit einer schäbigen Hose und einem schmutzigen Hemd bekleidet und trägt eine Schirmmütze.
»Der da draußen ist ein Mörder!« flüstert sie ihm zu.
Der Junge lacht stumm und flüstert in breitem Cockneyakzent zurück: »Ist mir längst klar...«
Der Mann setzt seine Suche im oberen Stock des Lagerhauses fort, so daß die beiden Kinder mit leiser Stimme weitersprechen können.
»Sag mal, warum hat er dich ›Fräulein Detektiv‹ genannt?«
»Weil das stimmt. Ich habe ihn bisher verfolgt, um ihn verhaften zu lassen.«
Der junge Bursche pfeift kaum hörbar durch die Zähne.
»Na so was! Für ein Mädchen bist du ganz schön keß, noch dazu für ein Kind von reichen Eltern! Wie heißt du denn?«

»Elizabeth. Und du?«
»Buster.«
»Sag mal, Buster, was machst du eigentlich hier?«
»Ich wohne hier. Sei unbesorgt, er kann uns nichts anhaben. Man kommt nur durch das Kellerfenster hier herein, und er ist zu groß, um durch die Öffnung zu passen.«
Die beiden Kinder verstummen. Der Mann ist in den Hof zurückgekehrt. Er wirkt außerordentlich bedrohlich.
»Du wirst mir nicht entkommen, du kleines Miststück!« schreit er wütend. »Das nächste Mal mache ich kurzen Prozeß mit dir! Bis dahin kannst du den Bullen wieder erzählen, was du gesehen hast. Aber du wirst nie herausfinden, wo ich wohne!«
Er klappt sein Messer wieder zusammen und geht fluchend davon. Als er verschwunden ist, packt Elizabeth ihren Gefährten am Arm.
»Buster, du mußt ihm folgen!«
»Was? Bist du verrückt?«
»Es ist die einzige Möglichkeit, seine Adresse zu erfahren. Nur du kannst es tun, weil er dich nicht kennt.«
Der Junge zögert sichtlich.
Elizabeth läßt nicht locker: »Sobald du seine Adresse hast, gehst du zu Scotland Yard und sagst den Polizisten, sie sollen mich hier abholen. Du willst doch nicht behaupten, daß du Angst hast, Buster! Bist du etwa weniger mutig als ein Mädchen?«
Gekränkt zuckt der Junge die Schultern.
»Nein, natürlich nicht!« erwidert er. »Aber mit den Bullen habe ich nicht viel im Sinn, weißt du...«
Doch Elizabeth hört ihm schon nicht mehr zu.
»Also los, beeil dich!«
Sie hat gewonnen. Ohne zu antworten, springt Buster mit einem Satz aus dem Kellerfenster und eilt im Laufschritt davon. Elizabeth hat nun Zeit, sich wieder etwas zu erholen, und unter dem Schock all der Ereignisse schläft sie irgendwann ein.

Als sie erwacht, ist es draußen stockdunkel. Durch das Kellerfenster dringt gleißendes Scheinwerferlicht. Sie hört lautes Rufen und das Getrappel von eisenbeschlagenen Schuhen auf dem gepflasterten Innenhof. Schließlich streckt sich ihr eine kleine Hand entgegen.
»Komm, Elizabeth!«
Das kleine Mädchen ist ganz geblendet von dem hellen Licht, doch während ihre Eltern sie schluchzend umarmen, suchen ihre Augen nach Buster, den sie gleich darauf an ihrer Seite entdeckt.
»Nun, haben sie ihn erwischt?«
Der Junge lacht fröhlich.
»Und ob! Aber es war höchste Zeit. Er wollte gerade verschwinden. Anscheinend hast du es doch irgendwie fertiggebracht, ihm Angst einzujagen!«
Inspektor March kommt auf sie zu. Er zwirbelt seinen Schnurrbart und hüstelt verlegen, um seine Rührung zu verbergen.
»Du hast uns allen Angst eingejagt! Du bist wirklich ein verflixtes kleines Frauenzimmer!«

Franck Graham – so hieß der Mörder – wurde im darauffolgenden Jahr in Old Bailey, dem Londoner Schwurgericht, der Prozeß gemacht. Er wurde zum Tode verurteilt und gehängt. Buster und Elizabeth, deren Schicksale in jeder Hinsicht voneinander getrennt waren, haben sich nach der dramatischen Verfolgung in den Docks niemals wiedergesehen.
Was unsere kleine Detektivin betrifft, so hat sie zwar weiterhin ihre Kriminalgeschichten gelesen, doch von ihren Zukunftsplänen war sie ein für allemal geheilt. Ihr war nämlich klar geworden, daß Mörder einen großen Nachteil haben: Sie können mitunter furchtbar gefährlich werden.

Das weisse Pferd

1905. Wir befinden uns in einem abgelegenen Teil Irlands, in der Grafschaft Cork. Hat sich dort während der letzten Jahrhunderte irgend etwas geändert?
Allem Anschein nach nicht, zumindest nicht auf dem Lande. Die Bauern bewohnen nach wie vor dieselben gedrungen wirkenden Häuser mit den rauchenden Kaminen auf ihren strohgedeckten Dächern. Die Landschaft mit ihren kahlen, windgepeitschten Anhöhen, die von Heidekraut bewachsen sind, mit ihren Seen und Mooren ist von der Zivilisation offensichtlich unberührt geblieben.
Nein, nichts scheint sich seit dem Mittelalter hier verändert zu haben, auch nicht das Bewußtsein der Menschen. Für die wenigen Bewohner dieser wilden, schönen Gegend wird die Heidelandschaft noch immer von jenen bevölkert, die sie »das kleine Volk« nennen, nämlich von Kobolden, Geistern, Gnomen und Feen. Diese Wesen kommen nur des Nachts hervor, aber dann ist die Heidelandschaft ihr Reich, und die Sterblichen bleiben ängstlich zu Hause.
In diesem Jahr 1905 lebt der fünfunddreißigjährige Michael O'Leary als Böttcher in Killery, in der Nähe von Clonmel. Er ist ein braver Bursche, ein fleißiger Arbeiter und ein gewissenhafter Handwerker. Die Fässer, die er den ortsansässigen Bierbrauereien liefert, der einzigen Industrie in der Gegend, sind stets pünktlich fertig. Außerdem trinkt er nicht, er ist gottesfürchtig und ein guter Ehemann.
Mit seiner Frau Caroll führt er eine sehr harmonische Ehe. In den zehn Jahren, die sie verheiratet sind, haben sie noch nie gestritten. Michael wirft seiner Frau als einziges vor, ihm noch keinen Nachkommen geschenkt zu haben. Er hat be-

reits eine Kräuterfrau zu Rate gezogen, doch deren Arzneien sind wirkungslos geblieben. Allerdings ist die zierliche, blonde Caroll noch nie von besonders kräftiger Gesundheit gewesen.
Anfang März 1905 verschlechtert sich Caroll Learys Zustand jäh, ohne daß man von einer wirklichen Erkrankung reden könnte. Es handelt sich eher um eine Art vollkommener Erschöpfung. Sie hat an nichts mehr Freude, keinen Appetit, spricht kaum noch und wenn, dann mit schwacher Stimme. Sie bleibt den längsten Teil des Tages im Bett liegen und schläft stundenlang.
Je mehr Zeit darüber vergeht, desto beunruhigter ist Michael O'Leary. Der Zustand seiner Frau gefällt ihm ganz und gar nicht. Wenn sie Fieber hätte oder Ausschlag, etwas Sichtbares eben, dann würde er den Viehdoktor kommen lassen, denn natürlich ist er nicht wohlhabend genug, um einen Arzt zu bezahlen. Doch das, woran Caroll leidet, ist keine richtige Krankheit, es ist etwas anderes, etwas viel Schlimmeres.
Je länger Michael darüber nachdenkt, desto mehr ist er davon überzeugt, daß sie das Böse im Leib hat. Caroll, die ihm seit einiger Zeit so verändert erscheint und an nichts mehr Interesse findet, ist vielleicht von einer bösen Fee besessen.
Wie alle Bewohner dieser Region glaubt auch Michael O'Leary an Feen. Die Feen in Irland sind boshafte Wesen, die von einem Körper und einer Seele Besitz ergreifen und dort verweilen, sofern man sie nicht vertreibt.
Schon bald kann Michael die Augen vor der Wahrheit nicht länger verschließen. Diese seltsame Stimme, mit der Caroll neuerdings spricht, dieser abwesende Blick, wenn sie ihn anschaut, als ob sie ihn nicht kenne...
Caroll ist nicht mehr dieselbe, denn das Unheil ist in ihr Haus eingekehrt. Caroll ist von einer Fee besessen!
Ende März beschließt Michael, mit seinem Schwiegervater zu sprechen, dem alten Timothy. Er lädt ihn zusammen mit Carolls Brüdern Jack und Patrick zu sich nach Hause ein.
Als sie alle gemeinsam um das Feuer im Wohnraum sitzen,

während Caroll nebenan schläft, erzählt Michael den anderen, was er über die Angelegenheit denkt. Er spricht mit gesenkter Stimme, wie immer, wenn man »das kleine Volk« in seinen Worten heraufbeschwört.
»Ich bin wegen Caroll sehr beunruhigt. Ich fürchte, sie hat... das Böse in sich.«
Der alte Timothy zieht an seiner Pfeife. Nachdem er seine Tochter soeben gesehen hat, ist ihm derselbe Gedanke gekommen.
Ohne seinen Schwiegersohn anzublicken, erwidert er: »Das ist möglich...«
Michael O'Leary wendet sich an seine beiden Schwager. Diese nicken zustimmend. Auch sie sind der Meinung ihres Vaters: Eine Fee hat von ihrer Schwester Besitz ergriffen.
Michael spricht mit tonloser Stimme: »Seid ihr also einverstanden? Wir müssen jetzt den Feendoktor rufen.«
Erneut geben die drei Männer mit einer Kopfbewegung ihre Einwilligung. Nach einem Moment bedrückenden Schweigens fragt der Vater zwischen zwei Zügen aus seiner Pfeife: »Und wenn es nicht funktioniert?«
Wieder erfolgt ein Schweigen, bis Michael in düsterem Tonfall antwortet: »Wenn es nicht funktioniert... dann wird man sehen.«
Am 4. April findet sich Josuah Dunn bei Michael O'Leary ein. Mit seinen staubigen weißen Haaren und der schmutzigen, abgerissenen Kleidung sieht er aus wie ein Landstreicher, doch Michael und die drei anderen Männer empfangen ihn mit ängstlichem Respekt. Josuah Dunn ist der Feendoktor. Er bewohnt eine Hütte inmitten der Heidelandschaft, dort, wo sich kein Sterblicher nach Einbruch der Dunkelheit hinwagt. Er jedoch lebt in Gesellschaft des »kleinen Volkes«...
Ohne ein Wort zu sagen, geht der Feendoktor in Carolls Kammer. Sie liegt schlafend in ihrem Bett. Sie ist sehr blaß, und ihre Haare wirken blonder denn je. Sie scheint jegliche Farbe verloren zu haben.

Ohne sie zu wecken, untersucht Josuah Dunn die junge Frau. Dann sagt er mit leiser Stimme zu den Männern gewandt, die in respektvoller Entfernung hinter ihm warten: »Es ist tatsächlich, wie ihr vermutet habt...«

Er kehrt in den Wohnraum zurück und tritt ans Feuer, wo er einige Kräuter aus der Tasche zieht und in einen mit Wasser gefüllten Topf wirft. Ein beißender Geruch breitet sich im Zimmer aus. Eine halbe Stunde kocht das Gebräu über der Glut. Niemand spricht ein Wort. Schließlich holt Josuah Dunn eine Schale, gießt die kochende Flüssigkeit hinein und begibt sich, gefolgt von den anderen, in Carolls Kammer.

Die junge Frau erwacht und betrachtet mit erstaunten Augen die Versammlung in ihrem Zimmer. Der Feendoktor reicht ihr die Schale.

»Das mußt du trinken...«

Mechanisch nimmt sie das Gefäß entgegen, doch nachdem sie es an die Lippen geführt hat, stößt sie es angewidert zurück.

»Das riecht so unangenehm! Nein, ich will nicht.«

Josuah Dunn wirft Michael einen verzweifelten Blick zu. Die Sache sieht schlecht aus!

Er beugt sich zu Caroll hinab: »Du mußt es trinken. Es wird dich gesund machen.«

Caroll schaut ihren Ehemann an, dann ihren Vater und ihre beiden Brüder, die sie mit den Augen ermutigen. Sie zögert noch einen Moment, bis sie schließlich das Getränk hinunterstürzt. Unwillkürlich verzieht sie jedoch das Gesicht: »Das schmeckt scheußlich!«

Erneut blickt der Feendoktor in Richtung des Ehemannes. Die Lage scheint noch schlimmer zu sein!

Mit fester Stimme richtet er das Wort an die Kranke: »Bist du Caroll O'Leary, die Frau von Michael O'Leary, dem Böttcher?«

Caroll sieht die Männer an, ohne zu verstehen, worum es geht.

»Aber ja, natürlich!«

»Kannst du das beschwören?«
Caroll ist jetzt noch blasser als zuvor. Sie läßt sich in ihr Kissen zurückfallen.
»Aber warum sollte ich? Ich fühle mich nicht wohl. Laßt mich in Frieden. Mir ist übel.«
Auf ein Zeichen von Josuah Dunn ziehen sich die Männer zurück. Nebenan im Wohnraum verkündet ihnen der Feendoktor sein Verdikt.
»Es ist kein Zweifel mehr möglich. Zuerst hat sie den Kräutertrank verweigert, dann hat sie nicht schwören wollen. Feen leisten niemals einen Schwur.«
Er wendet sich an Michael.
»Ist sie manchmal in die Heide gegangen?«
»Ja, um Holz zu suchen.«
»Auf welcher Seite?«
»Meistens auf dem Berg Saint-John.«
»Dann hat sich dort eine Fee ihrer bemächtigt. Die Kräuter haben jedenfalls nicht gewirkt. Ich kann nichts mehr tun.«
Und ohne ein weiteres Wort geht er von dannen.
Michael O'Leary, sein Schwiegervater Timothy und seine beiden Schwager Jack und Patrick bleiben schweigend in dem großen, düsteren Raum zurück. Draußen ist es dunkel geworden. Obwohl keiner von ihnen etwas sagt, wissen sie, daß sie alle an dasselbe denken, nämlich an das, was sie als Kind gelernt haben. Wenn eine Frau von einer bösen Fee besessen ist, muß man sie dorthin zurückbringen, wo die Verzauberung stattgefunden hat. Und man muß ihren Körper verbrennen, der in Wirklichkeit der Körper der Fee ist. Dies ist das einzige Mittel, um sie zu erlösen. Danach wird sie noch in derselben Nacht oder in einer der darauffolgenden Nächte auf einem weißen Pferd wiedererscheinen. Ihr Ehemann muß mit einem Messer in der Hand auf sie warten und mit einem Schnitt die Zügel durchtrennen. Dann wird sie ihm in die Arme fallen und ihm wieder ganz gehören...
Der alte Timothy ergreift schließlich das Wort.
Mit tonloser Stimme sagt er: »Wir müssen das Nötige tun.«

Alle haben verstanden. Niemand macht eine Einwendung. Sie stehen auf und begeben sich in die Kammer, wo nicht etwa Caroll in tiefem Schlummer liegt, sondern ein bösartiges Wesen, das ihre Gestalt angenommen hat.
Eine Viertelstunde später schreiten die vier Männer langsam durch die Heidelandschaft und steuern auf den Berg Saint-John zu. Zwei von ihnen tragen einen in eine Decke eingewickelten Körper mit sich. Der dritte hat eine Petroleumlampe in der Hand, der vierte ein Messer.
Kurz darauf ist oberhalb des Hügels ein heller Lichtschein zu sehen. Die wenigen Bewohner dieser Gegend, die ihn bemerken, denken sicher, daß das »kleine Volk« in dieser Nacht dort oben seinen Sabbat feiert...

Sechs Nächte vergehen. Jeden Abend begibt sich Michael mit dem Messer in der Hand auf den Hügel, um die Zügel des weißen Pferdes durchtrennen zu können... Jedoch weder das Pferd noch Caroll erscheinen.
Am 10. April entdeckt ein Schäfer dort oben einen verkohlten Leichnam und alarmiert die Polizei.
Die Ermittlungen sind von kurzer Dauer. Das Opfer kann schnell identifiziert werden, und als man Michael O'Leary verhört, leugnet dieser nichts.
»Natürlich war ich es, der Caroll verbrannt hat. Es ist immer der Ehemann, der das tun muß, damit die böse Fee vernichtet wird und seine Frau zu ihm zurückkehrt. Außerdem brauchen Sie nur Carolls Vater und ihre beiden Brüder zu fragen, die ihr Einverständnis dazu gegeben haben.«
Michaels Geständnis hat seine Verhaftung zur Folge ebenso wie die seines Schwiegervaters und seiner beiden Schwager. Ein paar Monate später stehen sie alle in Cork vor Gericht. Es ist ein seltsamer Prozeß. Richter und Geschworene sind äußerst verwirrt und fühlen sich ins Mittelalter zurückversetzt. Fälle wie diesen gab es vereinzelt noch im neunzehnten Jahrhundert, aber mittlerweile glaubte jeder, derartige Dinge gehörten endgültig der Vergangenheit an.

Das Auftreten der Angeklagten trägt zusätzlich zum allgemeinen Unbehagen bei. Michael O'Leary hat nicht das geringste von einem Ungeheuer an sich, ganz im Gegenteil. Er ist ein offenherziger, gutaussehender Bursche, der mit sich selbst vollkommen im reinen wirkt. Auch seine beiden Schwager machen den Eindruck, wackere, vor Gesundheit strotzende junge Männer zu sein, und der alte Timothy mit seinem grauen Bart erscheint geradezu wie das Ebenbild eines weisen alten Bauern.
Dennoch bestätigen sie alle ohne einen Anflug von Gewissensbissen und ohne die geringste Scham, Caroll O'Leary bei lebendigem Leib verbrannt zu haben. Sie bereuen ihre Tat keineswegs, im Gegenteil, sie haben ihre Pflicht erfüllt. Sie haben es für Caroll getan, um sie zu erlösen. Sie haben aus Liebe gehandelt, und selbstverständlich bekennen sie sich »nicht schuldig«.
Unter diesen Umständen kann der Staatsanwalt nicht umhin, das höchste Strafmaß zu beantragen, das heißt, die Todesstrafe für alle vier, denn die Tat wurde eindeutig mit Vorsatz begangen.
Vom juristischen Standpunkt aus liegt der Fall vollkommen klar. Trotzdem können die Geschworenen ihre Bestürzung nicht verbergen. Sie alle haben vernommen, daß die Angeklagten von verschiedenen Zeugen als aufrechte, ehrenwerte Männer geschildert worden sind. Diese vier haben sich des abscheulichsten aller Verbrechen schuldig gemacht. Sie haben es kaltblütig geplant und ausgeführt, und dennoch waren sie guten Glaubens, das Richtige zu tun.
Alle im Gerichtssaal sind daher ungemein erleichtert, als die Verteidiger der Angeklagten entgegen ihren Anweisungen auf schuldig mit mildernden Umständen plädieren.
Die Jury der Geschworenen schließt sich dieser Sichtweise sofort an, und so wird Michael O'Leary zu zwanzig Jahren Gefängnis verurteilt, während der Vater und die Brüder des Opfers wegen Tatbeihilfe mit fünf Jahren auf Bewährung davonkommen.

Im Laufe dieses außergewöhnlichen Prozesses hat die Justiz getan, was sie konnte, um Gerechtigkeit walten zu lassen, und jeder hoffte, dieser Fall werde der letzte seiner Art sein.
Dennoch gerät Michael völlig außer sich, als er den Urteilsspruch vernimmt.
Entsetzt schreit er: »Zwanzig Jahre, das ist doch nicht möglich! Sie wird nicht zwanzig Jahre auf mich warten. Ich muß zum Berg Saint-John hinauf und...«
Er muß mit Gewalt aus dem Saal geführt werden, während er immer wieder schreit: »Ihr habt kein Recht dazu! Ich will Caroll wiederhaben! Ihr habt kein Recht!«

Michael O'Leary wurde wegen guter Führung nach acht Jahren aus dem Gefängnis entlassen.
Sobald er wieder zu Hause war, verfolgte er weiter seine fixe Idee. Jede Nacht stieg er mit einem Messer in der Hand die Hügel zum Berg Saint-John hinauf. Dort pflegte er die ganze Nacht bis zum frühen Morgen zu warten.
Die Polizei, die durch dieses Verhalten zunächst sehr beunruhigt war, erkannte schließlich, daß Michael für niemanden eine Gefahr darstellte. In der Gegend nannte man ihn inzwischen »den Verrückten mit dem Messer«, doch er hatte keineswegs vor, damit jemanden umzubringen. Das Messer war dazu bestimmt, die Zügel des weißen Pferdes zu durchtrennen, das ihm eines Nachts seine Frau wiederbringen würde...
Drei Jahre später entdeckte ein Schäfer unterhalb des Berges Saint-John einen Leichnam. Als die Polizei dort eintraf, sah sie sofort, daß es sich um Michael O'Leary handelte. Sein Messer lag nicht weit von ihm entfernt. Die Züge des ehemaligen Böttchers wirkten heiter und entspannt. Er hatte sogar eine Art Lächeln auf den Lippen.
Laut Ermittlungsergebnis wurde sein Tod durch einen Unfall verursacht. Zu welchem anderen Schluß hätte man auch gelangen sollen? Der Unglückliche mußte in der Nacht gestolpert und die Felsen hinabgestürzt sein.

Doch die Polizisten aus der Gegend wußten genau, daß dies nicht stimmte. Michael O'Leary kannte den Berg Saint-John zu gut, um das Opfer eines solchen Unfalls werden zu können. In Wahrheit wußte jeder, wie die Dinge sich zugetragen hatten.
In jener Nacht, der letzten seines Erdendaseins, muß Michael geglaubt haben, endlich das weiße Pferd mit Caroll auf seinem Rücken zu erblicken, die jetzt, erlöst von dem bösen Zauber, zu ihm zurückkehrte. Er ist auf sie zugestürzt, um die Zügel zu durchschneiden, und in dem Moment muß er das Gleichgewicht verloren haben. Vielleicht geschah es aber auch erst, als Caroll in seine Arme fiel...
Für Michael O'Leary hat die Geschichte von der bösen Fee jedenfalls genau das Ende gefunden, das der Legende entspricht.

Nachtpatrouille

Bereits seit einer halben Stunde bewegen sich die beiden Männer Seite an Seite vorwärts, ohne einander zu sehen. Zum einen, weil es in dieser Nacht des 17. Februar 1963, in der der Mond verborgen bleibt, stockfinster ist, und ein kalter Dauerregen die Uniformen der Zöllner durchdringt. Zum anderen aber, weil die Männer es vermeiden, einander anzublicken. Seitdem sie zu der Patrouille im Wald von Murnau aufgebrochen sind, der zwischen dem Dorf Pfänder und dem Bodensee an der deutsch-österreichischen Grenze liegt, haben sie noch kein Wort miteinander gewechselt.

Für den fünfundzwanzigjährigen Hans Ehrlich ist es keineswegs die erste Patrouille. Diese Art von Geländeüberprüfung entlang des Bodensees, einem bevorzugten Gebiet von Schmugglern, praktiziert er mehrmals im Jahr. Neben sich hört er den regelmäßigen Schritt seines Begleiters und das Hecheln des Hundes, den dieser an der Leine führt. An schwer begehbaren Passagen kommt es sogar vor, daß sie sich gegenseitig streifen.

Wäre es irgend jemand sonst und nicht ausgerechnet Peter Sachs, so hätte er längst mit leiser Stimme das eine oder andere Wort mit ihm gewechselt.

»Alles in Ordnung?« hätte er ihn gefragt. Oder er hätte etwas vor sich hingemurmelt wie zum Beispiel: »Verdammtes Wetter, verdammter Job... wär' man nur schon zu Hause...«

Doch es handelt sich um Peter Sachs, und so beißt Hans Ehrlich die Zähne zusammen und schweigt.

Es ist das erste Mal, daß die beiden Männer zusammen auf Patrouille gehen. Bis dahin haben ihre Vorgesetzten es sorgsam vermieden, sie gemeinsam loszuschicken. Doch dieses

Mal ist es nicht anders möglich gewesen. Die Beamtenschaft des österreichischen Zolls ist durch eine Grippewelle derzeit stark dezimiert, so daß Hans Ehrlich und Peter Sachs an diesem Abend die einzig verfügbaren Leute waren.
Vor dem Aufbruch hatte ihnen der Brigadier kurz ihre Mission erklärt: »Ihr durchquert den Wald von Murnau bis hinunter zum See. Dort trennt ihr euch. Hans geht nach rechts, Peter nach links. Ihr folgt zehn Minuten lang dem Uferverlauf und kommt dann zurück.«
Und in einem Ton, der keine Erwiderung zuließ, hatte er hinzugefügt: »Und daß es zwischen euch zu keinen Scherereien kommt, hört Ihr! Ihr seid Zöllner, das heißt, ihr seid Soldaten.«
Der Brigadier weiß natürlich wie jeder im Dorf Pfänder und sogar wie jeder in der ganzen Umgebung von der Rivalität der beiden Männer. Sie geht auf eine komplizierte Geschichte zurück, die eher an die sizilianische »Vendetta« erinnert und die dennoch in dieser düsteren Gebirgslandschaft im Norden Österreichs angesiedelt ist.
Ihre Großväter waren schon verfeindet, ihre Eltern noch mehr, und als Hans und Peter gemeinsam die Schulbank drückten, setzten sie ihrerseits die alte Familienfehde fort. Während ihrer gesamten Schulzeit waren sie damit beschäftigt, sich gegenseitig zu bekämpfen, und jeder von ihnen hatte eine eigene »Bande«, die mit der »Bande« des anderen im Krieg lag. Nach dem Militärdienst sind sie dann Zöllner geworden wie so viele junge Leute in diesem Dorf an der Grenze.
Hans bewegt sich an der Seite seines Erzfeindes im Dunkeln vorwärts. Erstmals wendet er den Kopf in dessen Richtung. Obwohl er nichts sieht, weiß er, daß der andere da ist. Er vernimmt das Geräusch seiner Schritte. Seltsam, denkt er bei sich, er hat sich niemals gefragt, welche Art von Gefühlen er Peter gegenüber wirklich empfindet. Bis heute hat er stets geglaubt, es sei Haß. Doch jetzt, wo sie in dieser Finsternis miteinander allein sind, beginnt er plötzlich, darüber nachzu-

denken. Nein, es ist kein Haß, eher so etwas wie Stolz oder Hochmut. Von Anfang an sind sie Gegner gewesen, und von Anfang an hat jeder von ihnen der Erste, der Beste und der Stärkste sein wollen.

Unvermittelt hört er rechts von sich in einer Entfernung von ungefähr zwanzig Meter ein knackendes Geräusch. Irgend etwas hat sich dort hinten bewegt. Er müßte seinen Kollegen flüsternd warnen, sagt er sich, doch als er den Mund öffnen will, bringt er kein Wort heraus. Statt dessen lädt er sein Gewehr, was ein leises Klacken erzeugt. Gleich darauf vernimmt er neben sich dasselbe Klacken. Peter hat also verstanden.

Zwei oder drei Minuten lang bleiben die beiden Männer reglos und stumm nebeneinander stehen, doch nichts geschieht. Schließlich nehmen sie Seite an Seite ihren Gang wieder auf. Sie nähern sich jetzt dem See, und Hans Ehrlich spürt, wie die Feuchtigkeit vom Wasser aufsteigt. Er kommt als erster an der schlammigen Uferböschung an. Der Order seines Vorgesetzten folgend, wendet er sich dort nach rechts, während sein Begleiter sofort nach links abbiegt. Sie trennen sich wortlos.

Unten am See ist es besonders kalt. Als Hans seine Patrouille allein fortsetzt, hat er das Gefühl, zu Eis zu erstarren. Je weiter er geht, desto unbehaglicher ist ihm zumute. Diese Art von Geländeüberwachung mag er ganz und gar nicht. Er kann es kaum erwarten, die Sache hinter sich zu bringen, und außerdem muß er sich eingestehen, daß er Angst hat.

Hans Ehrlich ist schon seit einer Viertelstunde unterwegs, als in der Ferne drei Schüsse ertönen.

»Das war doch nicht Peter!« entfährt es ihm laut. »Er kann nicht selbst geschossen haben!«

In der Tat kamen diese Schüsse nicht aus dessen Gewehr. Es waren Revolverschüsse.

So schnell er kann, läuft Hans dorthin zurück, wo die Schüsse gefallen waren. Er hat Mühe, sich durch den Schlamm zu kämpfen und mehrmals fällt er beinahe ins Wasser. Schließ-

lich erreicht er die Stelle, wo sie sich zuvor getrennt hatten. Er läuft weiter und schreit aus voller Kehle: »Ich komme, Peter!«
Kurz darauf wäre er beinahe über eine am Boden liegende Gestalt gestolpert. Er hält die Taschenlampe nach unten und erkennt auf einen Blick, daß Peter tot ist. Eine Kugel hat ihn mitten in die Stirn getroffen. Der Hund neben ihm sitzt ganz ruhig auf den Hinterpfoten und läßt die Zunge heraushängen. Hans wirft dem Tier einen wütenden Blick zu. Ein derart schlecht dressierter Hund, der es nicht einmal schafft, seinen Herrn zu verteidigen, ist für solche Einsätze nicht zu gebrauchen.
Hans versucht, die Umgebung zu erforschen, doch das ist sinnlos, denn man sieht nicht das Geringste, und es ist auch kein Laut zu vernehmen. Hans kann daher nichts anderes tun, als sofort Alarm zu schlagen.
In rasendem Tempo läuft er zurück. Er benötigt keinerlei Orientierungshilfen, da er den Wald von Murnau in- und auswendig kennt. Wie oft hat er als Kind dort gespielt, wie oft hat sich seine Bande mit der von Peter dort bekämpft!
Ganz erschöpft kommt er bei der Gendarmerie an. Er ist völlig außer Atem und überall mit Schlamm bedeckt. Doch es ist zwei Uhr morgens, und niemand öffnet ihm. Vergebens hämmert er an die Tür, vergebens ruft er um Hilfe. Außerdem ist er so am Ende seiner Kräfte, daß er kaum noch laut zu rufen vermag. Überwältigt von Müdigkeit und Schock, und ohne noch recht zu wissen, was er tut, kehrt er schließlich zu sich nach Hause zurück.
Als seine Frau ihn in diesem Zustand erblickt, weiß sie sofort, daß ein Unglück geschehen ist. Er bringt lediglich die Worte hervor: »Peter... unten am See... man hat ihn erschossen!«
In diesem Moment klingelt das Telefon. Mit einer automatischen Handbewegung nimmt Hans den Hörer ab. Am anderen Ende ist eine Frauenstimme. Ohne jede Form von Begrüßung schreit sie: »Wo ist Peter?«

Hans, der noch immer außer Atem ist, begreift nicht.
»Wer sind Sie denn?« stammelt er.
»Ich bin seine Frau. Ich habe soeben beim Zoll angerufen. Man hat mir gesagt, daß Sie beide zusammen auf Patrouille waren und daß Sie beide nicht zurückgekehrt sind.«
So schonend wie möglich, was ihm bei seiner derzeitigen Verfassung ohnehin schwerfällt, teilt Hans ihr mit, daß Peter von Schmugglern getötet worden ist. Am anderen Ende der Leitung entsteht ein langes Schweigen, und dann gellt ihm ein Schrei ins Ohr: »Mörder!«
In abgehackten Sätzen versucht Hans Ehrlich zu erklären, was geschehen ist, doch die Frau läßt ihn nicht zu Wort kommen.
»Sie haben ihn umgebracht! Ich weiß es! Ich rufe die Gendarmen.«
Und damit hängt sie ein.
Um sieben Uhr morgens erscheinen die Gendarmen in Begleitung des Bürgermeisters. Hans öffnet die Tür und streckt ihnen zur Begrüßung die Hand entgegen, doch keiner will sie ergreifen. Der Beamte von der Gendarmerie macht einen Schritt auf ihn zu. Er und Hans kennen einander gut; sie sind zusammen zur Schule gegangen, und der andere war damals sogar Mitglied in Hans' Bande.
»Hans Ehrlich, händigen Sie mir Ihre Waffe aus, und folgen Sie mir.«
In Hans' Kopf beginnt sich alles zu drehen. Werner Scheffel, sein alter Schulfreund, sagt auf einmal »Sie« zu ihm und spricht in einem derart offiziellen Ton...
»Das ist doch nicht möglich!« stößt Hans hervor. »Du glaubst doch nicht etwa im Ernst, daß...«
Doch der andere mustert ihn lediglich mit hartem Blick, in dem ein Ausdruck von Abscheu liegt. Er macht seinen Leuten ein Zeichen.
»Los, nehmt ihn mit! Hans Ehrlich, Sie sind verhaftet.«
Hans wendet sich an den Bürgermeister. Er versucht, ihn am Arm zu packen. Immerhin ist er ein alter Freund seiner El-

tern und hat ihn Großwerden gesehen. Er zumindest wird wissen, daß das alles nicht stimmt. Doch der Bürgermeister stößt ihn angewidert zurück, als ob ihm die Berührung unerträglich wäre.
»Sie haben ein großes Unrecht begangen, Ehrlich!«
Während die Gendarmen ihn fortziehen, ruft Hans dem Bürgermeister hinterher: »Aber Sie haben mich doch immer Hans genannt!«
Auf der Dorfgendarmerie in Pfänder beginnt das Verhör. Für Hans Ehrlich ist es ein echter Alptraum. All jene, die ihm jetzt gegenübersitzen, waren einst seine Kameraden und seine Freunde. Nun begegnen sie ihm mit eisiger Kälte, als wäre er der schlimmste Verbrecher. Werner Scheffel führt das Verhör mit erbarmungsloser Härte.
»Sie haben dieselbe Uniform getragen. Sie sind beide im Dienst gewesen, und Sie haben ihn umgebracht, weil Sie ihn schon immer gehaßt haben. Ihr Fall ist sehr ernst, Hans Ehrlich.«
Der unglückliche Hans verteidigt sich mit aller Kraft.
»Aber ich war es nicht, das schwöre ich dir! Außerdem ist er nicht durch Gewehrschüsse getötet worden, sondern durch Revolverschüsse. Es sind nicht dieselben Kugeln. Das wird man bei der Autopsie feststellen können.«
Werner Scheffel schlägt mit der Faust auf den Tisch.
»Zunächst verbiete ich Ihnen, mich zu duzen! Und wenn das, was Sie gerade gesagt haben, stimmt, so beweist es nur, daß Sie selbst einen Revolver dabei hatten. In diesem Fall handelt es sich um vorsätzlichen Mord.«
Dann beginnt Scheffel, ihn mit Fragen zu bombardieren: »Und was ist mit dem Hund? Wie erklären Sie sich, daß der Hund sich nicht gerührt hat? Wenn er den unglücklichen Sachs nicht verteidigt hat, so allein deshalb, weil das Tier den Angreifer kannte! Und was haben Sie dann anschließend unternommen? Warum sind Sie nach Hause zurückgekehrt, statt bei der Gendarmerie und beim Zoll Alarm zu schlagen?«

Hans versucht zu antworten, so gut er kann. Ja, er war bei der Gendarmerie und beim Zoll, aber dort hat er niemanden angetroffen! Und er ist nach Hause gegangen, weil er vollkommen erschöpft war. Aber er hätte seine Kollegen so bald wie möglich verständigt. Was den Hund betrifft, so hat er sich dieselbe Frage gestellt, und er kann es auch nicht begreifen...

In den darauffolgenden Tagen ändert sich nichts am Verhalten von Werner Scheffel und den übrigen. Im Gegenteil, das ganze Dorf stellt sich jetzt hinter die Frau des Opfers und klagt Hans Ehrlich an. Für jeden von ihnen ist es Gewißheit: Er ist der Mörder.

Die Frau von Hans wird wie eine Aussätzige behandelt. Niemand richtet mehr das Wort an sie, und täglich erhält sie Drohbriefe. Doch sie hält als einzige zu ihm. Sie glaubt als einzige an seine Unschuld und hat geschworen, alles zu tun, um dafür den Beweis zu erbringen.

Ihre Besuche im Gefängnis geben Hans die Kraft durchzuhalten. Er hatte zunächst gehofft, ein Rechtsanwalt aus der Gegend, der seit langem mit seiner Familie befreundet ist, werde seinen Fall übernehmen. Doch dieser hatte ihm sofort erklärt: »Ich bin dazu bereit, aber nur dann, wenn Sie sich schuldig bekennen. Andernfalls würde man mir das hier nie verzeihen, und ich wäre all meine Mandanten los...«

Hans muß sich daher mit einem amtlich bestellten Verteidiger zufriedengeben. Dieser hat nun die schwierige Aufgabe, ihn in dem Prozeß zu verteidigen, der Ende Januar 1964 im Angesicht einer Dorfbevölkerung beginnt, deren Gesamtheit sich gegen Hans Ehrlich verschworen hat. All diese Menschen sprechen ohne Haß über den Angeklagten und wirken dabei sogar fast unbeteiligt. Für sie ist Hans Ehrlich der Mörder, weil es auf der Hand liegt, das ist alles.

Der Staatsanwalt reagiert auf die Tränenausbrüche und Schreie des Beschuldigten, indem er ihn als Lügner und Schauspieler abstempelt. Unter diesen Umständen hat Hans nicht die geringste Chance, und so wird er am 31. Januar

1964 nach kurzer Beratung der Jury zu zwanzig Jahren Freiheitsstrafe verurteilt.
Im Gefängnis beteuert er weiterhin seine Unschuld. Er zieht seine Mitgefangenen als Zeugen heran und erzählt ihnen während der Hofgänge und im Speisesaal immer aufs neue seine Geschichte. Damit bewirkt er jedoch lediglich, daß er aller Welt auf die Nerven fällt. Im Grunde ist es den anderen vollkommen gleichgültig, ob er schuldig oder unschuldig ist. Und wenn er unschuldig verurteilt worden ist, um so besser! Das wäre ihm nur recht geschehen! Viele können ihm nicht verzeihen, ehemals Zöllner gewesen zu sein. In diesem Grenzgebiet ist eine große Zahl von Sträflingen wegen Schmuggelei eingesperrt worden.
Von diesem Moment an wird die Gefängnishaft für Hans Ehrlich zu einem echten Leidensweg. Er ist zum Gespött aller übrigen geworden. Boshaft nennt man ihn nur noch »den Unschuldigen« und traktiert ihn mit entsprechenden Bemerkungen.
Wie zuvor die Dorfbevölkerung haben sich jetzt die Mitgefangenen gegen ihn verbündet. Und die Wärter, die er fast jede Nacht durch sein Geschrei stört, sind ihm ebenfalls alles andere als wohlgesonnen.
Nach sechs Monaten Haft ist er ein gebrochener Mann. Seine Frau, die ihn besucht, so oft es ihr erlaubt wird, ist von seinem Anblick erschüttert. Er scheint um zehn Jahre gealtert zu sein. Wenn sie in verschlüsselter Sprache von ihren Bemühungen um eine Wiederaufnahme des Verfahrens berichten will oder von den Aktivitäten seines Verteidigers, hört er ihr schon nicht mehr zu.

Ein Jahr ist darüber ins Land gegangen. Achtzehn Monate nach der Verurteilung ihres Ehemanns, nämlich am 24. Juli 1965, platzt Frau Ehrlich unerwartet in die Gendarmerie von Pfänder. Mit triumphierender Miene hält sie Werner Scheffel ein Stück Papier unter die Nase.
»Da, lesen Sie! Das ist ein anonymer Brief, der besagt, daß

mein Mann unschuldig ist und der den Namen des wahren Täters nennt: Er heißt Hermann Vogler. Geben Sie jetzt endlich zu, daß Sie sich geirrt haben und daß mein Mann die Wahrheit gesagt hat?«
Verächtlich betrachtet der Polizeibeamte das Blatt Papier und wirft der Frau dann einen kalten Blick zu. »Alles, was ich hier vor mir sehe, ist ein anonymes Schreiben, und das ist nicht die Art von Beweisstück, das die Polizei interessieren könnte, vor allem nicht anderthalb Jahre später.«
Frau Ehrlich erbleicht. Sie hatte geglaubt, doch noch gewonnen zu haben, hatte geglaubt, der Alptraum sei endlich vorbei. Jetzt wird ihr klar, daß der Fall keineswegs erledigt ist.
»Aber dieser Hermann Vogler existiert mit Sicherheit. Man muß herausfinden, wer das ist.«
Werner Scheffel lacht höhnisch.
»Als ob Sie das nicht wüßten!« sagt er.
»Wieso? Kennen Sie ihn denn?«
»Natürlich, er ist ein ehemaliger deutscher Schmuggler, der inzwischen auf der anderen Seite des Sees lebt. Gut, jetzt haben wir genug Zeit damit verschwendet. Das einzige, was ich für Sie tun kann, ist, Sie nicht wegen falschen Zeugnisses zu verhaften, denn diesen Brief haben Sie selbst verfaßt. Fangen Sie nicht noch einmal mit so etwas an, sonst würde ich mich weniger nachsichtig zeigen...«
Frau Ehrlich gibt nicht auf, ganz im Gegenteil. Mehr denn je ist sie entschlossen, den Kampf weiterzuführen. Sie sucht den Anwalt auf. Man weiß jetzt, wer der Schuldige ist, man weiß sogar, wo man ihn finden kann. Sie beschwört den Advokaten, alles zu tun, um den Mann zu einem Geständnis zu bewegen, sei es durch Drohungen oder durch Überzeugungskraft.
Der Anwalt willigt ein. Mühelos findet er heraus, daß der Mann in Lindau wohnt, auf der deutschen Seite des Bodensees. Ein paar Tage später wird der Anwalt bei der Gendarmerie von Pfänder vorstellig. Doch diesmal hält er nicht nur

einen anonymen Brief in der Hand, sondern das handschriftliche und unterzeichnete Geständnis von Hermann Vogler, dem Mörder von Peter Sachs.
In diesem Schriftstück beschreibt er, wie er den Mord in der Nacht des 17. Februar 1964 ausgeführt hatte. Er war an jenem Abend mit seinem Boot und einer Ladung geschmuggelten Tabaks an Bord von der österreichischen Uferseite aus gestartet. Plötzlich sah er sich einem Zöllner gegenüber. Da verlor er die Nerven und schoß. Der Hund, der zweifellos schlecht abgerichtet war, hatte nicht angeschlagen.
Vogler erklärt anschließend, was nach der Verhaftung und der Verurteilung von Hans Ehrlich in ihm vorgegangen war. Immer wieder wurde er zwischen seinen Gewissensbissen und der Angst vor dem Gefängnis hin- und hergerissen. Anderthalb Jahre lang war die Angst vor Strafe stärker, bis plötzlich die Gewissensbisse die Oberhand bekamen. Er konnte so nicht weiterleben. Doch er wollte sich selbst eine letzte Chance geben. Deshalb dachte er sich die Sache mit dem anonymen Brief aus. Wenn die Polizei sich davon nicht überzeugen ließ, war es Pech für Hans Ehrlich, wenn ja, so war es Pech für ihn selbst.
Totenblaß greift Werner Scheffel zum Telefon, um bei den deutschen Behörden die Verhaftung von Hermann Vogler zu bewirken. Und eine Woche später wird Hans Ehrlich endlich aus dem Gefängnis entlassen.

Im Laufe seines Prozesses ist Vogler zu zehn Jahren Freiheitsstrafe verurteilt worden. Die Jury hat ihm zweifellos zugute gehalten, daß er sich, wenn auch verspätet, doch noch zu seiner Tat bekannt hatte.
Hans Ehrlich wurde in das Corps der Zollbeamten wiederaufgenommen und in den nächsthöheren Dienstgrad befördert. Er hatte sich jedoch zwei Vergünstigungen ausgebeten, die ihm gewährt wurden: an eine andere Grenze versetzt zu werden, die so weit wie möglich von Pfänder entfernt liegt, und nie mehr auf Nachtpatrouille gehen zu müssen.

Ironie des Schicksals

18. Februar 1951. Es ist zwei Uhr früh. Selbst mitten in der Nacht herrscht in der brasilianischen Stadt Escada noch immer drückende Hitze.

Wie gewöhnlich ist es in Enriques Taverne brechend voll. Sämtliche sozialen Schichten versammeln sich hier an den Sommerabenden, um Musik zu hören. Man findet reiche Plantagenbesitzer neben einfachen Arbeitern, und natürlich trifft man auch auf den einen oder anderen Gauner.

An einem der Tische neben dem Orchester sitzt ein korpulenter Mann um die fünfzig vor seiner leeren Cognacflasche und betrachtet diese mit einem Ausdruck trunkener Verwunderung. Er ist mit einer Hose und einem Hemd von bestem Schnitt bekleidet. Man errät unschwer, daß er sehr wohlhabend sein muß, zumal er seine Zeche soeben mit einem dicken Geldschein bezahlt und dem Kellner ein königliches Trinkgeld gegeben hat.

Der Mann schüttelt die Flasche und versucht vergeblich, noch ein paar Tropfen in seinen Cognacschwenker fallen zu lassen. Schließlich stößt er einen Fluch aus und steuert schwankend auf den Ausgang zu.

Das Orchester spielt gerade eine heiße Samba, und niemand bemerkt, daß sein Tischgenosse sich ebenfalls erhebt und ihm auf dem Fuße folgt. Dieser ist ein kräftig gebauter junger Bursche von fünfundzwanzig Jahren und trägt, im Gegensatz zu dem Mann, an dessen Fersen er sich jetzt heftet, ziemlich schäbige Kleidung.

Nach außen hin wirkt sein Gebahren eher lässig, doch in seinem Inneren ficht er gerade einen heftigen Kampf mit sich selbst aus.

›Felipe‹, sagt er zu sich, ›nimm deinen ganzen Mut zusammen! Natürlich hast du dich bis jetzt nur mit kleinen Gaunereien begnügt. Vor allem hast du niemals Gewalt angewendet, nicht wahr, das war dein oberster Grundsatz! Aber andererseits kannst du eine solche Gelegenheit nicht einfach verstreichen lassen! Dieser Typ da vorn ist sternhagelvoll, denn er hat sich ganz allein eine Flasche Cognac hinter die Binde gekippt. In dem Zustand brauchst du ihm nur einen kleinen Schlag auf den Schädel zu verpassen, und den Rest besorgt der Alkohol. Das ist doch nicht so schlimm, nicht wahr, und ich wette, daß er sich morgen an nichts erinnern wird!‹

Der reiche Trunkenbold bewegt sich mit schwankendem Schritt vorwärts und nimmt Kurs auf die nahegelegenen Felder. Mit schwerer Zunge trällert er eine der Melodien, die das Orchester in der Taverne gespielt hatte. Jetzt gibt es keine Zeit zu verlieren!

Der junge Mann spricht sich ein letztes Mal Mut zu: ›In dem Schuppen da drüben nehme ich mir einen Ziegelstein... und dann geht's los!‹

Mit ein paar Sätzen hat er den Mann eingeholt, hebt den Ziegelstein und versetzt ihm damit einen kurzen Schlag. Der andere stößt einen überraschten kleinen Schrei aus und fällt kopfüber nach vorn. Der Weg, auf dem sie sich befinden, ist menschenleer, und niemand hat sie bis jetzt gesehen.

Felipe muß sich beeilen. Rasch durchsucht er die Taschen seines Opfers. Er nimmt dessen Geldbörse an sich und steckt auch die Zigarren ein, die der Mann bei sich trägt. Solche feinen Havannas zu rauchen ist ein Vergnügen, das er sich seit langem nicht mehr geleistet hat...

Der junge Mann entfernt sich so schnell er kann. Er bleibt erst nach einigen Minuten schnellen Laufes stehen, als er sich in Sicherheit glaubt. Er befindet sich jetzt vor einem Bewässerungsgraben, der quer durch eine Zuckerrohrplantage verläuft.

›Endlich ein wenig Frische!‹ denkt er erleichtert. Felipe läßt sich am Rand des Grabens nieder und untersucht seine Beu-

te. Die Geldbörse seines Opfers ist weniger gut bestückt, als er gehofft hatte, aber immerhin sind siebenhundert Cruzeiros darin, und das ist schon eine stattliche Summe! Er wird einen ganzen Monat nicht arbeiten müssen. Das war wirklich ein erfolgreicher Abend, und daher sollte er ihn in gebührender Weise beenden!
Der junge Mann holt eine der Zigarren hervor, zündet sie an und nimmt genüßlich einen langen Zug daraus. Genau in diesem Moment geschieht das Unglaubliche: Felipe sieht plötzlich eine Art Blitz vor Augen und verspürt gleichzeitig einen heftigen Schmerz am Hinterkopf. Er stößt einen überraschten kleinen Schrei aus und fällt um...
Als er erwacht, steht die Sonne schon hoch am Himmel. Es ist sehr heiß und dürfte auf zwölf Uhr mittags zugehen. In seinem Kopf wirbelt alles derart durcheinander, daß er zunächst nicht einmal mehr weiß, wer er ist. Erst allmählich kehrt die Erinnerung an seine Identität zurück... da Silva, ja, genau so heißt er, Felipe da Silva. Aber was macht er hier mitten in einer Zuckerrohrplantage am Rande eines Bewässerungsgrabens?
›Wie bin ich nur hierhergekommen und vor allem warum?‹ fragt er sich.
Er versucht erneut, sich zu erinnern, aber eine schreckliche Migräne hindert ihn an jeder weiteren Denkanstrengung. Langsam fährt er mit der Hand über seinen Hinterkopf. Dort ertastet er eine breite Wunde und seine blutverklebten Haare. Erst jetzt fällt ihm nach und nach alles wieder ein.
»Nein, das ist doch nicht möglich!« sagt er mit lauter Stimme. »Man hat dasselbe mit mir gemacht!«
Fieberhaft steckt er die Hand in die Tasche. Es ist tatsächlich wahr! Das Geld ist ebenso verschwunden wie die Havannazigarren!
Langsam begreift der unglückselige da Silva, welches Malheur ihm widerfahren ist. Ein anderer Dieb ist hinter ihm hergeschlichen, hat gewartet, bis er die Taschen des Betrunkenen geleert hatte, und dann hat er ihm seinerseits einen

Schlag auf den Kopf verpaßt! Dieser Dritte ist nun im Besitz des Geldes und der Zigarren.
Mit schmerzendem Brummschädel steht Felipe auf. Er lächelt bitter vor sich hin und murmelt: »Wenn man bedenkt, daß ich den Burschen deswegen nicht einmal anzeigen kann!«
Nein, natürlich kann er keine Anzeige erstatten. Aber der Bestohlene hat es inzwischen sicher getan, und wenn man ihn hier findet, würde er seine Anwesenheit wohl kaum glaubhaft erklären können.
Unsicheren Schrittes geht er den Weg zurück, den er nachts eingeschlagen hatte, und es bleibt ihm gerade noch Zeit, sich seitwärts in den Büschen zu verstecken, als etwa zehn Meter vor ihm Gendarmen auftauchen. Diese werden von einigen Bauern begleitet, die ihnen offenbar den Weg weisen.
Während Felipe im Gebüsch kauert, sieht er die Gruppe dicht an sich vorüberziehen. Einer der Männer deutet jetzt auf die Stelle, die Felipe soeben verlassen hatte.
»Dort war er!« sagt der Bauer.
Die kleine Gruppe geht weiter kanalabwärts. Felipe da Silva hält sich nicht mit der Frage auf, ob die Polizei ihm zu Hilfe eilen oder ihn festnehmen wollte. Mit schmerzverzerrtem Gesicht ergreift er die Flucht.
Diesen Abend wird er lange nicht vergessen. Im Grunde war es ihm eine Lehre! Als er sich zum ersten Mal dazu durchgerungen hatte, Gewalt anzuwenden, wurde es ihm gleich heimgezahlt! Felipe schwört sich, daß damit Schluß ist. In Zukunft wird er sich wieder mit kleineren Diebereien begnügen, die zwar nicht viel einbringen, aber auch kein großes Risiko bedeuten. Und er muß sich sofort wieder etwas einfallen lassen, denn seine Taschen sind vollkommen leer...

Mai 1954. Seit jenem Abend in Enriques Taverne sind drei Jahre vergangen. Doch Felipe denkt nicht mehr daran. Er hat jetzt wichtigere Dinge im Kopf.

In einigen Stunden wird er in Venezuela sein. Wie es scheint, meint das Schicksal es endlich gut mit ihm. Nach einer Reihe unbedeutender Gaunereien ist ihm jetzt ein großer Coup gelungen.
Er hatte diese Villa in Escada wochenlang beobachet und die Gewohnheiten ihrer Bewohner minutiös studiert. Dann hatte er in einem Moment zugeschlagen, wo er sicher sein konnte, ungestört zu bleiben.
Die Ausbeute seiner Bemühung entsprach ganz seinen Erwartungen: fünfzehntausend Cruzeiros, für ihn ein Vermögen! Nie zuvor hatte er so viel Geld besessen. Es wäre daher wirklich zu dumm, wenn er sich ausgerechnet jetzt schnappen lassen würde. Daher wollte er eine Zeitlang untertauchen. Durch Vermittlung eines Freundes hatte er sich einen gefälschten Paß besorgt, und in diesem Moment sitzt er im Flugzeug nach Venezuela.
Wenige Stunden später landet die Maschine in Caracas. Felipe da Silva reicht dem Polizisten seinen Paß, der auf den Namen Simon Romero ausgestellt ist. Der Beamte händigt ihm die Papiere jedoch nicht gleich wieder aus. Er mustert den Paß eingehend, greift dann zum Telefon und spricht mit leiser Stimme ein paar Worte in den Hörer.
Felipe muß nicht lange warten. Eine Minute danach ist er von venezolanischen Polizisten umringt. Einer von ihnen erklärt knapp: »Felipe da Silva, gegen Sie liegt ein internationaler Haftbefehl vor.«
Ohne große Überzeugung versucht Felipe zu protestieren: »Sie irren sich. Ich heiße Romero.«
Der Beamte legt ihm Handschellen an und erwidert: »Wir werden Ihre Fingerabdrücke überprüfen. Interpol hat uns die Fingerabdrücke von da Silva durchgegeben sowie ein Photo von ihm, das Ihnen übrigens seltsam ähnlich ist. Da Silva hat in Escada einen Raub verübt. Die brasilianische Polizei hat ihn aufgrund der Fingerabdrücke identifizieren können, die er zurückgelassen hat.«
Felipe antwortet nichts mehr darauf. Er scheint für Verbre-

chen dieses Kalibers wirklich nicht begabt zu sein. Statt dessen hätte er bei einfachen Ladendiebstählen bleiben sollen! Seitdem er höher hinausgewollt hatte und auch vor Gewaltanwendung nicht mehr zurückgeschreckt war, wie in jener Februarnacht im Jahr 1951, ging immer etwas schief.

Felipe da Silva wird nach Brasilien ausgeliefert und in Escada zu sechs Jahren Gefängnis verurteilt. Bis dahin ist seine Geschichte eher banal gewesen. Schließlich sind Elend und Kriminalität im Nordosten von Brasilien alltägliche Realitäten. Von diesem Moment an jedoch gewinnt die Geschichte eine höchst ungewöhnliche Dimension...

Sechs Jahre... Das wiederholt da Silva innerlich immer wieder, als er erstmals seine Zelle im Gefängnis von Arecife betritt, der Hauptstadt der Provinz. Er trifft dort auf einen Mitgefangenen, der ungefähr sein Alter hat. Felipe wirft ihm lediglich einen kurzen Blick zu und läßt sich seufzend auf dem Strohlager nieder.

Sein Zellengenosse gesellt sich zu ihm und sagt: »Hallo. Ich heiße José Simao, und du?«

Felipe nennt ihm seinen Namen. Der andere klopft ihm auf die Schulter und meint: »Komm schon, mach nicht so ein Gesicht! Natürlich ist es anfangs schwer, aber man gewöhnt sich daran, du wirst sehen! Zu wieviel haben sie dich verdonnert?«

»Zu sechs Jahren.«

»Mich zu fünfzehn, wegen Totschlags. Drei Jahre habe ich schon abgesessen, bleiben also noch zwölf. Das ist doppelt so lange wie deine Strafe! Sag, woher stammst du?«

Mit schwacher Stimme erwidert Felipe: »Aus Escada.«

Das Gesicht seines Gefährten hellt sich auf.

»Das kann doch nicht wahr sein! Ich auch! Aus welchem Viertel?«

»Von den Hügeln.«

Jetzt gerät José Simao vollends aus dem Häuschen.

»Ich stamme ebenfalls von den Hügeln!«
Minutenlang zählen sie nun gegenseitig ihre gemeinsamen Freunde und Bekannten auf. Obwohl sie sich nie begegnet sind, haben sie ganz nahe beieinander gelebt, ohne es zu wissen. Mit einem Schlag ist Felipes Trübsal vergangen. Jemanden aus seinem Viertel zu treffen, ist wirklich ein völlig unerwarteter Glücksfall! Doch nachdem die erste Euphorie verflogen ist, erkundigt er sich, was José Simao in diese Zelle gebracht hat.
»Du bist hier wegen Totschlags, hast du gesagt? Wie ist das passiert?«
Seufzend schüttelt José den Kopf.
»Sprich bloß nicht davon! Ich habe einen Burschen niedergeschlagen, um seine Taschen auszurauben. Dabei habe ich offenbar zu viel Gewalt angewendet.«
Felipe da Silva verzieht das Gesicht. Das alles ruft bei ihm unangenehme Erinnerungen hervor.
Sein Zellengenosse fährt mit seiner Schilderung fort: »Ich kam aus Enriques Taverne. An dem Abend hatte ich etwas zu viel getrunken. Das hätte ich besser nicht getan, dann hätte ich nicht so fest zugeschlagen. He, Felipe, was machst du für ein Gesicht? Fühlst du dich nicht wohl?«
Felipe da Silva ist die Kehle wie zugeschnürt. Er macht eine Handbewegung.
»Doch, doch, erzähl nur weiter. Was geschah danach?«
Ein wenig verwundert über den Ton seines Kameraden berichtet José: »Es war im Februar 1951, am 18., wenn ich mich recht erinnere. Als ich aus der Taverne kam, sah ich zwei Typen vorbeigehen. Derjenige, der vorausging, schien vollkommen betrunken zu sein. Warum ich den beiden folgte, weiß ich selbst nicht so genau. Und dann hat der andere den ersten plötzlich überfallen, niedergeschlagen und ausgeraubt. Daraufhin bin ich meinerseits dem Burschen gefolgt und habe mit ihm dasselbe gemacht... Dummerweise haben sie mich gleich anschließend geschnappt. Zu allem Unglück erfuhr ich hinterher, daß ich den Bur-

schen getötet hatte. Die Zeugen, die ihn dort entdeckt hatten, behaupteten jedenfalls, er sei tot gewesen. Allerdings haben die Gendarmen seinen Leichnam nicht gefunden, als sie an der Stelle eintrafen. Sie haben daraus gefolgert, daß er in den Graben gefallen sein mußte. Und mich haben sie gleich zu fünfzehn Jahren verknackt, wegen Totschlags!«
José Simao begreift nicht, weshalb Felipe plötzlich in lautes Gelächter ausbricht.
»Du warst das also! Aber das macht nichts, ich bin dir deswegen nicht böse. Du bist gerettet, José, verstehst du? Gerettet!«

Ein paar Tage später sitzt Felipe da Silva dem Polizeikommissar von Escada im Büro des Gefängnisdirektors gegenüber.
»Ich habe Ihren Brief erhalten, da Silva, und ich verhöre Sie nochmals in der Sache, weil das meine Pflicht ist. Aber unter uns gesagt, glaube ich nicht ein Wort von Ihrer Geschichte. Sie begegnen in der Zelle einem alten Freund. Er erzählt Ihnen, daß er wegen Totschlags sitzt und daß man die Leiche nie gefunden hat. Daraufhin schlagen Sie ihm vor zu behaupten, Sie wären das Opfer von damals gewesen!«
Der Kommissar betrachtet ihn ohne jede Nachsicht.
»Es ist ganz normal, daß ein Gauner dem anderen hilft. Ich habe gute Lust, Sie wegen falscher Zeugenaussage zu belangen!«
Da Silva erbleicht. Er war voller Freude gewesen, das an José Simao begangene Unrecht wiedergutmachen zu können. Keinen Moment lang hatte er sich vorgestellt, man würde ihm womöglich nicht glauben.
Ungerührt fährt der Kommissar fort: »Ich erwarte einen Beweis von Ihnen, da Silva! Und es nützt nichts, wenn Sie mir Details über den Tathergang erzählen, denn selbstverständlich hat Ihr Kamerad Sie über alles genau in Kenntnis gesetzt!«

Felipe ist ratlos. Mit einer unwillkürlichen Handbewegung fährt er sich über den Hinterkopf, und plötzlich hellt sich sein Gesicht auf. Da ist er, der gewünschte Beweis! Es hatte damals Wochen gedauert, bis die Wunde verheilt war, die José ihm zugefügt hatte.
»Hier ist der Beweis, Herr Kommissar! Sie können ihn sogar berühren!«
Und er zeigt dem Beamten seinen Hinterkopf.
Diesmal ist es der Kommissar, der aus der Fassung gerät. Er hat nicht vergessen, daß der Fall Simao damals einiges Aufsehen erregt hatte. Dessen Verteidiger argumentierten, man könne niemanden wegen Totschlags verurteilen, wenn es keine Leiche gäbe. Und der Schuldspruch war teilweise heftig kritisiert worden.

Mehrere Röntgenaufnahmen wurden von Felipes Schädel gemacht. Die Ärzte kamen zu einem eindeutigen Ergebnis. Die Beule an seinem Hinterkopf war mit größter Wahrscheinlichkeit von einem Schlag mit dem Schraubenschlüssel verursacht worden – der von José Simao verwendeten Waffe – und zwar vor drei Jahren...
Natürlich war das kein offizieller Beweis, doch in dem wiederaufgenommen Prozeß befanden die neuen Richter, man müsse im Zweifel für den Angeklagten entscheiden. Sie ordneten daher die sofortige Freilassung von José Simao an. Dessen Fall gilt seitdem in den Archiven der Polizei als höchst ungewöhnlich: Denn wann wird schon ein angeblicher Totschläger ausgerechnet von seinem Opfer gerettet!

Der Garten der Träume

In aller Ruhe sitzt das Ehepaar Fitzgerald beisammen und trinkt die letzte Tasse Tee dieses Tages. Mit seinen fünfunddreißig Jahren ist Mister Fitzgerald bereits das, was man als »arriviert« bezeichnet, denn er gehört zu den Führungskräften einer großen Automobilfirma. Vor drei Monaten haben er und seine Frau sich in der Stadt Portsmouth an der englischen Küste niedergelassen, wo sie ein sehr hübsches Häuschen bewohnen.
Es ist zehn Uhr abends, und man schreibt den 15. Oktober des Jahres 1975. Zerstreut verfolgt das Ehepaar Fitzgerald vor dem Schlafengehen das Fernsehprogramm, als ein Geräusch in ihrem Rücken sie aufschrecken läßt.
Sie drehen sich um und sehen, wie ihre siebenjährige Tochter Alice im Nachthemd die Treppe hinunterkommt. Mrs. Fitzgerald steht auf und geht auf sie zu.
»Was ist los, Alice? Warum schläfst du noch nicht? Es ist schon spät.«
Doch das Kind reagiert nicht und steigt weiter die Stufen hinunter. Die Mutter wird ein wenig ungeduldig.
»So antworte doch, Alice! Hast du Durst? Oder willst du...?«
Sie hält unvermittelt im Satz inne und gibt ihrem Mann ein Zeichen. Jäh beunruhigt steht dieser ebenfalls auf. Das Kind ist jetzt am unteren Treppenabsatz angelangt und steuert auf die Küche zu. Mr. Fitzgerald stellt sich vor die Kleine hin und bemerkt, daß ihre Augen zwar weit geöffnet sind, ihr Blick hingegen seltsam leer wirkt. Sie scheint nichts zu sehen. Auch ihr Gang ist nicht wie sonst. Sie bewegt sich wie ein Automat.
Kein Zweifel, sie schläft, genauer gesagt, sie schlafwandelt.

Alice geht durch die Küche, öffnet die Tür und tritt in den Garten hinaus. Die Eltern folgen ihr, ohne recht zu wissen, wie sie sich verhalten sollen.
Sie sehen, wie sie den Rasen überquert – er ist perfekt gepflegt wie alle englischen Rasenanlagen –, wie sie sich mit absoluter Sicherheit zwischen den Bäumen hindurchbewegt und am Ende des Gartens stehenbleibt. Dort befindet sich der Sandkasten, den ihr Vater ihr gebaut hat, damit sie mit Eimer und Schaufel spielen kann.
Ein, zwei Minuten verstreichen. Der Garten ist dunkel und still und die Oktobernacht schon recht kalt. Schließlich faßt sich Mrs. Fitzgerald ein Herz. Sie ergreift sacht die Hand ihrer Tochter und murmelt: »Komm, Alice. Wir müssen wieder hineingehen.«
Fügsam läßt sich das Kind nach oben in sein Zimmer führen. Nachdem sie es wieder zu Bett gebracht haben, beginnen die Eltern, sich über das merkwürdige Erlebnis zu unterhalten, das sich soeben zugetragen hat.
Es ist das erste Mal, daß Alice so etwas gemacht hat. Bis dahin hatte sie stets einen besonders ruhigen Schlaf gehabt. Doch die Eltern geraten deswegen jetzt nicht gleich in Panik. Zweifellos war sie irgendwie nervös und unruhig, als sie zu Bett ging. Vielleicht war der Tee, den sie zuvor getrunken hatte, etwas zu stark. Sie werden ihr abends keinen Tee mehr zu trinken geben. Und falls sich der Vorfall wiederholt, werden sie einen Arzt zu Rate ziehen.
Nachdem ihr Mann am anderen Morgen ins Büro gefahren ist, fragt Mrs. Fitzgerald ihre Tochter: »Sag, Alice, hast du gestern nacht einen Traum gehabt?«
In lebhaftem Ton erwidert das Kind: »O ja, Mama, das war ein komischer Traum! Ein kleines Mädchen hat mich gerufen. Sie hat gesagt: ›Komm und spiel mit mir im Sandkasten!‹ Dann bin hingegangen und hab gewartet, aber es war niemand da...«
Als Mr. Fitzgerald abends zurückkommt, erzählt ihm seine Frau von diesem Traum. Sie sprechen noch eine Weile darü-

ber, und danach denkt keiner von ihnen mehr daran. Der Vorfall vom 15. Oktober ist rasch vergessen. Doch drei Wochen später, am 8. November, geschieht dasselbe wieder.

Während sie vor dem Fernseher sitzen, vernehmen Mr. und Mrs. Fitzgerald hinter sich einen leisen und mechanischen Schritt auf den Treppenstufen. Mit hölzernen Bewegungen und ausdruckslosem Blick, wie eine lebensgroße Puppe, steigt Alice im Nachthemd die Treppe hinunter.

Wie schon beim ersten Mal geht sie durch die Küche und öffnet die Tür. Ein eisiger Windhauch dringt ins Haus. Mrs. Fitzgerald will sich erheben, doch ihr Mann hält sie zurück. Auf keinen Fall darf man Alice jetzt aufwecken; das könnte gefährlich sein.

Das kleine Mädchen schreitet mit nackten Füßen über die Rasenfläche. Die Kälte scheint ihr nicht das geringste anzuhaben. Erneut bleibt sie vor dem Sandkasten stehen. Als ihre Mutter sie an die Hand nimmt, um sie ins Haus zurückzuführen, folgt sie ihr widerstandslos.

Diesmal sind die Fitzgeralds ernstlich beunruhigt. Begründungen wie Nervosität oder zu starker Tee vor dem Schlafengehen kommen nicht mehr in Frage. Ihre Tochter ist Schlafwandlerin, und gleich morgen werden sie einen Arzt rufen.

Der Arzt, der am anderen Tag ins Haus kommt, findet die Kleine bei bester Gesundheit vor. Nachdem er sie untersucht hat, fragt er: »Hast du letzte Nacht etwas geträumt?«

»Ja. Dasselbe kleine Mädchen hat mich wieder gerufen. Es hat zu mir gesagt: ›Du schläfst, und ich schlafe auch. Besuch mich im Garten der Träume.‹ Ich bin hingegangen, aber sie war nicht da.«

Als der Arzt mit den Eltern allein ist, meint er: »Ihre Tochter wird von einer Erinnerung heimgesucht. Im Garten muß sie etwas erlebt haben, das sie so nachhaltig schockiert hat, daß sie im Wachzustand die Erinnerung daran verdrängt. Nachts im Traum kehrt die Erinnerung jedoch zurück. Dieses kleine Mädchen, von dem sie erzählt – um wen könnte es sich Ihrer Meinung nach handeln?«

Mrs. Fitzgerald macht eine Handbewegung, die ihre Ratlosigkeit ausdrücken soll.
»Ich weiß es wirklich nicht. Wir sind erst vor kurzem nach Portsmouth gezogen. Alice hatte noch keine Gelegenheit, Freundinnen zu finden. Bis jetzt spielt sie ganz allein.«
Der Arzt schüttelt den Kopf.
»Sucht sie im Garten eine bestimmte Stelle auf, während sie schlafwandelt?«
»Ja, sie geht jedesmal zu ihrem Sandkasten.«
»Haben Sie den Sandkasten schon näher untersucht? Vielleicht hat sie dort etwas vergraben.«
»Etwas vergraben?« wiederholt Mr. Fitzgerald. Bei der Frage des Arztes beschleicht ihn ein unbehagliches Gefühl. Das Ganze ist womöglich sehr viel schlimmer, als er bis jetzt geglaubt hat.
»Doktor, könnten Sie einen Moment bei Alice bleiben? Ich möchte nicht, daß sie mich sieht, wenn ich den Sandkasten untersuche...«
Ein paar Minuten später kehrt Mr. Fitzgerald in das Kinderzimmer zurück, wo Alice seelenruhig mit ihrer Mutter und dem Arzt plaudert. Er ist ganz bleich im Gesicht. Er gibt den beiden ein Zeichen, ihm ins Wohnzimmer zu folgen. Dort sagt er leise zu seiner Frau: »Liebes, wir werden die Kleine für kurze Zeit zu deinen Eltern bringen müssen, damit sie nicht miterlebt, was hier geschieht.«
»Aber was ist denn los?« fragt Mrs. Fitzgerald zu Tode erschrocken.
Mit tonloser Stimme erwidert ihr Mann: »Unten im Sandkasten, etwa in zehn Zentimeter Tiefe, habe ich eine Puppe gefunden, das Kleid eines kleinen Mädchens und... Knochenüberreste, die von einem Menschen stammen.«
Noch am selbem Tag findet sich ein Inspektor Smithson bei den Fitzgeralds ein. Er läßt die Knochenüberreste ins gerichtsmedizinische Institut bringen und bittet das Ehepaar, sich zu seiner Verfügung zu halten. Allerdings glaubt er nicht, daß sie irgend etwas mit der Sache zu tun haben. Ob-

wohl er kein Fachmann dafür ist, kommen ihm diese Knochen sehr alt vor.
Achtundvierzig Stunden später liegt ihm das Untersuchungsergebnis vor. Es handelt sich um das Skelett eines Kindes weiblichen Geschlechts von sieben oder acht Jahren. Der Tod des Kindes liegt zwanzig bis vierzig Jahre zurück. Präziser kann man den Todeszeitpunkt nicht angeben. Die Ursache kann ebenfalls nicht festgelegt werden, da das Skelett keine Brüche aufweist.
Inspektor Smithson läßt sich sämtliche Akten bringen, die das unerklärliche Verschwinden von Kindern im Zeitraum zwischen 1935 und 1955 behandeln. Als er den Stapel staubbedeckter, veraltet gebundener Papiere vor sich sieht, überkommt ihn unwillkürlich ein seltsames Gefühl. Alles an diesem Fall ist äußerst ungewöhnlich, dieser Traum des kleinen Mädchens, dieses andere kleine Mädchen, von dem niemand etwas weiß. ›Wie viele Fälle dieser Art, wie viele Geheimnisse und Dramen, die für immer unaufgeklärt bleiben, mag es in ganz England wohl geben?‹ fragt er sich.
Die Arbeit, die ihn jetzt erwartet, ist die eines Totengräbers, eines Archäologen. Er wird versuchen müssen, Tote zum Sprechen zu bringen und an Orten zu ermitteln, die nicht mehr existieren. Ja, die Untersuchung dieses Falles gleichsam jenseits des Grabes wird eine der schwierigsten in seiner ganzen Karriere sein...

Am Ende von zwei Tagen intensiver Nachforschungen stößt der Inspektor endlich auf das, was er sucht: Im März 1945, also vor dreißig Jahren, verschwand ganz plötzlich ein kleines Mädchen namens Barbara Taylor. Und sie lebte in dem Haus, in dem heute die Fitzgeralds wohnen!
Diese Entdeckung gefällt dem Inspektor jedoch ganz und gar nicht. Im März 1945 war noch Krieg, und die polizeilichen Ermittlungen waren damals weniger gründlich durchgeführt worden, als dies in Friedenszeiten der Fall zu sein pflegt.

Nichtsdestotrotz ist er jetzt auf die Fakten gestoßen, wie sie aus den damaligen Polizeiberichten hervorgehen.
Am 3. März erstattete Marjorie Taylor, deren Wohnsitz das heutige Zuhause der Fitzgeralds war, wegen des Verschwindens ihrer achtjährigen Tochter Barbara Vermißtenanzeige bei der Polizei. Barbara war nachmittags fortgegangen, um bei ihrer Freundin Ruth Williams deren Geburtstag zu feiern. Als sie abends nicht nach Hause kam, machte ihre Mutter sich Sorgen und suchte die Familie Williams auf. Diese erklärten zu ihrer Verwunderung, daß Barbara nicht erschienen sei. Sie waren ihrerseits sehr beunruhigt gewesen und hatten gerade zu ihr gehen wollen, um zu fragen, ob Barbara erkrankt sei.
Die Polizei stellte daraufhin natürlich sofort in der gesamten Umgebung Nachforschungen an. Man zog die Möglichkeit einer Flucht ebenso in Betracht wie einen Unfall oder ein Verbrechen. Trotz der durch den Krieg bedingten erschwerten Umstände suchte man die Strände ebenso nach dem kleinen Mädchen ab wie Flüsse, Seen und Kanäle. Die Ermittlungen führten jedoch zu keinerlei Ergebnis. Ein Jahr später, im März 1946, wurde der Fall zu den Akten gelegt.
In der Akte finden sich darüber hinaus noch einige Angaben die Mutter betreffend, doch die Beamten scheinen sich damit nicht weiter befaßt zu haben.
Seit Kriegsbeginn lebte Marjorie Taylor allein mit ihrer Tochter. Ihr Mann wurde während des Frankreichfeldzuges von den Deutschen gefangengenommen. Dieser kehrte nach Beendigung der Feindseligkeiten in seine Heimat zurück, kurz nach Barbaras Verschwinden. Er starb dann sehr bald an den Folgen einer Tuberkulose, die er sich im Lager zugezogen hatte. Das war im Januar 1946. Der Polizeibericht schließt damit, daß Marjorie Taylor nach Australien auswanderte, sobald der Fall ihrer Tochter zu den Akten gelegt worden war.
Selbstverständlich hat Inspektor Smithson die Absicht, Mar-

jorie Taylor in Australien suchen zu lassen, doch zunächst konzentriert er seine Ermittlungen auf England. Von den damaligen Zeugen ist niemand mehr aufzutreiben außer Ruth Williams, der kleinen Freundin der Vermißten.
Nach kurzer Suche hat Smithson sie in London gefunden, wo sie als Schneiderin in einem Modehaus tätig ist. Als er bei ihr eintrifft, ist er im ersten Moment wider besseres Wissen überrascht. Er hatte die Spuren eines kleinen Mädchens verfolgt, und jetzt öffnet ihm eine reife Frau die Tür. Ruth ist inzwischen achtunddreißig. All das war schließlich vor dreißig Jahren geschehen...
Der Inspektor hat die Puppe mitgebracht, die man im Sandkasten neben dem Skelett gefunden hatte. Nach dem üblichen Austausch von Höflichkeiten zeigt er sie ihr, und Ruth Williams reagiert sofort mit lebhaftem Interesse.
»Ja«, ruft sie, »das ist Barbaras Puppe! Ich war immer neidisch, weil ihre Puppe schöner war als meine! Arme Barbara! Ich habe es nie so recht glauben wollen. Ich hatte die ganze Zeit gehofft, man würde sie doch noch finden.«
Der Inspektor hat nun die Gewißheit, daß das Opfer tatsächlich Barbara Taylor war. Aber vielleicht kann ihm Mrs. Williams noch irgendeinen weiteren Anhaltspunkt geben.
»Erzählen Sie mir von ihr. Gibt es aus Ihrer Sicht nichts, was uns in der Sache helfen könnte?«
Ruth Williams zieht die Stirn in Falten. Es ist seltsam rührend zu sehen, wie diese gutsituierte Londoner Familienmutter in ihren Erinnerungen an ihre Kleinmädchenzeit kramt...
Als ob sie einen Traum heraufbeschwört, erwidert sie schließlich: »Wir waren sehr befreundet, Barbara und ich. Sie war meine beste Freundin. Und sie war ein unkompliziertes, fröhliches Kind. Natürlich stritten wir auch gelegentlich, aber in diesem Alter ist das ganz normal.«
Sie hält jäh im Sprechen inne und sagt dann: »Da fällt mir ein, daß es etwas gibt, das Sie vielleicht wirklich interessieren könnte. Barbara erzählte mir manchmal von einem ›On-

kel Bob‹. Als ich sie fragte, wer das sei, sagte sie nur immer, er heiße eben ›Onkel Bob‹. Mehr habe ich nie erfahren, zumal sie mich nie zu sich nach Hause eingeladen hat. Sie sagte: ›Mama will das nicht, wegen Onkel Bob.‹«

Jetzt weiß Inspektor Smithson genug. Er weiß auch, daß es wenig Sinn hat, wenn er seine Nachforschungen in England fortsetzt. Die Auflösung der Geschichte wird er nur in Australien erfahren...

Er telegrafiert der australischen Polizei und bittet um Auskunft bezüglich einer gewissen Marjorie Taylor sowie eines Mannes mit dem Vornamen »Robert«, wofür »Bob« die Abkürzung ist.

Die Antwort läßt nicht lange auf sich warten. Zwei Wochen später erhält Smithson folgendes Telegramm: »Marjorie Taylor ist im Jahre 1946 immigriert und zwar zusammen mit Robert Robson, den sie im Juli desselben Jahres geheiratet hat. Marjorie Robson ist im April 1967 gestorben. Der Ehemann wird demnächst verhört.«

Die australische Polizei hat den Fall also in die Hand genommen. So wird sich diese seltsame Affäre weit weg vom eigentlichen Schauplatz aufklären...

In Sydney, wo Robert Robson jetzt ansässig ist, brauchen jedoch keine weiteren Ermittlungen mehr durchgeführt zu werden. Robson ist inzwischen ein Mann von fünfundsechzig Jahren, doch er wirkt sehr viel älter. Er ist sofort bereit, den Beamten alles zu erzählen. Mit müder Stimme erklärt er: »Ich habe stets damit gerechnet, daß ich eines Tages wegen Barbara verhört werden könnte. In gewisser Weise ist es mir sogar lieber so. Es war eine zu schwere Bürde, dieses Geheimnis allein mit mir herumtragen zu müssen. Die arme Marjorie ist daran gestorben. Während ihrer Krankheit hat sie immer wieder gesagt: Gott bestraft mich!«

So beginnt dreißig Jahre später und am anderen Ende der Welt Robert Robson seine Beichte: »Ich war nicht im Krieg. Wegen eines Herzfehlers hatte man mich damals vom Militärdienst zurückgestellt. Ich wohnte in Portsmouth, wo ich

Marjorie Taylor kennenlernte, deren Mann in Kriegsgefangenschaft geraten war. Wir fanden auf Anhieb Gefallen aneinander. Marjorie überredete mich, in ihr Haus zu ziehen. Vier Jahre lange wohnte ich dort. Ich kümmerte mich auch um die kleine Barbara, die ich sehr gern mochte. Und dann war der Krieg auf einmal zu Ende. Marjorie erklärte, ich müsse ausziehen, denn ihr Mann könne von einem Tag auf den anderen heimkehren. Ich verlor sie für die Dauer eines Jahres gänzlich aus den Augen, denn ich war inzwischen nach London übergesiedelt. Allerdings schrieben wir uns gelegentlich. Im März 1946 teilte sie mir mit, ihr Mann sei gestorben. Sie fragte mich, ob ich bereit sei, mit ihr nach Australien auszuwandern. Ich sagte ja. Als ich sie nach der Trennung das erste Mal wiedersah, war ich sehr überrascht, die kleine Barbara nicht vorzufinden. Sie erklärte mir daraufhin, es sei besser, sie vorerst nicht mitzunehmen. Sie habe sie ihren Eltern anvertraut, und wenn sie größer sei, könne sie nachkommen. Ich glaubte ihr... Erst ein Jahr später, als wir schon verheiratet waren, gestand sie mir die Wahrheit. Sie hatte Barbara getötet, weil sie Angst gehabt hatte, die Kleine würde alles ihrem Vater erzählen. Eines Nachts hatte sie das Kind mit einem Kissen erstickt und anschließend im Garten begraben.«

An dieser Stelle seines Berichts blickt Robson die Beamten erstmals an. In seinen Augen spiegelt sich sein ganzer Jammer. Er sieht plötzlich uralt aus.

»Ich weiß, ich hätte sie überreden müssen, sich der Polizei zu stellen. Aber ich war feige und egoistisch. Ich wollte nicht, daß sie nach England zurückkehrte, um dort gehängt zu werden. Ich wollte sie für mich behalten. Also schwieg ich. Dennoch hat Marjorie für ihre Tat bezahlen müssen. Sie starb völlig verzweifelt. Was mich betrifft, so mußte ich dieses schreckliche Geheimnis all die Jahre für mich behalten. Ich bin froh, daß ich es endlich loswerden konnte!«

Die australischen Behörden haben sich damit begnügt. Es gab nicht den geringsten Grund, Robert Robsons Version anzuzweifeln. Natürlich bestand die Möglichkeit, daß er nicht die Wahrheit gesagt hatte. Vielleicht war er an der Tat beteiligt gewesen; vielleicht war er sogar der allein Schuldige. Doch nach so langer Zeit konnte man weder das eine noch das andere beweisen, und im Zweifelsfall mußte man zu seinen Gunsten entscheiden.

Die Sache konnte damit endgültig abgeschlossen werden, und der staubige Aktenordner des Falles Barbara Taylor verschwand wieder im Archiv.

Was die Familie Fitzgerald betrifft, so folgte sie dem Rat des Arztes und zog in ein anderes Haus um. Seitdem ist die kleine Alice nie mehr schlafgewandelt. »Der Garten der Träume« war für alle Zeit vergessen.

Gründlichkeit zahlt sich aus

Berlin, 16. Juni 1959. Kommissar Schulz erhält einen Anruf von einer der polizeilichen Notrufsäulen, die über die Stadt verteilt sind. Auf einem unbebauten Stück Land in der Nähe des Stuttgarter Platzes wurde der Leichnam einer Frau gefunden. Sie ist ermordet worden.

Kurz darauf trifft der Kommissar am Ort des Geschehens ein. Er war auf derartiges bereits gefaßt, da seit einer Woche am Stuttgarter Platz und in dessen näherer Umgebung ein Jahrmarkt stattfindet, was üblicherweise zu Krawallen und Schlägereien führt. Es ereignet sich zwar nicht jedes Jahr ein Verbrechen, aber es ist immerhin schon vorgekommen.

Die Ermordete ist eine blonde junge Frau von ungefähr fünfunddreißig Jahren, die ein billiges Kleid trägt. Die Unglückliche ist mit ihrem Halstuch erwürgt worden, und der Täter hat ihr anschließend auch noch den Schädel eingeschlagen. Die Mordwaffe liegt in der Nähe des Leichnams am Boden: ein blutverschmierter Ziegelstein, an dem einige Haare kleben.

Die ersten Ermittlungen des Kommissars bestehen darin, die Identität des Opfers festzustellen. Obwohl die Frau keine Papiere bei sich trägt, findet der Beamte mühelos heraus, daß es sich um eine gewisse Ulrike Hafner handelt. Sie ist sechsunddreißig Jahre alt und wurde bereits mehrmals wegen Diebstahls und gelegentlicher Prostitution vorbestraft.

Nachdem die Leiche für die Gerichtsmedizin freigegeben worden ist, beauftragt der Kommissar seinen Assistenten, nach Zeugen zu suchen. Da das Verbrechen sich am Abend zuvor mitten während des Jahrmarkts abgespielt haben muß, dürften sich mehrere Zeugen dafür finden.

In der Tat erscheinen alsbald immerhin sechzehn Personen im Büro des Kommissars, die alle mehr oder weniger dasselbe aussagen: »Die junge Frau war in Begleitung eines sehr großen, dunkelhaarigen Mannes von etwa vierzig Jahren. Er trug einen braunen Pullover.«

Einer dieser Zeugen, der als Kellner in einem der Jahrmarktcafés arbeitet und das Paar bedient hatte, macht noch präzisere Angaben: »Der Mann hat eine Narbe am rechten Daumen. Mein Beruf bringt es mit sich, daß ich die Leute genau beobachte. Auf die Weise kann ich mir besser einprägen, wer schon bezahlt hat und wer nicht. Ich suche immer nach einem besonderen Merkmal. In diesem Fall sagte ich zu mir: Das da drüben ist der Herr mit der Narbe am rechten Daumen...«

Bei so detaillierten Zeugenaussagen kommt Schulz mit seinen Ermittlungen rasch voran, zumal das Ergebnis der Laboranalysen diese am anderen Tag bestätigt.

Unter den Fingernägeln des Opfers fanden sich Spuren von Wollfasern, die Aufschluß über die Kleidung des Angreifers geben, der tatsächlich einen braunen Pullover trug.

Soweit stehen die Indizien also fest. Der Kommissar ist außerdem zu einer Schlußfolgerung gekommen, dank derer sich der Fall noch schneller lösen lassen wird. Dieser Mord an einer Gelegenheitsprostituierten ist kein Verbrechen aus Leidenschaft. Der Täter war mit Sicherheit ein Ganove, jemand aus dem Milieu. Es erscheint daher sehr wahrscheinlich, daß der Mann einschlägig vorbestraft und damit aktenkundig ist.

Auf Grund der Beschreibungen durch die zahlreichen Zeugen beauftragt Schulz einen Spezialisten, vom Täter eine Phantomzeichnung anzufertigen. Sobald diese vorliegt, läßt er in der Verbrecherkartei nach einem Mann suchen, der dem Bild ähnelt.

Zwei Tage später liegt dem Kommissar ein Photo vor, das eine frappierende Ähnlichkeit mit der Phantomzeichnung aufweist. Zu dem Photo finden sich folgende Angaben: »Hans

Brauer, im Jahre 1950 zu zehn Jahren Gefängnis verurteilt wegen des Versuches, eine Prostituierte zu erwürgen. 1957 entlassen.«

Diese Untersuchung kommt in der Tat sehr viel schneller voran, als er erwartet hatte! Kommissar Schulz schickt einen Fahndungsbefehl heraus, und schon am nächsten Tag erhält er einen Anruf von einem seiner Kollegen in Hamburg: »Brauer sitzt im Gefängnis. Er wurde vor einer Woche wegen Landstreicherei verhaftet.«

Natürlich läßt Schulz den Verdächtigen so schnell wie möglich nach Berlin überführen, und kurz darauf sitzt der Mann vor ihm.

Für jeden anderen Polizeibeamten wäre der Fall damit so gut wie abgeschlossen, nicht jedoch für Kommissar Schulz, der den Ruf hat, in allem äußerst gewissenhaft zu sein, ja, man könnte fast sagen, er sei pedantisch bis zur Manie...

Trotz seines finsteren Vorlebens trägt Hans Brauer ein völlig entspanntes, fast sarkastisches Auftreten zur Schau. Er beantwortet alle Fragen mit der Lässigkeit eines Mannes, der den Umgang mit der Polizei gewohnt ist.

»Wo waren Sie am 16. Juni?«

»Nun, ich glaube, ich war in Berlin.«

Der Mann, den man in Hamburg verhaftet hatte, gibt ohne zu Zögern zu, am Tag des Mordes in Berlin gewesen zu sein. Es wäre ein leichtes für ihn gewesen, diese Tatsache zu leugnen. Ist er sich nicht darüber klar, oder wird er gleich ein Geständnis ablegen?

Einen Moment lang glaubt der Kommissar an diese Möglichkeit, doch wird er rasch eines Besseren belehrt.

»Wo waren Sie in der Nacht des 16.?«

Hans Brauer fährt sich mit der Zunge über die Lippen. Er versinkt in tiefes Nachdenken, was einige Zeit in Anspruch nimmt, bis er schließlich erwidert: »Ich war im Café Globus in der Beethovenstraße. Dort war ich den ganzen Abend.«

»Hat Sie jemand gesehen?«

»Bestimmt. Das können Sie leicht überprüfen.«

Kommissar Schulz unterbricht das Verhör und begibt sich selbst in das Café, um sich zu erkundigen, was ganz seiner gewissenhaften Art entspricht. Hans Brauer hat Pech: Keiner der Angestellten erkennt ihn auf dem Photo, das der Beamte herumzeigt. An jenem Abend hat ihn niemand dort gesehen.
Doch ein anderer Gast hatte ihn bemerkt... Eine junge Prostituierte namens Lilian, die mit dem Opfer befreundet war, reagiert sofort, als sie das Photo sieht.
»Ich kenne den Mann! Ich habe ihn mit Ulrike zusammen gesehen. Das war in der Woche vor ihrem Tod.«
Kurz darauf erhält Schulz eine Information, die für den Verdächtigen noch belastender ist. Das Labor hat inzwischen den Pullover untersucht, den Brauer am Tag seiner Verhaftung trug und ihn mit den Wollfasern verglichen, die sich unter den Nägeln des Opfers fanden. Dem Bericht zufolge ist die Wolle identisch!
Diesmal hat der Kommissar alle Trümpfe in der Hand, als er Hans Brauer erneut verhört.
»Ich habe Ihr Alibi im Café Globus überprüft. Es war falsch; niemand hat Sie dort gesehen.«
Brauer zuckt die Schultern. Er scheint nicht im geringsten aus der Fassung zu geraten.
»Erstaunlich, daß die Leute so ein schlechtes Gedächtnis haben! Wir leben in einer gleichgültigen Zeit. Keiner achtet mehr auf den anderen.«
»Sie erhalten demnach Ihre Version aufrecht, daß Sie den ganzen Abend in dem Café verbracht haben?«
»Und ob!«
»Und Sie werden sicher auch behaupten, daß Sie Ulrike Hafner nicht gekannt haben, oder?«
»Aber ja, natürlich habe ich die arme Kleine gekannt! Ich war sehr betroffen, als ich in der Zeitung von ihrem schrecklichen Ende erfuhr. Derjenige, der das getan hat, ist ein übler Dreckskerl, das können Sie mir glauben!«
»Und Sie selbst... haben Sie nicht vor neun Jahren ebenfalls versucht, eine Prostituierte zu erwürgen?«

Der Verdächtige scheint durch die Erinnerung an seinen Mordversuch keineswegs in Verlegenheit zu geraten.
»Die Frau damals, das war etwas anderes.«
»Und wie waren Ihre Beziehungen zu dem Opfer hier?«
Auch jetzt wirkt Brauer keineswegs nervös.
»Sie wissen doch, was ihr Metier war. Also...!«
Wieso beendet Kommissar Schulz das Verhör nicht? Sein Assistent neben ihm sagt zwar nichts, kann jedoch seine Ungeduld kaum verbergen. Alles spricht dafür, daß Hans Brauer der Schuldige ist. Wozu soll es gut sein, noch länger nachzuforschen? Man muß wirklich ein pedantischer Tüftler sein wie der Kommissar, um sich weiterhin mit dem Verdächtigen herumzuschlagen.
»Brauer, Sie würden besser alles gestehen. Wissen Sie eigentlich, daß man unter den Fingernägeln des Opfers Wollfasern gefunden hat? Nun, die Wolle ist mit der Ihres Pullovers identisch!«
Wenn der Kommissar geglaubt hatte, den Beschuldigten damit in die Enge treiben zu können, so war dies ein Irrtum. Der andere läßt sich nach wie vor nicht aus der Ruhe bringen.
»Sie brauchen nur in irgendeinen Supermarkt zu gehen und werden dort Dutzende von Pullovern wie meinen finden.«
Doch Kommissar Schulz hat sein bestes Argument bislang noch zurückgehalten.
»An Ihrer Stelle würde ich sofort ein Geständnis ablegen, Brauer! Ein Zeuge hat bemerkt, daß der Täter am rechten Daumen eine Narbe hat. Und Sie haben eine Narbe am rechten Daumen!«
Brauer versucht nicht einmal, Einwände zu machen. »Das will gar nichts heißen. Die Verletzung habe ich mir zugezogen, kurz bevor man mich in Hamburg verhaftet hat.«
Der Kommissar setzt das Verhör noch eine Weile fort, doch ohne Ergebnis. Schließlich läßt er den Verdächtigen hinausführen. Nachdem er verschwunden ist, macht sein Assistent aus seiner Verwunderung kein Hehl mehr.

»Aber sagen Sie, Kommissar, worauf warten Sie denn noch? Er gibt uns ein falsches Alibi, er kannte das Opfer, er hat bereits unter ähnlichen Umständen versucht, eine Prostituierte umzubringen, man hat Wollfasern von seinem Pullover unter den Nägeln der Toten gefunden, er hat eine Narbe am rechten Daumen, und zu allem Überfluß macht er sich auch noch über uns lustig!«
Schulz lächelt dünn.
»Natürlich haben wir jede Menge Anhaltspunkte, die gegen diesen Mann sprechen, aber Sie kennen mich: Man kann nicht vorsichtig genug sein, und etwas stört mich an dem Fall, nämlich, daß er nicht gestanden hat.«
Wenn es sich nicht um seinen Vorgesetzten handelte, würde der Inspektor jetzt grob werden.
»Und was heißt das?« bricht es aus ihm heraus. »Das ist doch ganz normal! Erwarten Sie wirklich, daß er ein Verbrechen zugibt, das ihn für den Rest seiner Tage ins Loch schickt? Wir haben sechzehn Zeugen. Es genügt, sie Brauer gegenüberzustellen, und ich wette mit Ihnen, daß sie ihn alle wiedererkennen werden.«
Wie es seine Gewohnheit ist, hört der Kommissar seinem Mitarbeiter aufmerksam und geduldig zu. Schließlich erklärt er mit fester Stimme: »Sie haben recht. Wir werden ihn mit den Zeugen konfrontieren. Aber wir machen das auf meine Art...«
Er läßt sich Zeit, bevor er fortfährt: »Gehen Sie ins Archiv, und bringen Sie mir Photos von vierhundert Straftätern. Lassen Sie dann die Zeugen zu mir kommen.«
Sein Assistent stößt einen fassungslosen Schrei aus.
»Vierhundert Photos! Das ist enorm viel! Wie sollen ihn denn die Zeugen aus vierhundert Photos erkennen? Warum machen wir es nicht wie sonst und stellen Brauer in einen Raum mit zehn Beamten?«
Doch Kommissar Schulz duldet keinen Widerspruch.
»Zehn sind nicht genug. Ich habe die Dinge immer gründlich betrieben. Wenn die Zeugen sein Photo aus vierhundert an-

deren auswählen, kann ich sicher sein, daß er es tatsächlich ist. Nun gehen Sie aber, Sie sollten längst im Archiv sein!«
Einige Stunden später bringt der Assistent murrend einen riesigen Stapel Photos, die einen repräsentativen Querschnitt dessen darstellen, was Deutschland in den letzten Jahren an Verbrechern hervorgebracht hat. Als er sie auf den Schreibtisch seines Vorgesetzten legt, lächelt dieser zufrieden.
»Sehr gut, und jetzt kümmern Sie sich um die Zeugen...«
Am anderen Morgen finden sich alle sechzehn draußen im Flur ein und warten, bis sie an die Reihe kommen.
Der erste, der eintritt, ist ein junger Mann, der in jener Nacht den Jahrmarkt besucht hatte. Er weicht unwillkürlich zurück, als er den Stapel Photos erblickt.
»Soll ich die etwa alle anschauen?«
Mit schneidender Stimme erwidert Schulz: »Ja, und zwar mit der größten Sorgfalt. Vergessen Sie nicht, daß es sich um einen Mord handelt.«
Ohne zu antworten, macht sich der junge Mann ans Werk. Nach einer Dreiviertelstunde erklärt er mutlos: »Nein, ich kann nicht. Es gibt zu viele, die sich ähnlich sehen. Ich würde mich womöglich irren.«
Mit dem nächsten Zeugen geschieht dasselbe. Nach einer ermüdenden Prüfung des Stapels sagt er schließlich, er wisse es nicht. Und so geht es mit den übrigen weiter. Keiner von ihnen will sich festlegen. Beim elften Kandidaten kann der Assistent des Kommissars, der sich bis jetzt mühsam beherrscht hatte, nicht länger an sich halten: »Ich habe es Ihnen gleich gesagt! Vierhundert Photos, das ist einfach absurd! Es ist unmöglich, jemanden aus so vielen Photos zu identifizieren!«
Der Kommissar geht erst gar nicht darauf ein und läßt den nächsten Zeugen eintreten. Es ist der Kellner aus dem Café mit der gutentwickelten Beobachtungsgabe, dem die Narbe am rechten Daumen des Täters aufgefallen war.
Wie die anderen starrt er zunächst fassungslos auf den Stapel mit Photos, doch er macht keine Bemerkung und wendet sich

sofort seiner Aufgabe zu. Nach zwei Minuten hält er inne und zieht eines der Photos heraus.
»Ich brauche die anderen nicht mehr anzusehen. Dieser hier ist es. Ich bin absolut sicher, daß ich mich nicht irre!«
Kommissar Schulz nimmt das Bild in die Hand, während sein Mitarbeiter hinter seinem Rücken einen Fluch ausstößt. Das Photo zeigt nicht etwa Hans Brauer, sondern stammt aus dem Polizeiarchiv. Der Name des Mannes steht auf der Rückseite: Er heißt Werner Staufer und ist bereits sechsmal wegen bewaffneten Überfalls verurteilt worden. Er sieht Brauer tatsächlich sehr ähnlich...
Der Kommissar dankt dem Zeugen und wendet sich dann an seinen Inspektor: »Treiben Sie sofort diesen Staufer auf. Sorgen Sie dafür, daß er das Land nicht verlassen kann, sofern er es nicht schon getan hat!«
Der Assistent ist mehr als verdutzt.
»Aber schließlich handelt es sich nur um eine Ähnlichkeit, Kommissar, weiter nichts! Ohne die vierhundert Photos hätte der Zeuge beim Anblick von Brauer diesen sicherlich sofort erkannt!«
»Tun Sie, was ich sage! Wir müssen es genau überprüfen.«
Am nächsten Tag wird Werner Staufer verhaftet. Er befand sich in Berlin, der Stadt, die er seit langem bewohnt und in der er all seine Missetaten begangen hatte.
Man führt ihn sofort in das Büro des Kommissars. Die Ähnlichkeit mit Hans Brauer ist tatsächlich frappierend, zumindest, was seine äußere Erscheinung betrifft. Sein Gebahren ist jedoch vollkommen anders. In dem Maße wie Brauer lässig, ja sogar fast gleichgültig wirkte, scheint Staufer sich unbehaglich zu fühlen. Er hat den Kopf gesenkt und blickt nur gelegentlich unstet um sich.
Kommissar Schulz sagt nichts. Er macht seinem Mitarbeiter ein Zeichen, und als dieser in dieselbe Richtung schaut wie sein Chef, wird er bleich. Werner Staufer, dessen Hände leicht zittern, trägt am rechten Daumen eine breite Narbe!
Mit sanfter Stimme meint Schulz zu seinem Assistenten:

»Sie sehen, daß Pedanterie einem manchmal hilft, schwerwiegende Irrtümer zu vermeiden.«
Dann wendet er sich Staufer zu: »Und jetzt werden Sie mir erzählen, was Sie in der Nacht vom 16. auf den 17. Juni getan haben...«

Ein unglaubliches Motiv

Im Bahnhofsrestaurant von Fontainebleau nimmt der Bahnangestellte Louis Noël noch eine Erfrischung zu sich, bevor er sich auf den Heimweg begibt. Es ist acht Uhr abends, und wir schreiben den 27. Januar 1936.

Der zweiunddreißigjährige Louis, dem die Instandhaltung der Gleise obliegt, verkörpert geradezu den Inbegriff des unauffälligen Durchschnittsmenschen: Er ist ein ruhiger Familienvater von anständigem Charakter, stets ausgeglichener Stimmung und dabei fast ein wenig zu bescheiden und zurückhaltend.

Um so erstaunter ist daher sein Kollege Sylvain Prolier, als dieser sich an seinen Tisch setzt und er seine ungewöhnlich sorgenvolle Miene bemerkt.

»Was ist los, Louis? Du hast doch etwas, stimmt's? Ist eines deiner Kinder krank?«

Louis Noël schüttelt verneinend den Kopf und erwidert zunächst nichts. Erst nach einem kurzen Moment des Zögerns antwortet er: »Ich habe Angst, Sylvain. Ich fürchte, jemand will mir Böses. Ich fürchte sogar, man will mich umbringen!«

Sein Kollege ist sprachlos. Louis fährt fort: »Diese Woche hatte ich mehrmals Nachtschicht. Nun, vor fünf Tagen hatte ich auf offener Strecke am Gleis zu tun, und da hörte ich plötzlich ein seltsames Geräusch auf der Seite des Bahndamms, so als ob jemand die Böschung hinaufkletterte. Ich rannte zu der Stelle hin und sah gerade noch, wie eine schattenhafte Gestalt die Flucht ergriff.«

Sylvain Prolier zuckt die Schultern.

»Na und? Das beweist gar nichts.«

»Warte, das ist noch nicht alles. Auch gestern hatte ich wieder Nachtdienst. Es handelte sich zwar um einen anderen Streckenabschnitt, aber die Stelle war genauso einsam und verlassen. Und da habe ich es wieder gehört. Diesmal war es ein etwas leiseres Geräusch. Es klang mehr so, als ob jemand langsam von unten hochkriechen wollte. Da bekam ich wirklich Angst, aber dann hatte ich eine Idee. Ich tat, als wären wir zu mehreren und rief laut: ›He, Kameraden, schaut doch mal nach, was da unten los ist!‹ Und gleich danach hörte ich erneut, wie jemand davonrannte.«
Sylvain Prolier versucht, seinen Kollegen zu beruhigen: »Du bildest dir das nur ein, Louis! Das beweist lediglich, daß irgend jemand auf das Gleis hinaufklettern wollte, und nicht, daß man dir etwas Böses wollte!«
Doch Louis schüttelt nur düster den Kopf.
»Nein, Sylvain. Derjenige, der das Gleis hinaufklettern wollte, war nicht etwa zufällig an die Stelle geraten, wo gerade jemand arbeitete. Du weißt selbst, welchen Krach es macht, wenn man da oben herumläuft. Es ist nicht möglich, das von unten zu überhören. Also war ich es, den er suchte, daran gibt es keinen Zweifel.«
Sein Kamerad ist jetzt doch ein wenig beeindruckt und fragt ihn: »Hast du einen Feind? Hast du dich mit jemand gestritten?«
»Nein. Aber warte, es geht noch weiter. Erst vorhin ist wieder etwas passiert. Am späten Nachmittag hat man entdeckt, daß eines der Signallichter kaputt ist. Der Schaden fiel in meinen Streckenabschnitt, und normalerweise hätte ich hingehen müssen, um ihn zu reparieren. Und es war schon stockfinster, stell dir das vor! Das war eine Falle, da bin ich mir sicher.«
»Und was hast du gemacht?«
»Ich habe Bernard Hogier gefragt, ob er bereit sei, an meiner Stelle zu gehen. Aber jetzt tut es mir schon leid, daß ich ihn gefragt habe. Womöglich passiert ihm etwas.«
Unvermittelt packt er seinen Kameraden am Arm.

»Sylvain, irgend etwas geht da vor, ich sage es dir! Ich habe das Gefühl, als ob da draußen der Tod auf mich lauert.«
Sylvain Prolier versucht, so gut er kann, den anderen zu beschwichtigen, doch seine Stimme klingt wenig überzeugend. Sie bleiben noch eine halbe Stunde zusammen im Restaurant sitzen, bis plötzlich ein weiterer Bahnangestellter hereingestürmt kommt. Es ist Bernard Hogier.
»Louis, du hattest recht! Jemand hat gerade versucht, mich zu überfallen!«
»Bildest du dir das nicht bloß ein?« fragt Sylvain wider besseres Wissen.
»Von wegen Einbildung! Zunächst steht einmal fest, daß das Signallicht absichtlich beschädigt wurde. Und als ich es dann reparieren wollte, hörte ich Schritte hinter mir. Als ich mich umdrehte, ist der Bursche sofort geflüchtet.«
Louis Noël stößt einen tiefen Seufzer aus. Er versucht, etwas zu sagen, doch er bringt kein Wort heraus. Sein Gesicht ist ganz eingefallen und hat eine grünliche Farbe angenommen. Schließlich gelingt es ihm zu sagen: »Er ist geflüchtet, weil er dich statt meiner gesehen hat. Er hat es auf mich abgesehen, und irgendwann werde ich dranglauben müssen!«

Am 5. Februar ist der Landwirt Charles Migeon, der in der Nähe von Fontainebleau lebt, mit seinem Lieferwagen auf dem Weg nach Hause. Es ist acht Uhr abends. Nicht weit entfernt vom Dorf Vieilles-Maisons sieht er plötzlich im Scheinwerferkegel ein Fahrrad mitten auf der Straße liegen.
Er hält sofort an, steigt aus und betrachtet die Sache aus der Nähe. Das Fahrrad weist keinerlei Unfallspuren auf. Vielleicht gehört es einem Betrunkenen, der das Gleichgewicht verloren hat. Dieser dürfte dann nicht weit sein.
Tatsächlich, in einigen Meter Entfernung liegt ein Mann der Länge nach im Straßengraben. Der Bauer klopft ihm auf die Schulter.
»Komm schon, Kamerad, wach auf! Ich bringe dich mit meinem Lieferwagen nach Hause.«

Aber der Mann antwortet nicht. Jäh beunruhigt dreht Charles Migeon ihn um und stößt gleich darauf einen entsetzten Schrei aus. Der Mann hat eine klaffende Wunde am Kopf. Kein Zweifel, er ist tot.
Migeon stürzt zu seinem Lieferwagen, um die Gendarmen zu benachrichtigen, daß ein Unbekannter auf einem Fahrrad in der Nähe von Vieilles-Maisons getötet worden ist. Es handelt sich tatsächlich um einen Unbekannten, denn man vermag nicht mehr zu sagen, wie er ausgesehen hat, als er noch lebte: Der Unglückliche hat praktisch kein Gesicht mehr.
Eine Viertelstunde später trifft Kommissar Tessier aus Fontainebleau in Begleitung von mehreren Gendarmen am Schauplatz ein. Er kann das Opfer mühelos identifizieren, da es seine Papiere mit sich führt. Es handelt sich um den Bahnangestellten Louis Noël.
Obwohl er kein Polizeiarzt ist, weiß der Kommissar sofort, daß er es nicht mit einem Unfall, sondern mit einem Verbrechen zu tun hat. Die Verletzungen sind durch einen Revolver verursacht worden, was er aufgrund seiner langjährigen Erfahrung gleich erkennt. Er zählt fünf Einschüsse, die das Opfer mitten in den Kopf getroffen haben. Es handelt sich um einen besonders gewalttätigen Mord, bei dem man fast an eine Hinrichtung denken könnte, an eine Art Abrechnung.
Während seine Männer noch mit der Spurensicherung beschäftigt sind, begibt sich der Kommissar zu der Adresse des Toten in Vieilles-Maisons. Er steht jetzt vor der schwierigen Aufgabe, der Witwe die Nachricht zu überbringen. Dies gehört zu den Dingen, die ihm in seinem Polizistendasein am wenigsten behagen.
In der Tat erwartet ihn eine so dramatische Szene, wie er es selten erlebt hat. Françoise Noël, die Ehefrau des Ermordeten, ist eine kleine, etwas rundliche Frau mit dunklem Haar. Als sie vom Tod ihres Mannes erfährt, bricht sie trotz der schonungsvollen Art des Beamten in herzzerreißendes Wehgeschrei und Schluchzen aus. Erst nach ein paar Minuten gelingt es ihr, sich ein wenig zu beruhigen. Mit tonloser Stim-

me fragt sie: »Es war kein Unfall, nicht wahr?
Der Kommissar kann seine Überraschung nicht verbergen. Er hatte ihr Louis Noëls Ableben mitgeteilt, ohne die Ursache zu nennen. Obwohl er auf den Schmerz der Witwe Rücksicht nehmen möchte, gewinnen seine berufsbedingten Reflexe die Oberhand.
»Wissen Sie denn etwas darüber?« fragt er gespannt. »Hat man ihn bedroht?«
Der erneut schluchzenden Madame Noël fällt es schwer, sich diesen Fragen zu stellen, doch immerhin stammelt sie unter Tränen: »Seit einiger Zeit war er nicht mehr derselbe. Er wirkte immer sehr niedergeschlagen. Einmal hat er zu mir gesagt: ›Kümmere dich nicht darum. Das ist eine Geschichte unter Männern, und das wird unter Männern geregelt.‹ Ich habe ihm natürlich kein Wort geglaubt!«
Nach einigen Worten des Trostes überläßt Kommissar Tessier die Witwe ihrem Schmerz. Da es schon spät ist, wird er die Ermittlung am nächsten Tag fortsetzen.
Zunächst versucht er, die verschiedenen Eindrücke dessen, was er gehört und gesehen hat, zu sortieren. Auf den ersten Blick könnte man an ein Verbrechen aus Leidenschaft denken. Es würde auch in diesem Fall dem klassischen Muster entsprechen, daß die Witwe, die womöglich die Komplizin des Mörders ist, von geheimnisvollen Bedrohungen spricht.
Andererseits läßt die Brutalität dieser Tat eher auf das Werk eines Berufsverbrechers schließen. Um dem Fall unvoreingenommen zu begegnen, muß man daher erst einmal die Zeugenaussagen abwarten.
Und die hat der Kommissar bereits am nächsten Morgen vorliegen. Sie stammen von den Kollegen des Opfers, Sylvain Prolier und Bernard Hogier, die sich in Tessiers Büro einfinden. Sie berichten ihm von dem, was Louis ihnen anvertraut hatte, und von dem geheimnisvollen Attentat, dem er am 27. Januar entgangen war.
Der Kommissar will es jedoch genau wissen: »Sind Sie sicher, daß er um sein Leben fürchtete?«

»Absolut sicher. Er hat sogar wörtlich gesagt: ›Der Tod lauert auf mich da draußen...‹«
»Und bei dem Vorfall vom 27. Januar handelte es sich wirklich um einen Hinterhalt?«
Bernard Hogier, der beinahe anstelle seines Kameraden getötet worden wäre, bestätigt ihm dies eindeutig: Der Mann war geflüchtet, als er gesehen habe, daß er nicht Louis Noël sei. Auf jenen hatte er es abgesehen und nicht auf irgendeinen anderen Angestellten der Eisenbahngesellschaft.
Der Kommissar bedankt sich bei den beiden Zeugen und setzt seine Nachforschungen in Vieilles-Maisons fort. Er befragt die Nachbarn und die Geschäftsleute. Gewiß, diese Geschichte von einem mysteriösen Mörder, der das Opfer schon seit Monaten verfolgt hatte, klingt recht beunruhigend, doch das hindert Tessier nicht daran, alle übrigen Möglichkeiten auszuschöpfen. Falls es im Leben von Madame Noël einen anderen Mann gäbe, so wäre das in einem so kleinen Ort wie Vieilles-Maisons nicht verborgen geblieben.
Die Dorfbewohner äußern sich jedoch einhellig zu deren Gunsten: »Die arme Madame Noël! Sie hatte sich wirklich nie etwas vorzuwerfen, das können Sie mir glauben! Sie arbeitet hart in der Fabrik von Fontainebleau. Natürlich sind manchmal Kollegen ihres Mannes zu ihnen nach Hause gekommen, aber immer nur, wenn Louis da war. In der Hinsicht werden Sie bestimmt nichts finden, Herr Kommissar!«
In der Tat beginnt Kommissar Tessier, sich dieser Ansicht anzuschließen. Und das ist ihm keineswegs recht. Die Zeiten sind unruhig geworden. Man spricht von undurchsichtigen Geheimorganisationen, von politischen Verschwörungen aus den Kreisen der Faschisten. Das, was zunächst wie ein gewöhnliches Verbrechen aus Leidenschaft aussah, könnte in Wirklichkeit eine Angelegenheit von ganz anderem Kaliber sein und wäre damit sehr viel delikater zu handhaben...
Der Beamte beginnt daraufhin, auch auf diesem Gebiet zu ermitteln. Nach drei Wochen ist er jedoch nach wie vor über Hypothesen nicht hinausgekommen.

Da erhält er den Bericht von einem seiner Mitarbeiter, den er beauftragt hatte, Françoise Noël zu beschatten. Dieser Bericht ist äußerst aufschlußreich und bringt ihn sofort wieder auf den Boden sehr handfester Tatsachen zurück.
»Ich beschattete Madame Noël, als sie die Fabrik verließ. Sie wurde draußen von einem anderen Arbeiter erwartet, einem gewissen André Aimond. Sie gingen zusammen fort und plauderten miteinander. Nach einer Viertelstunde trennten sich ihre Wege wieder. Das Ganze machte den Eindruck, als ob zwischen den beiden eine ziemlich enge Beziehung bestehe.«
Der Kommissar ist durch diese Information einigermaßen schockiert. Er hatte Françoise Noëls Privatleben gründlich erforscht, doch ausschließlich in Vieilles-Maisons. Womöglich hatte sie einen Geliebten in Fontainebleau, wo sie arbeitet? Tessier hatte auch der Fabrik einen Besuch abgestattet und dem Direktor bezüglich der Witwe des Opfers einige Fragen gestellt. Dieser hatte ihm allerdings nur die besten Auskünfte gegeben: Sie sei seit zwölf Jahren bei ihm beschäftigt und habe nie Anlaß zu Klagen gegeben. Aber man kann eine ausgezeichnete Arbeitskraft sein und nebenher ebenso eine Liebschaft haben, nicht wahr?
Der Beamte beschließt, sofort zu handeln und zitiert besagten André Aimond in sein Büro. Es handelt sich um einen jungen Mann von ungefähr fünfundzwanzig Jahren. Er ist hellblond und trägt einen kleinen Lippenbart. Irgendwie wirkt er wie ein Junge, der nicht richtig gewachsen ist.
Auch ohne geschulten psychologischen Blick sieht man sofort, daß er sehr befangen ist und sich äußerst unbehaglich fühlt. Der Kommissar beabsichtigt daher, sich diese Schwäche seines Gegenübers zunutze zu machen.
»Sie plaudern des öfteren mit Madame Noël, wenn sie aus der Fabrik kommt, nicht wahr?«
»Nun, wissen Sie, das ist erst so, seitdem ihr dieses Unglück widerfahren ist, Sie verstehen...«
»Sie mögen sie wohl gern, die Madame Noël?«

Der junge Mann errötet und wird etwas nervös.
»Das ist doch nichts Böses, oder?«
»Natürlich nicht. Und es ist ebensowenig etwas Böses, ihr Geliebter zu sein. Das ist noch kein Verbrechen.«
André Aimond reagiert jetzt sehr heftig, was in einem seltsamen Kontrast zu seiner vorhergehenden Schüchternheit steht.
»Sie haben kein Recht, so etwas zu behaupten! Das ist eine Lüge!«
Der Kommissar schweigt einen Moment lang. Dieser Ausbruch des jungen Mannes spricht Bände. Es hatte eine Weile gedauert, bis er begriff, aber jetzt glaubt er, die Lösung gefunden zu haben.
»Selbstverständlich sind Sie nicht ihr Liebhaber, da sie eine Bedingung daran geknüpft hatte. Soll ich Ihnen sagen, was für eine Bedingung das war?«
Tessier schweigt abermals. André Aimond hat den Kopf zwischen die Schultern gezogen und betrachtet seine Schuhspitzen. Er sagt ebenfalls nichts. Nachdem das Schweigen immer lastender geworden ist, erklärt der Polizeibeamte langsam und überdeutlich: »Die Bedingung bestand darin, daß Sie ihren Ehemann töten sollten.«
Ein unwillkürliches Schaudern durchzuckt den jungen Mann. Er versucht, sich zusammenzunehmen und dem Blick des Kommissars mit unbeteiligter Miene zu begegnen, doch es ist zu spät. Sein Körper hat ihn verraten. Er bricht vollends zusammen.
»Ich schwöre Ihnen, daß ich Françoise nie angerührt habe, niemals! Sie wollte nicht. Und dann hat sie vor drei Monaten zu mir gesagt, sie würde niemals meine Geliebte werden, es sei denn meine Frau. Deshalb müsse ich ihren Mann umbringen. Ich weiß nicht warum, aber sie konnte ihn nicht mehr leiden. Dabei habe ich inzwischen gehört, er sei ein sehr ordentlicher Bursche gewesen.«
Er hält einen Moment inne und fährt dann fort: »Ich wollte Françoise unbedingt haben, und daher tat ich, was sie verlangte. Niemand kannte mich in Vieilles-Maisons. Auch in

der Fabrik wußte niemand etwas und das aus gutem Grund, denn schließlich hatten wir nichts miteinander. Zweimal begab ich mich dann auf Geheiß von Françoise nachts auf die Gleise, wo Louis arbeitete. Das erste Mal verließ mich der Mut, und das zweite Mal war er nicht allein dort oben. Beim dritten Mal hatte ich ein Signallicht zerbrochen, aber nicht er selbst kam, um es zu reparieren, sondern jemand anderes. Ich bemerkte es erst im letzten Moment. Am 5. Februar hat Françoise nach der Arbeit zu mir gesagt: ›Um sieben Uhr fährt er mit dem Fahrrad vom Bahnhof nach Hause. Nimm du ebenfalls dein Fahrrad mit und folge ihm. Du darfst es nicht wieder verpatzen.‹ Und dann hat sie hinzugefügt: ›Das ist die letzte Chance, die ich dir gebe. Wenn du es wieder nicht schaffst, ist es endgültig aus.‹ Also tat ich, was sie sagte. Trotz der Dunkelheit erkannte ich ihn sofort und folgte ihm in einiger Entfernung. Ich wartete, bis er schon ganz in der Nähe von Vieilles-Maisons war und beschleunigte erst dann. Als ich auf seiner Höhe war, zielte ich mit dem Revolver auf seinen Kopf. Ich schoß fünf Mal, damit es aussah wie eine Abrechnung, so wie im Film...«

André Aimond und Françoise Noël wurden beide mit zwanzig Jahren Gefängnis bestraft. Die Geschworenen befanden, daß die Anstifterin des Verbrechens ebenso schuldig sei wie der Täter selbst. Zweifellos galt dieser Schuldspruch auch dem unglaublichen Motiv, das sie angegeben hatte. Denn als der Richter sie fragte, weshalb sie ihren Mann derart gehaßt habe, daß sie ihn durch einen Mann umbringen ließ, der nicht einmal ihr Geliebter gewesen war, antwortete sie lediglich: »Er war einfach zu nett.«

Verspätete Gerechtigkeit

Nach dem Ende des Zweiten Weltkriegs ist Passau von den Amerikanern besetzt worden. Stadtkommandant und Oberbefehlshaber der amerikanischen Besatzungstruppen in diesem Gebiet ist ein Mann namens Cofran, der als ganz besonders pflichtbewußt gilt und dementsprechend sein Amt mit unerbittlicher Strenge ausübt.

In der Zivilbevölkerung ist Kommandant Cofran daher nicht übermäßig beliebt. Während viele andere amerikanische Offiziere sich den Deutschen gegenüber eher verständnisvoll, ja sogar freundschaftlich verhalten, besteht Cofran auf strikter Einhaltung der Vorschriften. Für ihn befindet man sich nach wie vor im Feindesland. Sein oberstes Anliegen ist es, den Schwarzmarkt zu bekämpfen und jeden Kontakt zwischen seinen Männern und den Einwohnern zu unterbinden.

An diesem Abend des 6. Januar 1946 führt der Kommandant ein wichtiges Gespräch mit einem seiner Offiziere. Die beiden haben sich im Salon der Villa eingefunden, welche dem Kommandanten als Wohnsitz zur Verfügung gestellt worden war. Es ist ein luxuriöses Anwesen, das sich über zwei Etagen erstreckt und direkt an der Donau liegt.

Cofran, ein hochgewachsener Mann mit hageren Gesichtszügen und graumeliertem Haar, beugt sich gespannt zu seinem Gesprächspartner: »Nun, Lieutenant, was haben Sie in Erfahrung gebracht?«

Der junge Offizier räuspert sich, bevor er antwortet. Der Stadtkommandant hatte ihm eine schwierige Mission anvertraut. Er sollte den Schwarzmarkt auf dem amerikanischen Sektor überprüfen und sich vor allem auf die unerlaubten Aktivitäten der amerikanischen Soldaten konzentrieren.

»Leider gibt es einiges zu berichten, Commander. Die meisten unserer Männer machen auf dem Schwarzen Markt Geschäfte. Sie setzen Zigarettenstangen zu Schleuderpreisen ab und scheuen sich teilweise nicht einmal, das Benzin von ihren Jeeps zu verkaufen.«

In dem großen Raum, der nur durch ein loderndes Kaminfeuer erleuchtet ist, rückt der Lieutenant noch etwas näher.

»Es gibt da noch etwas anderes, Commander... etwas weitaus Schlimmeres...«

Cofran strafft unwillkürlich seine Gestalt. Mit einer Handbewegung fordert er den Lieutenant auf weiterzusprechen.

»Aufgrund der Informationen, die ich mir verschaffen konnte, liefert jemand von höherer Stelle aus das Vorbild dazu... Lieutenant Levin ist diese Art von Geschäftemacherei keineswegs fremd. Es gibt sogar Anhaltspunkte dafür, daß er das Ganze selbst organisiert.«

Der Oberbefehlshaber kräuselt seine schmalen Lippen. Er schweigt eine Weile und starrt auf die brennenden Scheite im Kamin. Ausgerechnet John Levin, sein Adjudant, der Vizekommandant für das Gebiet von Passau! Er hatte es geahnt. Andernfalls hätte er auch ihn zu dieser Zusammenkunft eingeladen, an der er normalerweise hätte teilnehmen müssen.

Cofran hat Levin nie gemocht, was teilweise vielleicht etwas ungerecht gewesen ist. Zweifellos liegt es daran, daß dieser das genaue Gegenteil seiner selbst darstellt. Während Cofran Strenge und Pflichtbewußtsein verkörpert, besteht die Lebensphilosophie des anderen darin, sich mit aller Welt gut zu verstehen und zu arrangieren, was sich schon in seiner äußeren Erscheinung ausdrückt: Seine Uniformen läßt er von einem Schneider in der Stadt anfertigen, und seine stets tadellos gepflegte Frisur würde ebenso zu einem Filmstar passen.

Trotz wiederholter Ermahnungen seitens seines Vorgesetzten war Levin von Anfang an nicht bereit gewesen, auf Kontakte mit der Zivilbevölkerung zu verzichten. Er liebt Geselligkeit und Glanz und ist fast jeden Abend auf einem Empfang bei der einen oder anderen Persönlichkeit der Stadt zu sehen.

Das ist jedoch noch nicht alles. Levin hat sich wochenlang in aller Öffentlichkeit mit seiner deutschen Sekretärin gezeigt, einer großen Blonden namens Hilda. Cofran erfuhr als einer der letzten von der Liaison, doch sobald er Kenntnis davon hatte, reagierte er mit unnachgiebiger Strenge. Er entließ die Sekretärin und bedeutete Levin, daß es ihm untersagt sei, sie wiederzusehen.
Der Kommandant gibt sich keinen Illusionen hin. Er ist sich vollkommen darüber im klaren, daß John Levin wesentlich beliebter ist als er selbst. Dieser gutaussehende Blonde mit den Allüren eines Playboys hatte von Anfang an die Sympathien der Bevölkerung genossen. Ach, wie sehr müssen die Leute hier bedauern, daß Levin nur sein Stellvertreter ist und daß ausgerechnet ein so unbeugsamer Mann wie er den Posten des Stadtkommandanten innehat!
Cofran schüttelt den Kopf. Levin macht also Geschäfte auf dem Schwarzmarkt! Nein, das überrascht ihn keineswegs. Dies herauszufinden, war der eigentliche Grund für die Mission, mit der er den jungen Lieutenant beauftragt hatte.
Dieser fährt fort, seinem Vorgesetzten die Ergebnisse seiner Nachforschungen darzulegen. In einigen Tagen, so versichert er, wird er die Beweise für all das erbringen können.
Plötzlich hält der Lieutenant in seinem Vortrag inne und verzieht schmerzerfüllt das Gesicht. Der Gouverneur wirft ihm einen fragenden Blick zu.
»Ist etwas nicht in Ordnung?«
Der junge Offizier lächelt entschuldigend.
»Ich leide noch immer unter den Folgen einer Beinverletzung. Von Zeit zu Zeit macht mir das zu schaffen.«
Der andere klopft ihm auf die Schulter.
»Nun, dann bleiben Sie am besten hier. Es ist schon elf Uhr nachts. Sie schlafen in meinem Zimmer hier unten, und ich übernachte in dem Zimmer im zweiten Stock.«
Der Form halber macht der Lieutenant ein paar Einwendungen, nimmt dann aber das Angebot an. Ohne es zu wissen, hat Kommandant Cofran damit sein Schicksal besiegelt.

7. Januar, drei Uhr morgens. In dieser Nacht steht eine alte Dame, die direkt hinter der Villa des Gouverneurs wohnt, am Fenster. Wie so oft leidet sie auch jetzt unter Schlaflosigkeit. Teilnahmslos betrachtet sie die Landschaft vor sich, die Bäume und die Donau, die im Mondlicht schimmert.

Aber was hat dieser Schatten dort drüben im Garten der Villa von Kommandant Cofran zu suchen? Der Mann – denn es handelt sich eindeutig um einen Mann – scheint einen Moment zu zögern. Dann steuert er rasch auf den Fluß zu. Im nächsten Augenblick ertönt ein dumpfes Geräusch, und ein schwerer Gegenstand versinkt in den Fluten. Anschließend läuft der Mann zu der benachbarten Villa, die vom Vizekommandanten John Levin bewohnt wird.

Genau fünf Minuten später erleidet die alte Dame den Schock ihres Lebens. Eine heftige Explosion hat soeben sämtliche Fenster ihrer Wohnung zerborsten und die Splitter ins Innere geschleudert. Die alte Dame nimmt all ihren Mut zusammen und eilt wieder zum Fenster. Das Haus des Gouverneurs steht in Flammen. So schnell sie kann, geht sie zum Telefon und ruft die Feuerwehr.

Nach wenigen Minuten trifft die deutsche Feuerwehr am Schauplatz ein. Die Flammen haben sich mit unglaublicher Geschwindigkeit in der Villa ausgebreitet. Sie ist nur noch eine riesige brennende Fackel, deren Widerschein das Wasser der Donau illuminiert.

Nach einer Stunde Löscharbeit gelingt es der Rettungsmannschaft, die Situation in den Griff zu bekommen. Die Feuerwehrleute stürzen ins Innere. Im Zimmer des Gouverneurs, das sich in der ersten Etage befindet, stoßen sie auf den Leichnam eines Mannes, doch kann es sich nicht um den Kommandanten handeln, da der Tote sehr viel jünger ist. Er hat nur leichte Brandverletzungen davongetragen, und so muß sein Tod auf andere Weise verursacht worden sein.

Als sie den Körper auf die Seite drehen, entdecken sie eine

tiefe Wunde in seinem Rücken. Und neben dem Kopfteil des Bettes, in dem der junge Mann liegt, stehen zwei volle Benzinkanister. In wenigen Minuten wären sie explodiert, und nichts wäre mehr übriggeblieben...

Doch wo ist Kommandant Cofran? Inmitten der noch züngelnden Flammen und trotz der rauchgeschwängerten Luft durchsuchen die Feuerwehrleute das, was von der Villa übriggeblieben ist. Als sie eines der Zimmer im ersten Stock betreten, machen sie die befürchtete Entdeckung. Der Gouverneur liegt in einer riesigen Blutlache auf seinem Bett. Man kann von einem regelrechten Massaker sprechen. Sein Körper ist mit einem schweren, messerscharfen Gegenstand zerstückelt worden, vermutlich mit einem Beil. Wie auch im Zimmer des jungen Mannes unten stehen Benzinkanister neben dem Bett.

Die Rettungsmannschaft muß jetzt sofort die amerikanische Militärbehörde verständigen. Es handelt sich um Mord, und wären die Feuerwehrleute nur ein paar Minuten später gekommen, so hätte man von einem perfekten Verbrechen sprechen können!

Um sich mit den Vertretern der Besatzungsmacht in Verbindung zu setzen, sind keine langen Wege erforderlich. Man braucht nur über die Straße zu gehen und sich in die Nachbarvilla zu begeben. Dort wohnt der Vizekommandant John Levin. Oder vielmehr der Kommandant John Levin, da er nun automatisch den Platz des ermordeten Cofran einnimmt. Er ist ab sofort der neue Oberbefehlshaber. Und vor allem obliegt ihm die Verantwortung bezüglich der Ermittlungen des Falles.

Erst nach mehreren Versuchen gelingt es, Levin zu wecken. Eigentlich ist es recht seltsam, daß er weitergeschlafen hatte, nachdem das ganze Viertel durch die Explosion aus dem Schlaf gerissen wurde. Aber die Leute sind durch die Geschehnisse viel zu erschüttert, um sich darüber Gedanken zu machen.

Noch während die letzten Flammen verglühen, gibt der neue

Stadtkommandant, ganz Herr der Lage, seinen Männern Anweisungen: »Riegelt die Stadt ab, und nehmt jeden Verdächtigen sofort fest! Dieses Verbrechen geht auf das Konto ehemaliger Nazis!«
Ja, John Levin wirkt sehr souverän, und außerdem versteht er zu befehlen. Er formuliert seine Sätze mit fester, sicherer Stimme. Selbst mitten in der Nacht ist er in seiner tadellos geschnittenen Uniform die gewohnt elegante Erscheinung. Die Bewohner von Passau, die hinter den Polizeiabsperrungen zahlreich zusammengeströmt sind, sehen mit bewundernden Blicken auf ihren neuen Kommandanten. Zumindest macht er einen sympathischen Eindruck, und alle, die ihn kennen, erzählen nur das Beste über ihn. Unglücklicherweise ist da der Mord an dem früheren Oberbefehlshaber. Wer mag ihn getötet haben? Und vor allem warum?
Die Bevölkerung von Passau ist trotz allem in größter Sorge...

7. Januar 1946. Ein noch junger Mann, der eine Brille trägt und mit einem schwarzem Anzug bekleidet ist, klopft an die Bürotür von John Levin, dem neuen Kommandanten der Stadt Passau.
Die Art, wie dieser ihn empfängt, wirkt äußerst lässig. Er hat die Füße auf seinen Schreibtisch gelegt und ist dabei, eine dicke Zigarre zu rauchen. Mit einer Handbewegung schiebt er den Vorhang aus dichten, blauen Rauchwolken auseinander.
»Sie sind also Kommissar Kohler?«
Der Neuankömmling nickt.
»Gut, gehen Sie bei Ihren Ermittlungen nach Belieben vor. Aber vergessen Sie dabei nicht, daß die deutsche Polizei der amerikanischen Besatzungsmacht, das heißt, mir untersteht. Womit wollen Sie Ihre Nachforschungen beginnen?«
»Indem ich den Schauplatz des Verbrechens untersuche.«

Der elegante Offizier ihm gegenüber zuckt mit den Schultern.
»Die ganze Angelegenheit ist nach klassischem Muster abgelaufen! Natürlich müssen Sie als Beamter Ihre Pflicht tun, aber meiner Meinung nach vergeuden Sie nur Ihre Zeit. Sie sollten sich besser mal in den Kreisen ehemaliger Nazis umsehen, dann würden Sie den Schuldigen bald finden. Kommandant Cofran hatte sich dort einige erbitterte Feinde gemacht. Halten Sie mich in jedem Fall auf dem laufenden!«
Kommissar Kohler, der während dieser ganzen Zeit damit beschäftigt war, seine Brillengläser zu putzen, setzt diese wieder auf die Nase, steht auf und verbeugt sich ziemlich förmlich.
»Gut, Herr Kommandant. Ich hoffe, Ihnen schon in einer Woche meinen Bericht vorlegen zu können...«
Und tatsächlich findet sich der deutsche Polizeibeamte eine Woche später erneut in John Levins Büro ein. Er lehnt die angebotene Zigarre ab, nimmt auf der Stuhlkante Platz und beginnt, seine Papiere hervorzuziehen.
Levin fragt in lockerem Ton: »Nun, Kommissar, hatte ich nicht recht, daß Sie nur Ihre Zeit verschwenden, wenn Sie in der Villa nachforschen?«
Kommissar Kohler schüttelt sachte den Kopf.
»Keineswegs, ganz im Gegenteil. Genau dort habe ich die Zusammenhänge begriffen.«
Der Gouverneur von Passau zündet sich eine neue Zigarre an. Er wirkt plötzlich nervös.
»Sehen Sie, meiner Ansicht nach kannte der Mörder das Opfer gut und war auch mit den Räumlichkeiten vertraut. Er wußte, welches das Zimmer des Kommandanten war. Er begab sich direkt dorthin, tötete die Person, die er vorfand, und bemerkte erst hinterher seinen Irrtum. Dann suchte er überall nach dem Kommandanten, den er schließlich in der ersten Etage entdeckte. Darüber hinaus wußte der Täter, daß in den Kellerräumen der Villa Kanister mit hundertvierzig Liter Benzin gelagert wurden. Diese Tür war mit einem Schlüssel verriegelt und wurde von außen nicht eingetreten oder sonst-

wie beschädigt. Und schließlich war allgemein bekannt, daß Kommandant Cofran sehr mißtrauisch war und Tag und Nacht einen Revolver bei sich trug. Von dieser Waffe hat er jedoch keinen Gebrauch gemacht. Vielleicht wurde er im Schlaf überrascht. Oder aber er hat seinen Mörder gekannt.«

John Levin verzieht das Gesicht.

»Das ist doch absurd! Sie scheinen wirklich zu viel Zeit zu haben, Kommissar!

Doch Kohler scheint die Worte des anderen nicht gehört zu haben. Statt dessen fährt er fort: »Was die Tatwaffe betrifft, so habe ich sie ohne Mühe finden können. Es handelt sich um ein Beil. Der Mörder hat es in die Donau geworfen. Eine Nachbarin, die gegenüber wohnt, hat ihn dabei gesehen. Nachdem er die Villa verlassen hatte, begab er sich auf direktem Wege zu Ihnen...«

Der neue Stadtkommandant ist bleich geworden.

»Zu mir?«

Doch der Kommissar spricht mit unveränderter Stimme weiter: »Ja, zu Ihnen. Im übrigen sieht die Mordwaffe genauso aus wie das Beil, das Sie in Ihrem Keller aufbewahrt hatten und das jetzt verschwunden ist. Das haben mir zumindest Ihre Angestellten gesagt.«

Levin explodiert: »Meine Angestellten haben Sie verhört?«

»Selbstverständlich. Ihre Leute haben mir ebenfalls erzählt, daß Sie Ihre Uniform am Morgen nach dem Verbrechen gewaschen haben...«

Fieberhaft geht Levin in seinem Büro auf und ab. Er hat seine gönnerhafte Art gänzlich verloren. Sein Gesicht ist jetzt weiß vor Wut.

»Und das Motiv? Bevor Sie mich beschuldigen, sollten Sie sich ein Motiv überlegt haben!«

Kommissar Kohler schüttelt nur leicht den Kopf.

»Ich beschuldige Sie keineswegs, Herr Kommandant. Ich vermute, daß das Motiv etwas mit dem zweiten Opfer zu tun hat, mit dem jungen Lieutenant, der von Kommandant Cofran mit einer speziellen Mission beauftragt worden war.

Sobald ich weiß, welcher Art dieser Auftrag war und vor allem, was der Lieutenant dabei herausgefunden hat, werde ich in der Lage sein, Ihre Frage zu beantworten.«
John Levin schlägt mit der Faust auf den Tisch.
»So, jetzt reicht es aber! Ab sofort sind Sie von diesem Fall suspendiert. Geben Sie mir die Akte. Ich werde sie selbst an meine Vorgesetzten weiterleiten.«
Der Kommissar erhebt sich, entnimmt seiner Aktenmappe drei umfangreiche Ordner, legt sie auf den Schreibtisch und geht wortlos hinaus.
Niemand weiß genau, was passiert ist, nachdem John Levin seinen Vorgesetzten Bericht erstattet hat. Auf jeden Fall findet die Angelegenheit damit ein Ende, und wegen des Mordes an Kommandant Cofran und dem jungen Lieutenant wird keinerlei Verfahren in Gang gesetzt.
Außerdem reicht Levin einige Wochen später sein Abschiedsgesuch ein. Dem wird stattgegeben, und er verläßt die Armee mit allen militärischen Ehren.
Anschließend kehrt er in seine Heimatstadt Raleigh im Staate Tennessee zurück, wo seine Frau auf ihn gewartet hat. In kürzester Zeit gelingt es ihm, in einer Ölgesellschaft eine bedeutende Position einzunehmen. John Levin ist stets begabt gewesen, rasch zu Erfolg zu kommen...

Acht Jahre sind vergangen. Erst jetzt, 1954, werden den deutschen Polizeibehörden von den Amerikanern jene Akten zur Verfügung gestellt, in die sie während der Nachkriegszeit keinen Einblick hatten. Dabei stößt die Polizei auf den unaufgeklärten Fall von Passau.
Als der zuständige Untersuchungsrichter die Akte studiert hat, macht er, was jeder andere Kollege an seiner Stelle ebenfalls gemacht hätte: Angesichts derart erdrückender Beweise verlangt er die sofortige Anhörung des ehemaligen Kommandanten John Levin. Und so gelangt eines Tages das entsprechende Gesuch in das ruhige und friedliche Haus der Levins in Tennessee...

Es ist Mrs. Levin, die den Brief öffnet. Sie fällt aus allen Wolken. Was hat das zu bedeuten? John hat ihr noch nie von dieser Geschichte erzählt. Schließlich stammelt ihr Mann so etwas wie: »Das ist alles Unsinn! Als ich damals Stadtkommandant war, hatte ich viele Neider...«

Levin weigert sich, zu der Anhörung zu erscheinen. Der deutsche Untersuchungsrichter, der über genügend Belastungsmaterial verfügt, beschließt daraufhin, einen internationalen Haftbefehl ausstellen zu lassen.

Der kleine Ort Raleigh hat seine Sensation! John kann seiner Frau gegenüber nicht länger behaupten, dies sei alles Unsinn. Die Lokalpresse greift die Sache auf und bringt sie in großen Schlagzeilen: »Eine hierzulande wohlbekannte Persönlichkeit, John Levin, wird von den Deutschen des Mordes verdächtigt...«

Am 25. September 1954 findet man John Levin tot in seinem Badezimmer auf. Er hat sich eine Kugel in den Kopf geschossen. Obwohl er keinen Abschiedsbrief hinterlassen hat, kommt seine Tat einem Geständnis gleich.

Das Phantom

Leise betritt Kommissar Patrick Humblett das Krankenzimmer im Londoner Saint-John's-Hospital. Im Jahr 1926 ist dies eines der wenigen Einzelzimmer dort, doch die Polizei hatte darauf bestanden, daß der Patient unbedingt isoliert werden müsse. Es handelt sich hier nämlich um einen besonders merkwürdigen Fall...

Am Vorabend, am 13. Oktober, war der Mann von einem Polizisten gefunden worden. Er hatte in einer Blutlache auf dem Gehsteig einer Straße in Soho gelegen. An die zehn Messerstiche hatten ihn in die Brust, ins Gesicht und in den linken Arm getroffen. Neben ihm hatte man ein feststehendes Messer entdeckt, das jedoch keine Fingerabdrücke aufwies außer seinen eigenen.

Der Mann wurde ins Saint-John's-Hospital gebracht. Er hatte sehr viel Blut verloren und war sehr schwach, aber sein Zustand war nicht beunruhigend. Zum Glück hatte er seine Papiere bei sich: John Harvey, fünfundvierzig Jahre, Geschäftsmann. Wie erste Erkundigungen ergeben haben, ist Harvey eine sehr angesehene und äußerst wohlhabende Persönlichkeit, was diese Geschehnisse noch unerklärlicher macht.

Das Fehlen fremder Fingerabdrücke auf dem Messer läßt zunächst an einen Selbstmordversuch denken. Doch weshalb sollte sich ein distinguierter Gentleman mit einem Messer mitten auf dem Bürgersteig in die Brust stechen? Und außerdem scheinen ihm die Stiche mit geradezu wütender Gewalttätigkeit beigebracht worden zu sein.

Das Ganze ergibt keinen Sinn, zumindest nicht dem ersten Anschein nach. Aber Kommissar Humblett ist ein sehr besonnener Beamter, der nicht so leicht die Ruhe verliert. Mit

Sicherheit kann ihm das Opfer irgendeine Erklärung geben. Er muß ihn also nur befragen, und genau dies hat er jetzt gerade vor.
Humblett nimmt auf einem Stuhl neben dem Bett Platz. Ohne den eleganten Tuchmantel, die Weste und die Melone, die er für gewöhnlich trägt, wirkt John Harvey wie eine sehr durchschnittliche Erscheinung. Er ist ein eher korpulenter Mann mit kräftigen Gesichtszügen und dunkelbraunem Haar. Er ist sehr blaß, und aus seinen Lippen ist jede Farbe gewichen.
»Ich bin Kommissar Humblett von Scotland Yard, Sir. Ich bin hier, um Ihnen einige Fragen zu stellen.«
Der Verletzte nickt kurz.
»Ich werde Ihnen alles erzählen, aber Sie werden mir bestimmt nicht glauben wollen...«
»Und warum nicht, um Gottes willen?«
»Weil es sich um eine Art Gespenst handelt, um ein Phantom!«
»Ich verstehe nicht...«
»Das ist die Wahrheit, Kommissar: Ich wurde von einem Phantom überfallen!«
Einen Moment lang schießt dem Beamten ein absurder Gedanke durch den Kopf: Gespenster lassen keine Fingerabdrücke zurück... Doch er gewinnt rasch die Fassung wieder. Ganz bestimmt wird sich am Ende alles aufklären. Wir sind schließlich nicht in Schottland, verdammt nochmal!
Harvey versucht, die Zweifel des Kommissars zu zerstreuen:
»Ich versichere Ihnen, daß ich keineswegs verrückt bin, und daß ich trotz des Überfalls meine fünf Sinne noch voll beisammen habe. Aber ich bin verpflichtet, Ihnen zu erzählen, was geschehen ist. Oder zumindest, was ich gesehen habe. Danach ist es an Ihnen, die richtigen Schlüsse daraus zu ziehen.«
John Harvey richtet sich im Bett auf. Obwohl er sehr mitgenommen wirkt, ist er allem Anschein nach vollkommen klar im Kopf.

»Es war vorgestern abend. Wie so oft nach einem arbeitsreichen Tag wollte ich im ›Schwarzen Schwan‹ noch ein Glas Bier trinken. Der ›Schwarze Schwan‹ ist ein Pub, in dem ich Stammgast bin. Und genau dort hat die Sache angefangen...«

»Sie meinen mit dem Phantom?«

»Ja, mit dem Phantom.«

Und John Harvey berichtet dem Beamten seine unglaubliche Geschichte: Alles beginnt also am Abend des 13. Oktober gegen zwanzig Uhr. In London herrscht scheußliches Wetter mit dichtem Nebel. John Harvey stößt die Tür des Pubs auf und begibt sich zu seinem gewohnten Tisch. Charles, der Barkeeper, bringt ihm ein Glas dunkles Bier. John Harvey führt es an die Lippen, hält jedoch mitten in der Bewegung inne. Dort hinten, an dem gegenüberliegenden Tisch, direkt unter dem Porträt von König Georg V., sitzt ein Mann und sieht ihn unverwandt an, ja, er starrt geradezu unverschämt zu ihm herüber.

Harvey versucht, sich zu erinnern, denn er ist sicher, dieses Gesicht schon einmal gesehen zu haben und zwar unter recht unangenehmen Umständen. Und plötzlich weiß er es wieder. Es war vor sechs Monaten. Er sieht die dramatische Szene noch genau vor sich: Der Mann hatte sich an seinen Arm geklammert und gesagt: »Ich flehe Sie an, John, um Gottes willen!«

Doch er, Harvey, hatte ihm nur ins Gesicht gelacht und erwidert: »Vertrag ist Vertrag! Sie haben bis morgen mittag Zeit, keine Minute länger.«

Am anderen Tag erfuhr John Harvey dann vom plötzlichen Tod seines ehemaligen Studienkollegen Harry Higgins... Higgins, dem er tausend Pfund geliehen hatte und dem er es abgeschlagen hatte, die Rückzahlungsfrist für diese Schuld zu verlängern.

Dieser Higgins sitzt ihm jetzt im ›Schwarzen Schwan‹ gegenüber, unter dem Porträt von Georg V.,...

John Harvey reagiert auf völlig absurde Weise. Um dieses alptraumhafte Bild nicht länger vor Augen zu haben, entfal-

tet er ein neben sich liegendes Exemplar der *Times* und gibt vor zu lesen, so als ob ihn diese dünnen Blätter Papier vor der unheimlichen Erscheinung schützen könnten.
Darüber vergehen einige Minuten. Schließlich hält er es nicht mehr aus. Vorsichtig läßt er die Zeitung sinken, um gleich darauf einen Seufzer der Erleichterung auszustoßen. Der Tisch gegenüber ist leer. Allmählich gewinnt er wieder seine Fassung. Er hat sich zu schnell ins Bockshorn jagen lassen. Bestimmt handelte es sich lediglich um eine ungewöhnlich ausgeprägte Ähnlichkeit. So etwas soll es anscheinend geben.
Er ruft den Barkeeper zu sich: »Sagen Sie, Charles, wissen Sie, wer der Herr war, der mir gegenüber gesessen hat?«
»Welcher Herr, Sir?«
»Nun, ich meine denjenigen, der die ganze Zeit dort saß und der gerade erst gegangen ist.«
»Aber da saß niemand, Sir.«
»Doch, unter dem Porträt des Königs. Sie haben wohl nur längere Zeit nicht in diese Richtung geblickt.«
»Ich bitte um Verzeihung, Sir. Ich habe vorhin den Tisch abgewischt, während Sie Zeitung lasen, und ich versichere Ihnen, daß niemand dort gesessen hat. Warum fragen Sie? Handelt es sich um etwas Wichtiges?«
»Nein. Vielen Dank, Charles. Ich möchte jetzt zahlen.«
In dem Krankenzimmer im Saint-John's-Hospital hat Kommissar Humblett bis jetzt mit gespannter Aufmerksamkeit zugehört.
Der Verwundete hält einen Moment inne und erzählt dann weiter...
Er verließ also den Pub. Draußen war der Nebel inzwischen noch dichter geworden, und er fühlte sich plötzlich sehr unbehaglich. Zu spät wurde ihm klar, daß die Gefahr draußen viel größer war als drinnen im Pub. Er hätte Charles bitten sollen, ihm ein Taxi zu rufen. Dann hätte er nur über die Straße zu gehen brauchen. Doch in dieser Suppe sah man nicht einmal zwei Meter weit!

Und unvermittelt trat das ein, was er befürchtet hatte. Eine Gestalt stellte sich ihm in den Weg, und ein lächelndes Gesicht tauchte aus dem Nebel auf.
»Hallo, John. Erinnern Sie sich noch an Ihren alten Kameraden Harry Higgins?«
»Lassen Sie mich vorbei!«
»Aber ja doch, natürlich erinnern Sie sich! Wir waren gute Freunde damals in Eton... Wir waren sogar das, was man Jugendfreunde nennt. Deshalb hätten Sie mir zur Begleichung meiner Schulden wenigstens eine kleine Frist einräumen können!«
John Harvey war dermaßen entsetzt, daß er kein einziges Wort hervorbrachte. Harry Higgins oder vielmehr das Wesen, das sich so nannte, ließ nicht von ihm ab: »Ja, diese Verlängerungsfrist hätten Sie mir wirklich gewähren können, John! Jetzt bin ich tot, wie Sie sehen. Das war nicht sehr nett von Ihnen gewesen...«
»Verschwinden Sie!«
Ein Klicken ertönt, und trotz des Nebels sah man ein Stück Metall aufleuchten.
»Aber das macht nichts, John. Ich werde Ihnen meine Schulden zurückzahlen!«
Noch jetzt in seinem Krankenhausbett steht Harvey der Schrecken im Gesicht geschrieben.
»An das, was danach kam, erinnere ich mich nicht. Ich verlor das Bewußtsein... Und irgendwann fand ich mich hier im Hospital wieder.«
Kommissar Humblett räuspert sich.
»Gut. Wir werden sehen, was wir damit anfangen können. Hatte dieser Harry Higgins Familie?«
»Ja, er hatte Frau und Kinder.«
»Kennen Sie die Adresse?«
»Ich weiß sie nicht auswendig, aber sie steht in meinem Notizbuch.«
»Ich danke Ihnen, Sir. Gute Besserung einstweilen. Und schlagen Sie sich nicht zu sehr mit Gespenstern herum. War-

ten Sie erst einmal ab, zu welchen Schlüssen Scotland Yard in der Sache gelangt...«

Ein gutbürgerliches Viertel in London. Kommissar Humblett klingelt bei der angegebenen Adresse. Eine schwarzgekleidete Frau öffnet ihm, und er stellt sich höflich vor. Sie scheint über seinen Besuch zugleich überrascht und auch beunruhigt zu sein.
»Was hat das zu bedeuten, Kommissar? Die Polizei hat wegen dem Tod meines Mannes bereits Ermittlungen angestellt. Es war eindeutig Selbstmord.«
Der Beamte nickt zustimmend und folgt der Frau in den Salon. Das erste, was ihm ins Auge fällt, ist ein schwarzumrahmtes Photo auf dem Kaminsims. Es zeigt einen etwa fünfundvierzigjährigen Mann, dessen feingeschnittenes Gesicht dem Besucher entgegenlächelt.
»War dies Ihr Mann?«
»Ja.«
Mrs. Higgins kommt nicht dazu, weiterzusprechen, denn in diesem Moment läutet es an der Tür. Sie geht hin, um zu öffnen. Kurz darauf kehrt sie in Begleitung eines etwa fünfundvierzigjährigen Mannes mit feingeschnittenen Gesichtszügen in den Salon zurück.
Dem Polizeikommissar, der normalerweise über gute Nerven verfügt, bleibt der Mund offen. Der Neuankömmling ist exakt die lebende Ausgabe des Mannes auf dem Photo. Humblett hat das Gefühl, einem Phantom gegenüberzustehen.
Mrs. Higgins kommt auf ihn zu und sagt: »Darf ich vorstellen: Dies ist Jack Higgins, mein Schwager.«
Ein leises Lächeln erscheint auf Humbletts Zügen.
»Ich verstehe... ich verstehe jetzt vollkommen.«
Der Beamte gibt kurz den Bericht von John Harvey wieder und meint schließlich: »Ich muß Ihnen wohl nicht lange erklären, worauf ich hinauswill, Mr. Higgins. Sie haben mich verstanden, nicht wahr?«

»Ich glaube schon...«
»Nun gut, haben Sie für die Nacht des 13. Oktober ein Alibi?«
»Ja, zufällig habe ich eines. Und mehr als zwanzig absolut unzweifelhafte Zeugen können dies bestätigen.«
Kommissar Humblett lächelt ironisch.
»Was Sie nicht sagen!«
»Sie haben mich noch nicht nach meinem Beruf gefragt, Kommissar. Ich bin nämlich Arzt, genauer gesagt Chirurg. An jenem Abend gab es kurz hintereinander zwei Notfälle in meiner Klinik. Ich habe daher den ganzen Abend dort verbracht. Sie können das ohne weiteres überprüfen.«
Der Beamte beginnt zu stammeln: »Ja, aber... wie ist dann...«
»Ich verstehe Ihre Enttäuschung, Kommissar. Es würde vollkommen logisch erscheinen, daß der Zwillingsbruder das Phantom gespielt hat, um den anderen zu rächen. Aber leider werden Sie auf diese Erklärung verzichten müssen.«
»Aber Sie wollen doch nicht etwa behaupten, daß...«
»Daß es sich um ein echtes Phantom gehandelt hat? Nein, ich kann Sie beruhigen, daran glaube ich ebensowenig wie Sie. Und ich denke, daß mir die Schlußpointe der Geschichte inzwischen klargeworden ist. Die Wahrheit ist nämlich mindestens so logisch wie Ihre ursprüngliche Vermutung; sie ist lediglich noch ein bißchen komplizierter.«
Der Kommissar sagt nichts mehr. Er hört einfach zu.
»Zunächst muß ich Ihnen einiges über den höchst unangenehmen Zeitgenossen erzählen, der sich John Harvey nennt. Er hat Ihnen sicher gesagt, daß er ein Studienkollege von Harry in Eton war. Hat er dem noch etwas hinzugefügt?«
»Nein.«
»Das dachte ich mir. Dabei hätte er noch einiges zu berichten gehabt. Er hätte Ihnen von meiner Existenz erzählen können, denn schließlich war ich in derselben Studienklasse wie mein Bruder. Und außerdem hätte er Ihnen sagen können, daß er unsertwegen aus Eton herausgeflogen ist, da wir ihn angezeigt hatten...«

»Angezeigt?«
»Harry und ich waren die besten Spieler in unserer Cricketmannschaft. John Harvey war der Kapitän einer gegnerischen Mannschaft. Am Tag vor der Endausscheidung, an der das ganze College beteiligt war, bot er uns Geld an, falls wir bereit wären zu verlieren. Daraufhin haben wir ihn bei der Collegeleitung angezeigt. Angesichts eines derart schwerwiegenden Tatbestands hat man ihn auf der Stelle gefeuert, und seitdem haßte er uns beide.«
Der Kommissar beginnt jetzt Zusammenhänge zu ahnen, die sich von seinen ursprünglichen Vermutungen gewaltig unterscheiden.
»Aber wie kam es dann, daß...«
»Daß mein Bruder sich von ihm Geld geliehen hat? Ich verstehe gut, daß Sie sich diese Frage stellen... Nun, Sie müssen wissen, daß Harvey meinen Bruder auch nach seinem Rausschmiß aus Eton von Zeit zu Zeit gesehen hat. Er schien alles vergessen zu haben und keinerlei Rachegelüste zu hegen. Harvey ist sehr wohlhabend, und als Harry in finanzielle Schwierigkeiten geriet, bot Harvey spontan an, ihm Geld zu leihen. Ich sagte zu Harry, er solle sich nicht darauf einlassen, weil es sicher eine Falle sei, doch er wollte nicht auf mich hören. Was dann geschah, wissen Sie ja. Unglücklicherweise war ich vorübergehend selbst in einen finanziellen Engpaß geraten, als Harry ihm das Geld zurückzahlen mußte. Ich konnte daher auch nichts für ihn tun.«
Kommissar Humblett betrachtet den Mann ihm gegenüber, einen Mann, den er noch vor kurzer Zeit verhaften wollte und der in Wahrheit das eigentliche Opfer ist.
Dr. Jack Higgins spricht weiter: »John Harvey wußte genau, wozu er sich diese Geschichte von dem angeblichen Phantom ausgedacht hatte. Er wußte, daß man mich beschuldigen würde, mich! Damit wäre seine Rache vollendet gewesen.«
Kopfschüttelnd meint der Beamte: »Und aus diesem Grund hat er nicht einmal davor zurückgeschreckt, sich selbst zehn Messerstiche beizubringen...«

»Ja, er muß uns glühend gehaßt haben.«
Mrs. Higgins ergreift zum ersten Mal das Wort und fragt den Kommissar: »Was werden Sie jetzt tun?«
»Mit John Harvey? Nichts. Offiziell kann ich ihm ja nichts anlasten. Natürlich hat er die Geschichte von dem Phantom erfunden, aber er würde vielleicht behaupten, dies sei durch den Schock bedingt gewesen. Nein, ich werde den Fall zu den Akten legen.«
Und nach kurzem Schweigen fügt Humblett hinzu: »Im Grunde hat er sich selbst bestraft. Mit diesen zehn Messerstichen ist Ihr Bruder wirklich genügend gerächt worden, finden Sie nicht auch?«

Die dritte Frau

Monsieur und Madame Vacherot sitzen im Eßzimmer ihrer Wohnung in der Pariser Rue de Vaugirard beim Abendessen, oder vielmehr beim Souper, wie man im Jahr 1882 zu sagen pflegt.

Der achtundzwanzigjährige Gaston Vacherot ist ein gutaussehender Mann. Er hat dunkles Haar und einen ebensolchen Backenbart, sein Blick ist warm und herzlich. Seine Gestalt beeindruckt zusätzlich durch die elegante Körperhaltung.

Darüber hinaus lebt er in besten finanziellen Verhältnissen. So hat er sich rasch an die feinen Anzüge und Mäntel gewöhnt, die er sich seit seiner Heirat mit Augustine leisten kann. Während er früher eher das Leben eines Bohemiens geführt hat, ist es ihm nun mühelos gelungen, den luxuriösen Lebensstil zu übernehmen, der ihm durch das Vermögen seiner Frau ermöglicht worden ist.

Im Moment trägt Gaston Vacherot jedoch eine reichlich betrübte Miene zur Schau, nachdem er einen Blick auf seine teure Uhr geworfen hat.

»Ich fürchte, ich muß Sie in einer halben Stunde verlassen, meine Liebe«, sagt er zu seiner Frau. »Ich muß am Gare d'Orsay einen Mandanten vom Zug abholen.«

Überrascht erwidert Augustine: »Einen Mandanten? Wieso das? Kann Monsieur Constant nicht selbst hingehen?«

»Aber das ist ein besonderer Vertrauensbeweis mir gegenüber«, meint Gaston lächelnd. »Ich bin immerhin sein Bürovorsteher und werde eines Tages seine Nachfolge antreten.«

Seufzend erklärt Augustine: »Na gut, wenn es sein muß, Gaston. Aber trotzdem! Wie schade, daß er uns damit eines gemeinsamen Abends beraubt!«

Augustine Vacherot wirft ihrem Mann einen sehnsüchtigen Blick zu. Ganz offensichtlich ist sie leidenschaftlich in ihn verliebt, und diese Gefühlsregungen lassen ihr sonst eher reizloses Gesicht beinahe verführerisch erscheinen.

Augustine, die Tochter eines reichen Börsenmaklers, ist eine große, knochige Frau, deren äußere Vorzüge lediglich in ihrem prächtigen blonden Haar und ihrem sanften Blick bestehen.

Sie seufzt noch einmal tief, und kurz darauf verläßt Gaston das Haus. Er werde gegen elf Uhr zurück sein, erklärt er ihr.

Nachdem er fort ist, versucht Augustine ihre Ungeduld zu zügeln, indem sie sich mit einer Stickerei beschäftigt. Die Zeit vergeht... Sie fühlt sich immer so verloren, wenn Gaston nicht da ist.

Endlich ist es elf Uhr. Doch das erwartete Klingeln an der Haustür ertönt nicht. Sie geht ans Fenster, um nach einer Kutsche Ausschau zu halten und sieht, daß die Straße menschenleer ist. Die Minuten vergehen, bis aus Minuten Stunden geworden sind...

Die unglückliche Augustine Vacherot durchlebt alle Stadien der Angst. Zunächst sagt sie sich noch, Gaston sei womöglich aufgehalten worden, doch irgendwann kann sie sich mit diesem Gedanken nicht länger trösten. Am frühen Morgen ist sie derart in Panik, daß sie zur Polizei eilt.

Aufmerksam lauscht Kommissar Cournet dem Bericht von Madame Vacherot und erklärt dann: »Falls Ihr Gatte einen Unfall hatte, wären wir sehr rasch darüber informiert...«

Er betrachtet die vor ihm sitzende Augustine und fährt fort: »Aber meiner Ansicht nach handelt es sich eher um eine Flucht.«

Ein empörter Schrei ertönt.

»Mein Gaston würde niemals so etwas tun! Er ist das Musterbeispiel eines Ehemannes!«

Während Kommissar Cournet seine Besucherin hinausbegleitet, versucht er, sie zu beschwichtigen: »Ich bin verpflichtet, sämtliche Hypothesen in Betracht zu ziehen, Madame. Für den Moment denke ich jedenfalls lieber an eine weniger tragische Möglichkeit. Und Sie sollten jetzt am besten nach Hause zurückkehren. Sobald ich in Besitz von weiteren Informationen bin, werde ich Sie aufsuchen.«

Und tatsächlich gibt es schon am Nachmittag etwas Neues. Ein Passant liefert bei der Polizei eine Brieftasche ab, die er an einem Quai der Seine in der Nähe der Brücke von Auteuil gefunden hat. Die Brieftasche enthält die Papiere von Gaston Vacherot.

Während sich der Kommissar zum Wohnsitz der Vacherons in der Rue de Vaugirard begibt, ist er erstmals beunruhigt. Seine Intuition trügt ihn nur selten, und er hatte in Madame Vacheron sofort den Inbegriff der vernachlässigten Ehefrau gesehen. Inzwischen muß er sich jedoch eingestehen, daß die Angelegenheit eine ganz andere Wendung nimmt.

Augustine Vacherot bricht zusammen, als ihr der Beamte die Brieftasche ihres Mannes zeigt. Nachdem die erste Verzweiflung ein wenig abgeklungen ist, gelingt es ihr, Cournets Fragen zu beantworten.

»Sagen Sie, Madame, hatten Sie sich vielleicht gestritten?«

»Nein, keineswegs. Gaston ist die Güte in Person.«

»Oder haben Sie bei Ihrem Gatten in letzter Zeit eine Veränderung festgestellt, eine gewisse Melancholie vielleicht?«

Augustine gerät bei dieser Frage erneut außer Fassung: »Gaston hat seinem Leben kein Ende gemacht, falls Sie darauf hinauswollen. Er war gestern ganz wie immer, vollkommen heiter und sorglos.«

Der Kommissar nimmt diese Auskunft ohne jede Überraschung zur Kenntnis. Auch er glaubt nicht an Selbstmord. Wenn man sich in die Seine werfen will, nimmt man für gewöhnlich nicht vorher noch seine Brieftasche heraus. Höchstens würde man seine Kleider ablegen. Und dann ist da noch etwas anderes...

»Sie haben mir erzählt, daß Ihr Mann einen Mandanten von Monsieur Constant am Bahnhof abholen wollte, nicht wahr?«

»Ja, Herr Kommissar.«
»Ich bin untröstlich, Madame, aber ich bin auf dem Weg hierher in der Kanzlei vorbeigegangen, und dort hat man mir gesagt, daß gestern abend kein Mandant erwartet worden sei.«
Augustine Vacherot hat plötzlich das Gefühl, keine Luft mehr zu bekommen. In einem Anflug von Schwindel sieht sie einen verborgenen Gaston vor ihrem inneren Auge, von dessen Existenz sie sich niemals hätte träumen lassen.
»Dann hat er mich also belogen!« ruft sie. »Aber warum nur?«
Seufzend erwidert der Kommissar: »Das hoffe ich, sehr bald herauszufinden. Gestatten Sie mir, daß ich die persönlichen Papiere Ihres Gatten durchsuche?«
Augustine nickt traurig und führt den Beamten in ein luxuriös eingerichtetes Arbeitszimmer. Nach kurzer Zeit stößt der Beamte auf ein Bündel zusammengeschnürter Briefe, deren Inhalt er kurz überfliegt.
»Haben Sie jemals von einer gewissen Hortense Lemoine gehört?« erkundigt er sich nach einer Weile.
Augustine läßt sich in einen Sessel sinken.
»Nein, niemals. War sie seine... Geliebte?«
»Ja. Aber Sie können ganz beruhigt sein, denn dieser Briefwechsel stammt aus der Zeit vor Ihrer Eheschließung. Er hat mir ihr gebrochen, bevor er Sie geheiratet hat.«
Mit flehenden Augen fragt sie ihn: »Glauben Sie, daß diese Person etwas mit Gastons Verschwinden zu tun hat?«
Kommissar Cournet vollführt eine hilflose Geste.
»Ich weiß es nicht, Madame. Aber wir müssen allen Hinweisen nachgehen. Ich hoffe, daß ich Ihnen bald etwas Neues berichten kann. Mit Ihrer Erlaubnis werde ich diese Briefe vorerst behalten...«

Wie aus der Korrespondenz hervorgeht, ist Hortense Lemoine Malermodell und wohnt am Montmartre. Unverzüglich sucht der Kommissar die angegebene Adresse auf. Er hat

Madame Vacherot den Inhalt dieser Schreiben nicht verheimlicht – wozu auch? Die ersten Briefe sind im Ton noch sehr schwärmerisch. Dann folgt eine Reihe von Briefen, die eher larmoyant wirken, und die letzten sind eindeutig voller Rachsucht. Nachdem Gaston ihr die geplante Heirat mit Augustine angekündigt hat, ergießt Hortense ihre ganze Wut in diese Zeilen und schließt mit den Worten: »Du weißt, daß ich zu allem fähig bin!«
Hortense Lemoine bewohnt ein sehr hübsch eingerichtetes Studio. Dennoch steht die gemütliche Umgebung in keinem Verhältnis zu den Qualitäten der Bewohnerin dieser Räumlichkeiten. Sie hat dunkles Haar und grüne Augen, was allein schon keineswegs alltäglich ist, und die Harmonie ihrer restlichen Gesichtszüge sowie ihr wohlgeformter Körper ergeben darüber hinaus einen mehr als erfreulichen Anblick...
Als der Kommissar der jungen Frau ein Photo von Gaston zeigt, schreit diese auf: »Mein Gott! Was ist ihm denn zugestoßen?«
»Er ist verschwunden. Wie kommen Sie darauf, daß ihm etwas zugestoßen ist? Haben Sie ihn kürzlich gesehen?«
Hortense bemüht sich sichtlich, die Fassung zurückzugewinnen.
»Nein, seit seiner Eheschließung nicht mehr.«
Der Kommissar steckt das Photo wieder ein.
»Sie lügen, Mademoiselle! Vor etwas mehr als einem Jahr haben Sie die Beziehung zu Gaston Vacheron wiederaufgenommen. Leugnen Sie nicht: Ich habe vorhin Ihre Nachbarn befragt.«
Hortense Lemoine sieht aus wie ein ertapptes Kind.
»Ja, es stimmt, Gaston ist zurückgekommen. Er hatte sich mit seiner Frau zu sehr gelangweilt. Von da an war unser Verhältnis ganz wundervoll. Wir haben uns nie mehr gestritten.«
»Und haben Sie ihn gestern abend getroffen?«
»Nein.«

Kommissar Cournet begibt sich zur Tür.
»Auch das werden wir überprüfen, Mademoiselle Lemoine.«
An den beiden folgenden Tagen ergibt sich in der Angelegenheit nichts Neues. Kein Leichnam wird aus der Seine gefischt, und von Gaston Vacheron gibt es keinerlei Lebenszeichen. Am 8. Oktober taucht jedoch ein Zeuge auf, ein Droschkenkutscher.
»Ich habe das Photo des Vermißten in der Zeitung gesehen, Herr Kommissar. Nun, ich kann Ihnen sagen, daß ich diesen Herrn vor etwa zwei Wochen gefahren habe. Er war in Begleitung einer Dame, einer Dunkelhaarigen mit grünen Augen.«
Der Kommissar hört gespannt zu.
»Haben Sie etwas von der Unterhaltung zwischen den beiden mitbekommen?« fragt er.
»Und ob!« erwidert der Kutscher. »Sie haben sich die ganze Zeit gestritten. Ich verstand nicht, was sie zueinander sagten, aber als sie aus dem Wagen stiegen, ging es noch weiter. Die Frau gebärdete sich wie wahnsinnig. Immer wieder sagte sie zu ihm: ›Wenn du mich verläßt, bringe ich dich um!‹«
Der Kommissar beginnt jetzt klarer zu sehen.
»Und der Mann, was sagte der?«
»Nichts. Er stotterte irgend etwas und wirkte ziemlich verärgert. Er versuchte, sie zu beschwichtigen.«
Hortense Lemoine wird noch am selben Tag verhaftet. Vor dem Kommissar leugnet sie heftig. Empört weist sie alle Beschuldigungen zurück.
»Gaston ist der einzige Mann, den ich jemals geliebt habe! Weshalb hätte ich ihn töten sollen?«
»Weil er Sie verlassen wollte.«
»Aber ich habe Ihnen doch erzählt, daß es zwischen uns keinerlei Streit mehr gab, seitdem er zu mir zurückgekehrt war!«
»Und was war in der Kutsche? Haben Sie sich da etwa nicht gestritten?«

»Ach, das waren doch nur Worte. Es war nichts dahinter. Und außerdem: Wie hätte ich es denn anstellen sollen, ihn zu töten und in die Seine zu werfen?«
Doch der Kommissar meint nur ungeduldig: »Du hast ihn durch einen Komplizen töten lassen! Durch einen von diesen Ganoven, die es zuhauf am Montmartre gibt!«
»Das ist nicht wahr!«

Vielleicht ist es tatsächlich nicht wahr, aber die Dinge sind nach wie vor auf demselben Stand, als Hortense Lemoine drei Monate später, am 15. Januar 1883, vor Gericht erscheint und des Mordes angeklagt wird. Es ist ein Mord ohne Leichnam, denn Gaston Vacherot ist weder lebend noch tot wiederaufgetaucht.
Während des Prozesses beteuert Hortense immer wieder ihre Unschuld. Es gibt keinerlei Beweis gegen sie. Sie hatte nicht den geringsten Grund, den einzigen Mann, den sie je geliebt hatte, zu töten, und außerdem wäre sie als schwache Frau ohnehin nicht in der Lage gewesen, einen kräftigen Mann wie diesen zu ermorden und anschließend in die Seine zu befördern.
All das muß zweifellos in Betracht gezogen werden, doch die Tatsache, daß die junge Frau während der Ermittlungen zweimal gelogen hatte, fällt bei den Geschworenen schwer ins Gewicht. Was das Verbrechen selbst betrifft, so ist es für sie mehr als wahrscheinlich, daß sie innerhalb der zwielichtigen Welt des Montmartre einen Komplizen gehabt hat. Kurz gesagt, die Geschworenen sind von ihrer Schuld überzeugt, da ihr Geliebter sie verlassen wollte, und sie wird zu zehn Jahren Gefängnis verurteilt.
Die Wachen führen Hortense Lemoine, die weiterhin ihre Unschuld beteuert, fort, und bald gerät das geheimnisvolle Verschwinden von Gaston Vacheron in Vergessenheit... zumindest für die nächsten sechs Monate.
Am 12. Juli 1883 kündigt ein Wachtmeister dem Kommissar Cournet den Besuch eines Herrn an, der in der Affäre Gaston

Vacherot etwas aussagen wolle. Der Kommissar empfängt ihn ohne große Erwartungen.
Mit verlegener Miene betritt der Mann das Büro, und der Beamte muß sich an seinem Schreibtisch festhalten: Das ist nicht etwa irgend jemand, der über Gaston Vacherot eine Aussage machen will, das ist Gaston Vacherot selbst!
Da es dem Kommissar im Moment die Sprache verschlagen hat, beginnt sein Besucher: »Ich denke, ich bin Ihnen einige Erklärungen schuldig...«
»Das ist wohl das mindeste, was man sagen kann!« bringt Cournet schließlich hervor.
Und Gaston Vacherot, der sich in seiner Haut offenbar schrecklich unwohl fühlt, schickt sich an zu erzählen, was geschehen ist: »Nun, sehen Sie, Herr Kommissar, es handelt sich um eine Frauengeschichte, aber es geht weder um meine Ehefrau noch um meine Geliebte, sondern um eine Dritte...«
Der Kommissar starrt sein Gegenüber fassungslos an. Eine dritte Frau! Nein, wirklich, nicht einmal im Traum wäre er auf diese Idee gekommen!
Vacheron fährt fort: »Ich hatte Augustine nie etwas vorzuwerfen, Herr Kommissar. Sie war eine mustergültige Ehefrau. Ich glaube nur, daß ich sie nicht wirklich geliebt habe und daß sie mich wiederum etwas zu sehr liebte. Sehr bald schon hatte ich von ihren ewigen Seufzern und ihren sehnsüchtigen Blicken genug. Daraufhin nahm ich die Beziehung zu Hortense wieder auf... Welch verhängnisvoller Irrtum! Nach kurzer Zeit benahm sie sich genauso wie meine Ehefrau. Sie wollte mich ganz für sich haben, und als ich von Trennung sprach, machte sie mir eine fürchterliche Szene.«
Gaston wischt sich die Stirn.
»Es war eine unhaltbare Situation, Herr Kommissar. Statt einer hatte ich plötzlich zwei Frauen am Hals. Und da begegnete ich auf einmal Sylvia Mercier. Sie war Journalistin und ein sehr unabhängiger Charakter, jedenfalls überhaupt

nicht die Art von Frau, die sich anklammert. Wir mochten uns auf Anhieb sehr. Und dann kam ich auf diese verrückte Idee: Ich wollte beide verlassen, die Ehefrau und die Geliebte, um mit Sylvia fortzugehen. Sylvia war sofort einverstanden. Wir hatten beschlossen, künftig in London zu leben. Am 5. Oktober bin ich dann aus dem Haus gegangen und habe später meine Brieftasche in der Nähe der Seine zurückgelassen.«

Gaston Vacherons Gesicht verdüstert sich.

»Ich wollte, daß man an einen Selbstmord glaubt, das schwöre ich Ihnen! Gestern ist mir per Zufall eine französische Zeitung in die Hand gefallen. Da entdeckte ich erst, daß mein Plan nicht aufgegangen war und daß man Hortense beschuldigt und verurteilt hat. Daraufhin habe ich sofort das Schiff hierher genommen. Das ist alles...«

Hortense Lemoine ist noch am selben Tag aus dem Gefängnis entlassen worden. Anschließend hat sie gegen Gaston einen Prozeß angestrengt und ihn auf zehntausend Francs Schadenersatz verklagt, doch die Klage wurde abgewiesen.

Es ist kein Verbrechen, seine Brieftasche an einem Uferquai zurückzulassen, und ihr ehemaliger Geliebter konnte außerdem beweisen, daß er nicht die geringste Absicht gehabt hatte, ihr zu schaden.

Obwohl ihr von Rechts wegen keine Wiedergutmachung zuteil wurde, sah sich Hortense hinterher für alles reichlich entschädigt. Durch ihre plötzliche Berühmtheit war die Männerwelt jetzt erst richtig auf sie aufmerksam geworden, und in Kürze entwickelte sie sich zu einer der bekanntesten Kurtisanen der Stadt.

Die unglückselige Augustine Vacherot hingegen, die zu religiös war, um sich scheiden zu lassen, gab sich mit einer Trennung von Tisch und Bett zufrieden, was natürlich auch ihr Vermögen miteinschloß. Was Gaston betraf, der von seinen beiden früheren Frauen von da an in Ruhe gelassen wur-

de, so ließ er sich jetzt mit seiner Sylvia in Paris nieder. Monsieur Constant, ein liberal denkender Mann, nahm ihn erneut in seine Kanzlei auf, und Gaston wurde später wie vorgesehen sein Nachfolger.
Mit einem Wort, Gastons Leben verlief künftig ruhig und problemlos, wenn auch dieses Ziel nur über Umwege zu erreichen gewesen war...

Im Zweifel für den Angeklagten

Es ist der 27. Juni 1958, kurz nach Mitternacht. Die meisten Bewohner der Stadt Nürnberg können wegen der drückenden Hitze nicht schlafen. Da ertönen plötzlich im alten Viertel Sanktjohann hintereinander sieben Schüsse.
Die von den Nachbarn alarmierte Polizei ist rasch am Ort des Geschehens eingetroffen. Die Detonationen kamen aus dem Häuschen von Herrn und Frau Kircher, das sich unmittelbar neben deren Kolonialwarengeschäft befindet.
Da niemand antwortet, treten die Beamten die Tür ein. Sie stürmen die Treppe nach oben, und als sie das Schlafzimmer betreten, bietet sich ihnen ein schrecklicher Anblick: Der siebzigjährige Albrecht Kircher und dessen gleichaltrige Frau Paula liegen blutüberströmt und von Kugeln durchlöchert auf ihrem Bett.
Die Polizisten durchsuchen daraufhin das übrige Haus, und im obersten Stock erwartet sie eine weitere Überraschung. In einem kleinen Mansardenzimmer schläft ein junger Mann... Oder vielmehr stellt er sich schlafend, denn wie er sollte er die Schüsse und die Blaulichtsirene nicht gehört haben?
Ein Beamter schüttelt ihn heftig: »Hör auf mit dem Theater!«
Mit gespielt schlaftrunkener Stimme erwidert der Bursche: »Nicklaus Hafner... Ich bin der Lehrling von Herrn und Frau Kircher. Was ist denn passiert?«
»Die beiden sind ermordet worden! Und du hast sie auf dem Gewissen!«
Nicklaus Hafner, ein großer junger Mann von neunzehn Jahren mit einem kindlichen, fast puppenhaften Gesicht, schweigt einen Moment lang mit offenem Mund und erklärt dann unvermittelt: »Ja, ich war es...«

Der Beamte legt ihm Handschellen an. »Los, komm mit. Das kannst du alles dem Kommissar erzählen.«
Einen Tag später beginnt Kommissar Werner Baumann, Nicklaus Hafner zu vernehmen. Der schlecht rasierte junge Mann mit dem zerzausten Haar wirkt ziemlich verstört. Kommissar Baumann vermutet, daß er es mit einem eher schlichten Gemüt zu tun hat, wofür auch die Umstände seiner Verhaftung sprechen.
Nur ein Schwachkopf würde sich wieder ins Bett legen und tun, als ob er schläft, nachdem er einen solchen Mord begangen hat...
Baumanns Fragen zielen in erster Linie darauf ab, jene zwei Punkte aufzuklären, die bisher noch vollkommen im dunklen liegen: Was war das Motiv, und wo ist die Tatwaffe? Letztere ist nämlich noch nicht gefunden worden.
Sanft und behutsam, als spräche er zu einem Kind, wendet sich der Kommissar an den Verdächtigen: »Also, Nicklaus, was ist in dich gefahren?«
Der Lehrling sieht tatsächlich aus, als sei er bei einem dummen Streich ertappt worden.
»Ich hätte es nicht tun dürfen... Aber Herr Kircher hätte mich nicht mit all diesen Namen beschimpfen dürfen, nur weil ich einen Sack Mehl verschüttet hatte. Es war nicht meine Schuld. Ich habe den Sack nicht umgestoßen!«
»Und deshalb hast du sie beide umgebracht?«
»Ja... ja. Ich hätte es nicht tun dürfen...«
»Und womit hast du sie getötet?«
»Mit dem Revolver von Herrn Kircher. Ich hatte gesehen, wie er ihn in seine Nachttischschublade legte. Da bin ich ins Schlafzimmer gegangen, hab den Revolver rausgenommen und abgedrückt.«
»Und was hast du danach gemacht?«
»Ich weiß es nicht mehr. Ich erinnere mich nicht.«
Kommissar Baumann beendet das Verhör an dieser Stelle. Abgesehen vom geheimnisvollen Verschwinden des Revolvers ist der Fall für ihn vollkommen klar.

Die Geschworenen, die am 8. Mai 1959 in Nürnberg über Nicklaus Hafner zu richten haben, sehen das ebenso. Der einzig strittige Punkt besteht bei der Frage, inwieweit der junge Bursche für seine Tat verantwortlich gemacht werden kann. Die hinzugezogenen Psychiater plädieren dann auch auf verminderte Zurechnungsfähigkeit, und so fällt der Schuldspruch etwas milder aus: Nicklaus Hafner wird zu fünfzehn Jahren Gefängnis verurteilt.
Doch genau in dem Moment legt Hafner ein völlig verändertes Gebahren an den Tag. Er beginnt plötzlich lauthals, seine Unschuld zu beteuern und schreit: »Ich habe nur gestanden, weil ich mich interessant machen wollte, weil ich wollte, daß man von mir spricht und daß die Zeitungen über mich schreiben! Aber es ist alles nicht wahr! Nie im Leben hätte ich Herrn und Frau Kircher umgebracht, das schwöre ich!«
Selbstverständlich achtet kein Mensch auf diese nachträglichen Beteuerungen des jungen Mannes, der erwiesenermaßen nur bedingt zurechnungsfähig ist und dem ein faires Verfahren zuteil wurde.
Kommissar Baumann erhält danach zwar noch mehrere flehentliche Briefe von Nicklaus Hafner, die dieser aus dem Gefängnis an ihn schreibt. Doch obwohl er ein sehr gewissenhafter Beamter ist, ändert sich dadurch nichts an seiner Überzeugung. Warum auch sollte er die Schuld des jungen Mannes anzweifeln?
Anderthalb Jahre sind seitdem vergangen, als Kommissar Baumann am 16. November 1960 einen unerwarteten Anruf erhält.
»Kommissar Baumann? Hier ist Kommissar Schranz. Ich habe Neuigkeiten für Sie. Es geht um den Fall Kircher...«
Kommissar Baumann kennt seinen Kollegen Schranz nur namentlich, da dieser für einen anderen Stadtteil von Nürnberg zuständig ist. Schranz gilt als sehr erfahrener Beamter. Er steht kurz vor der Pensionierung und genießt wegen seiner besonderen Korrektheit hohes Ansehen. Dennoch versteht Baumann nicht, worauf Schranz jetzt hinauswill.

»Wie kommen Sie plötzlich wieder auf den Fall Kircher? Der ist doch längst zu den Akten gelegt!«
Schranz war auf diese Reaktion gefaßt gewesen. Geduldig fährt er fort: »Ich habe vor zehn Tagen einen gewissen Leopold Schwab verhaftet. Es ging um einen ziemlich heftigen Ehestreit. Schwab hatte nämlich seine Frau mit einem Revolver bedroht.«
»Hören Sie, ich verstehe noch immer nicht...«
»Lassen Sie mich weiterreden, lieber Kollege. Wie in solchen Fällen üblich, habe ich die Waffe untersuchen lassen und die Ergebnisse mit den Daten verglichen, die wir über Fälle der jüngsten Vergangenheit gespeichert haben. Nun, ich kann Ihnen berichten, daß es sich hierbei um den Revolver handelt, mit dem das Ehepaar Kircher getötet wurde!«
Baumann schweigt einen Moment lang und fragt anschließend mit ungläubiger Stimme: »Ist das absolut sicher?«
»Mehr als sicher. Und das ist noch nicht alles: Leopold Schwab hat ein komplettes Geständnis abgelegt. In Anbetracht dessen werden Sie den Fall wohl wiederaufnehmen müssen, lieber Kollege...«
Niedergeschmettert murmelt Baumann ein paar zustimmende Worte und legt den Hörer auf. Die mit leisem Vorwurf gepaarte Ironie seines Kollegen ist nur zu verständlich. Wie hat ihm nur ein solcher Fehler unterlaufen können? Immerhin hat dies zu einem Justizirrtum geführt. Jetzt gilt es, auf der Stelle zu handeln.
Eine Stunde später wird Leopold Schwab in Baumanns Büro gebracht. Er unterscheidet sich in mehr als einer Hinsicht von Nicklaus Hafner, nicht nur, weil er mit seinen dreißig Jahren um einiges älter ist, sondern auch, weil er ganz offensichtlich sehr viel mehr Grips im Kopf hat.
Mit finsterer Miene sitzt er dem Kommissar gegenüber.
»Erzählen Sie, wie das damals passiert ist«, fordert der ihn auf.
»Die Sache mit den Kolonialwarenhändlern meinen Sie? Ganz einfach, ich wollte bei ihnen einbrechen. Ich bin mit ei-

nem Nachschlüssel reingekommen, und dann bin ich in ihr Schlafzimmer geschlichen, weil ich dachte, daß sie dort ihre Wertsachen aufbewahren. Aber sie sind wachgeworden, und da habe ich eben geschossen.«

»Gehörte dieser Revolver den Kirchers?«

»Nein, das war meiner.«

»Und woher hatten Sie ihn?«

»Ich hatte ihn noch vom Krieg her aufbewahrt.«

Kommissar Baumann erwidert nichts mehr. Tatsächlich handelt es sich bei der Tatwaffe um ein Modell aus dem Zweiten Weltkrieg. Alles paßt zusammen...

Dennoch ist dem Beamten bei der Sache nicht ganz wohl. Schließlich weiß er nur zu gut, daß ein solches Geständnis noch kein Beweis ist. Da geschieht am anderen Tag etwas, das ihn endgültig zu überzeugen vermag. Er verhört jetzt nämlich Leopold Schwabs Frau Lisa, die von ihm mit derselben Waffe bedroht worden ist.

Lisa Schwab ist eine große Brünette mit guten Umgangsformen. Doch sie wirkt seltsam abwesend und antwortet beinahe mechanisch auf die ihr gestellten Fragen. Unvermittelt bricht sie in Tränen aus und stammelt: »Ich muß Ihnen jetzt die Wahrheit sagen! Ich kann nicht länger schweigen... Es belastet mich zu sehr... Und außerdem sitzt jetzt ein Unschuldiger im Gefängnis!«

Dem Kommissar ist die Bedeutung dessen, was er jetzt gleich hören wird, durchaus bewußt.

Lisa Schwab fährt fort: »In der Nacht des 27. Juni 1958 ist Leopold sehr spät nach Hause gekommen. Es war schon drei Uhr morgens. Er schien ziemlich durcheinander zu sein. Als ich ihn fragte, was geschehen sei, antwortete er: ›Ich habe eine Riesendummheit begangen. Ich habe einen Mann und eine Frau getötet!‹«

Nun muß der Kommissar noch eine letzte Person verhören: Nicklaus Hafner... Aber was war in den jungen Mann gefahren, sich selbst zu bezichtigen? Hatte er es wirklich darauf angelegt, daß man ihn verurteilte?

Dies sind die Fragen, die er Hafner im Besuchsraum des Gefängnisses stellt.
Mit verlegener Miene erklärt der Bursche: »Zunächst einmal hatte ich große Angst. Ich hatte Angst vor den Polizisten, und da habe ich einfach irgend etwas gesagt. Und hinterher bin ich dabei geblieben, weil ich wollte, daß man von mir spricht. Ich wollte einen großen Prozeß haben, mit Anwälten und Journalisten. Erst als ich begriff, daß ich für fünfzehn Jahre ins Gefängnis sollte, habe ich die Wahrheit gesagt...«
All das ist durchaus logisch angesichts der nicht sehr entwickelten Intelligenz von Nicklaus Hafner, und so wird er noch im November 1960 begnadigt und freigelassen.
In der Presse wird verschiedentlich darauf hingewiesen, daß es zum Glück die Todesstrafe in Deutschland nicht mehr gibt, und man schaudert beim Gedanken an den nicht wiedergutzumachenden Irrtum, zu dem es sonst womöglich gekommen wäre.

6. April 1961. Nicklaus Hafner ist seit mehr als vier Monaten wieder auf freiem Fuß. Leopold Schwab jedoch steht jetzt vor demselben Schwurgericht, das Nicklaus Hafner damals zu fünfzehn Jahren Gefängnis verurteilt hatte.
Während Schwab auf der Anklagebank Platz nimmt, können die Zuschauer im Gerichtssaal nicht umhin, ein gewisses Unbehagen zu empfinden. Doch wer da geglaubt hatte, der bösen Überraschungen sei es mittlerweile genug, sieht sich getäuscht. Der Prozeß gegen Leopold Schwab wird vielmehr als einer der sensationellsten überhaupt in die Annalen der deutschen Rechtsgeschichte eingehen!
Der erste Knalleffekt tritt ein, als Leopold Schwab vor Gericht sein Geständnis widerruft.
»Warum haben Sie dann zuvor behauptet, die Tat begangen zu haben?« fragt der Vorsitzende erstaunt.
Leopold Schwab macht eine vage Handbewegung.
»Ich weiß es nicht. Ich muß wohl den Kopf verloren haben...«

Diese Antwort ist alles andere als überzeugend. Man vermutet allgemein, daß Schwab diese neue Taktik auf Anraten seines Verteidigers einsetzt, doch in Anbetracht der Fakten wird er damit nicht durchkommen.
Der Vorsitzende stellt denn auch die Frage: »In dem Fall erklären Sie uns mal, wie Sie in den Besitz der Waffe geraten sind!«
Ohne sich aus der Fassung bringen zu lassen, erwidert der Angeklagte: »Das kann ich Ihnen leicht erklären. Am 27. Juni 1958 ging ich gegen Mitternacht auf der Straße spazieren. Als ich am Haus der Kirchers vorbeikam, hörte ich Schüsse und sah, wie ein Gegenstand aus dem Fenster geworfen wurde. Ich hob ihn auf und entdeckte, daß es ein Revolver war. Ursprünglich wollte ich ihn wieder wegwerfen, aber dann dachte ich, daß es sich um die Tatwaffe handeln müsse und daß jetzt meine Fingerabdrücke darauf waren. Deshalb habe ich den Revolver lieber behalten...«
Ein Raunen geht durch die Zuhörerschaft. Das klingt alles sehr wahrscheinlich. Man kann sich gut vorstellen, daß der einfältige Nicklaus Hafner nach vollbrachter Tat gänzlich die Nerven verlor und den Revolver aus dem Fenster warf...
Dennoch ist da die Zeugenaussage von Lisa Schwab, die ihren Mann offiziell des Verbrechens beschuldigt hat. Ihr gegenüber hatte er den Mord sofort hinterher zugegeben.
Lisa Schwab tritt in den Zeugenstand, und nun kommt es zur zweiten großen Überraschung.
»Ich habe gelogen, Herr Vorsitzender«, erklärt sie.
»Wie bitte?«
»Leopold hat nie zu mir gesagt, daß er die Kirchers umgebracht hat. Ich habe das erfunden, um mich an ihm zu rächen. Ich habe im Laufe unserer Ehe zu viel durchgemacht. Aber jetzt tut es mir leid. Ich will nicht, daß ein Unschuldiger verurteilt wird.«
Lisa Schwab wird wegen falscher Zeugenaussage verhaftet, doch das löst nicht das Problem. »Ein Unschuldiger«, hat sie gesagt, als sie von ihrem Mann sprach. Und in der Tat bre-

chen die Verdachtsmomente gegen ihn immer mehr zusammen. Leopold Schwab hat sich sehr gut aus der Affäre gezogen, was den Revolver betrifft, und nachdem seine Frau ihn entlastet hat, gibt es keinerlei Beweis mehr gegen ihn.
Der nächste Zeuge ist niemand anderer als Nicklaus Hafner, und das Publikum hält den Atem an. Innerhalb weniger Minuten hat sich die Situation von Grund auf verändert. Der ehemalige Lehrling des Gemischtwarenhändlers ist nicht länger das unglückselige Opfer eines schrecklichen Justizirrtums, sondern mit einem Schlag ebenso verdächtig wie ganz zu Anfang. Wird er jetzt im Zeugenstand zusammenbrechen und die Tat erneut gestehen?
Der Vorsitzende gibt sich alle Mühe und beginnt: »Herr Hafner, Sie sind kürzlich begnadigt worden. Aber selbst wenn Sie sich erneut schuldig bekennen, werden Sie für dasselbe Verbrechen kein zweites Mal bestraft. Andererseits können Sie einen Unschuldigen retten. Antworten Sie mir, Herr Hafner, haben Sie das Ehepaar Kircher ermordet, ja oder nein?«
Nicklaus Hafner scheint restlos durcheinander zu sein. Immer wieder fährt er sich mit der Zunge über die Lippen und blickt sich um, als erwarte er von irgendwoher Rat oder Hilfe.
»Nun, Herr Hafner?«
Die Spannung im Saal ist auf dem Höhepunkt. Selten erlebt man während einer Gerichtsverhandlung Momente von derartiger Intensität. Mit sich überschlagender Stimme und ohne, daß er es wagt, den Vorsitzenden anzusehen, erwidert der junge Mann schließlich: »Ich bin unschuldig. Ich habe Herrn und Frau Kircher nicht umgebracht. Ich habe all das erfunden, weil ich vor der Polizei Angst hatte, und weil ich wollte, daß man von mir spricht.«
Der Vorsitzende unternimmt einen letzten Versuch: »Sie sind nicht wirklich verantwortlich zu machen, Herr Hafner. Sie haben geschossen, weil Sie die Nerven verloren haben, und danach haben Sie den Revolver aus dem Fenster geworfen. Gestehen Sie endlich, und es wird Ihnen nichts geschehen!«

»Nein! Ich habe nichts getan. Ich schwöre es!«
Diesmal gibt es keine Fortsetzung, denn Nicklaus Hafner schweigt von da an.
Doch selbst angesichts dieser Umstände sind die Geschworenen viel zu verunsichert, um zu einem Schuldspruch zu gelangen, und so wird die Anklage gegen Leopold Schwab fallengelassen.
Zwei freie Männer verlassen daraufhin das Nürnberger Justizgebäude, zwei Männer, von denen einer aller Wahrscheinlichkeit nach ein Mörder ist.
Doch bei den Vertretern der Gerichtsbarkeit hatte die Vorsicht gesiegt, denn es ist allemal besser, im Zweifel für den Angeklagten zu entscheiden, statt sich im umgekehrten Sinne zu irren.

Der Mörder mit dem Totenkopf

9. September 1956. Herbert Jones, Leiter einer Backwarenfabrik im schottischen Glasgow, verläßt soeben seine Villa in einem Vorort der Stadt.
Nachdem er seiner fünfundvierzigjährigen Frau Betty einen Kuß auf die Stirn gegeben hat, setzt er sich in seinen Wagen und fährt los. Ein zweiwöchiger Angelurlaub am See von Lomon liegt vor ihm. Eigentlich wollte Herbert Jones seine Frau nicht gern allein lassen, doch sie selbst hat darauf bestanden, daß er, wie geplant, Ferien machte. Sie hat im vergangenen Monat unter Herzbeschwerden gelitten und ist davon noch nicht vollends genesen. Daher kann sie ihn jetzt nicht begleiten.
Herbert Jones ist jedoch nicht allzu beunruhigt, denn außer der siebzehnjährigen Tochter Caroll ist noch seine Schwägerin Sarah da, die sich bereit erklärt hat, während seiner Abwesenheit bei Betty zu bleiben.
Mister Jones kann also unbesorgt aufbrechen. Schon nach einigen Kilometern denkt er nur noch an die vielen Lachse, die er hoffentlich fangen wird. Sobald er am See von Lomon angekommen ist, ruft er Betty an, die ihm versichert, daß alles in Ordnung sei.

17. September 1956, Viertel vor neun Uhr morgens. Tuppence Grove, Haushälterin bei der Familie Jones, ist auf dem Weg zu ihrer Arbeit. Sie geht durch den Garten zur Haustür, doch zu ihrer Verwunderung ist noch alles verschlossen. Sonst ist ihre Chefin um diese Zeit längst auf. Als sie näherkommt, sieht sie, daß einer der Rolläden beschädigt ist und daß eine Fensterscheibe eingeworfen wurde.

Die Haushälterin flüchtet, so schnell sie kann, und ruft die erstbeste Person zu Hilfe, die ihr über den Weg läuft. Es ist der Briefträger, der gerade seine Runde macht.
Gemeinsam kehren sie zum Haus zurück. Der Briefträger geht voran. Drinnen ist alles ruhig.
Tuppence Grove flüstert: »Wir müssen nach oben in den ersten Stock. Dort sind die Schlafzimmer.«
Gefolgt von der Haushälterin steigt der Briefträger vorsichtig die Treppe hinauf. Er stößt eine der Türen auf und weicht sofort zurück. Totenbleich stammelt er: »Zwei Frauen liegen auf dem Bett... überall ist Blut...«
Die Haushälterin wird beinahe ohnmächtig. Und dann schreit sie unvermittelt: »Caroll!«
Trotz ihres Entsetzens rennt sie zum Zimmer des jungen Mädchens. Sie öffnet die Tür... Eine blutüberströmte Gestalt liegt ausgestreckt am Boden. Ein schreckliches, fast unmenschlich klingendes Röcheln ertönt. Dann wird der Körper von einem heftigen Zucken geschüttelt, bis er schließlich reglos liegenbleibt.
Der Briefträger und die Haushälterin stehen wie versteinert auf der Türschwelle. Caroll Jones hat soeben ihren letzten Atemzug getan – ebenso wie ihre Mutter und ihre Tante ist sie brutal ermordet worden.
Kurz darauf findet sich Inspektor Mac Bird am Schauplatz des Verbrechens ein. Er sieht sofort, daß die Opfer aus nächster Nähe erschossen wurden. Während Mrs. Jones und Sarah im Schlaf überrascht worden sind, gibt es im Fall der jungen Caroll Spuren, die auf einen Kampf hindeuten.
Der oder die Mörder sind ins Haus eingedrungen, indem sie zuerst einen der Rolläden aufgebrochen und dann das darunterliegende Fenster eingeschlagen haben. Besonders erstaunt es den Inspektor, daß Diebstahl anscheinend nicht das Motiv für dieses äußerst grausame Verbrechen ist. Nach wie vor liegen einige Geldscheine offen auf einer Kommode herum, und auch der Schmuck von Mrs. Jones befindet sich unberührt in einer Schublade ihres Frisiertisches.

Der Beamte entdeckt verschiedene Indizien oder zumindest Spuren. Der Mörder hat mehrere Zigaretten geraucht und sie hinterher auf dem Fußboden ausgetreten. Leider stammen die Zigarettenstummel von der Marke, die hierzulande am gebräuchlichsten ist. In der Küche finden sich außerdem ein paar geöffnete Fischkonserven.
Für Inspektor Mac Bird beginnt eine schwierige Ermittlungsarbeit, zumal dieses Verbrechen in Glasgow und in ganz Schottland sofort heftige Reaktionen hervorruft. Der Schuldige müsse so schnell wie möglich überführt werden, fordert die Öffentlichkeit.
Doch die Aufgabe ist alles andere als leicht zu bewältigen. Am Tatort sind nirgendwo Fingerabdrücke gefunden worden, und nicht ein einziger Zeuge läßt sich auftreiben. Vor allem aber irritiert das Fehlen jeglichen Motivs. Aufgrund der Indizien könnte das Verbrechen von einem Landstreicher begangen worden sein, wäre da nicht die unbestreitbare Tatsache, daß nichts gestohlen wurde. Handelt es sich also um die Tat eines geistesgestörten Sadisten?
In diesem Moment macht jemand eine Zeugenaussage, die der Affäre eine noch schrecklichere Wendung verleiht. In Inspektor Mac Birds Büro taucht ein Mann mit einem prachtvollen roten Schnauzbart auf. Er erklärt: »Herr Inspektor, ich bin Fährmann auf dem Fluß Clyde, oder anders ausgedrückt: Ich steuere das Fährschiff.«
»Ja, und?«
»Also, am 16. September, am Abend, an dem das Verbrechen geschah, glaube ich, unter den Passagieren Mr. Jones erkannt zu haben.«
Mac Bird ist die Bedeutung dieser Aussage sofort bewußt. Dennoch will er es ganz genau wissen: »In welcher Richtung war das? Von Glasgow kommend oder nach Glasgow?«
»Nach Glasgow, Sir.«
»Wie spät war es?«
»Elf Uhr abends. Es war meine letzte Überfahrt.«
»Und wann ist morgens die erste Überfahrt?«

»Um sechs Uhr früh. Aber ich kann nicht mit Sicherheit sagen, daß es Mister Jones war. Ehrlich gestanden hatte ich an dem Abend reichlich getrunken, und mein Blick war nicht mehr ganz klar.«

Inspektor Mac Bird dankt dem Zeugen und beginnt, aus dem soeben Gehörten seine Schlüsse zu ziehen. Als echter Profi geht er dabei rein analytisch vor, ohne sich von irgendwelchen Emotionen beirren zu lassen...

Um vom See von Lomon nach Glasgow zu gelangen, muß man notgedrungen die Fähre nehmen, die auf dem Fluß Clyde übersetzt. Wenn Jones um dreiundzwanzig Uhr die Fähre nach Glasgow genommen hat und mit der Fähre um sechs Uhr früh zurückgekehrt ist, so hätte er zwischendurch genügend Zeit gehabt, den dreifachen Mord zu begehen und am anderen Morgen zum Frühstück wieder im Hotel zu sein.

Könnte es sich um den Racheakt eines eifersüchtigen Ehemannes handeln? Oder um ein Familiendrama?

Das würde jedenfalls erklären, weshalb nichts gestohlen wurde.

Mac Bird setzt seine Nachforschungen nicht länger in dem Milieu fort, in dem er bis jetzt ermittelt hatte, nämlich in der Glasgower Unterwelt. Statt dessen läßt er erneut Tuppence Grove zu sich kommen, die Haushälterin der Familie Jones.

»Ob Mr. und Mrs. Jones sich gestritten haben, wollen Sie wissen? Nun, vielleicht ein- oder zweimal, aber jedenfalls nicht öfter als andere Ehepaare.«

»Wirkte Mrs. Jones vor ihrer Ermordung irgendwie beunruhigt?«

»Keineswegs, Herr Inspektor.«

»Sie hat Ihnen also nichts von einem Verdacht bezüglich ihres Ehemanns erzählt?«

Die gute Frau wird ganz rot im Gesicht.

»Worauf wollen Sie denn hinaus? Sie glauben doch nicht im Ernst, daß Mr. Jones...? Er hat seine Frau und die kleine Caroll geradezu vergöttert! Oh! Das ist wirklich eine Schande, was Sie da sagen!«

Nun erfährt der Inspektor nichts mehr von der Haushälterin, so sehr er sich auch bemüht. In Tränen aufgelöst verläßt sie sein Büro. Doch der Inspektor ist ein konsequent denkender Mann. Mehrmals verhört er Herbert Jones. Dieser ist zunächst vollkommen niedergeschmettert, verteidigt sich dann aber vehement gegen die Anschuldigungen.
Dennoch gelingt es Mac Bird, beim Ermittlungsrichter zu erreichen, daß gegen Jones offiziell Anklage erhoben wird. Daraufhin wird er unter dem Verdacht, seine Frau, seine Tochter und seine Schwägerin ermordet zu haben, in Untersuchungshaft genommen.
Wie unter solchen Umständen zu erwarten ist, stürzt sich die gesamte schottische Presse auf den Fall und bringt große Schlagzeilen etwa in dem Stil: »Haben wir den monströsesten Verbrecher des Jahrhunderts unter uns? Hat dieser ehrbare Bürger, der in ganz Glasgow bekannt und angesehen ist, wirklich aus unbekanntem Grunde seine Familie massakriert?«
Tagelang nimmt Inspektor Mac Bird den Gefangenen ins Gebet und verhört ihn immer wieder. Doch es kommt nichts dabei heraus. Obwohl Herbert Jones tatsächlich die Möglichkeit gehabt hätte, das Verbrechen zu begehen, kann man nach wie vor nicht das geringste Motiv erkennen.
Da der Inspektor nicht zu beweisen vermag, weshalb dieser als mustergültig geltende Ehemann seine ganze Familie ausgelöscht haben soll, setzt er ihn nach siebenundsechzig Tagen Untersuchungshaft wieder auf freien Fuß.
Als der inzwischen völlig gebrochene Herbert Jones nach Hause kommt, erwartet ihn eine Überraschung. In der Post findet er einen Brief vor, der von einem Rechtsanwalt namens Boole stammt. Dieser schreibt: »Mein Mandant, Alan Murdoch, würde Sie gern in meiner Kanzlei treffen. Er ist im Besitz von wichtigen Informationen, die den Mord betreffen.«
Herbert Jones nimmt mit dem Anwalt Kontakt auf, und kurz darauf findet das Treffen statt. Alan Murdoch ist ein junger

Mann, der noch keine Dreißig sein dürfte. Seine äußere Erscheinung ist so ungewöhnlich, daß man sie bestimmt nicht vergessen wird: Sein Gesicht ist extrem mager, die fast schwarzen Augen liegen tief in den Höhlen, die Wangen wirken eingefallen, und der vorgewölbte Kiefer gibt einen Teil der Zähne frei. Die krausen schwarzen Haare lassen das Gesicht noch hagerer erscheinen. Es sieht aus wie ein Totenkopf, es gibt kein anderes Wort dafür. Tatsächlich, dieser Mann hat einen Totenkopf!

Herbert Jones fühlt sich sehr unbehaglich. Dem Wunsch seines Mandanten entsprechend, zieht sich der Anwalt gleich wieder zurück, damit die beiden Männer sich allein unterhalten können. Alan Murdoch, dessen Stimme sehr sanft, ja, fast weibisch klingt, beginnt: »Ich habe Ihnen einige sehr wichtige Dinge zu sagen, Mr. Jones. Ich kenne den Mörder.«

Herbert Jones springt von seinem Stuhl hoch.

»Wer ist es? Sagen Sie mir seinen Namen!«

Ein Lächeln erscheint auf den fast fleischlosen Lippen des jungen Mannes.

»Ich kann nicht. Ich habe es versprochen. Aber ich bin in der Lage, Ihnen zu beweisen, daß ich nicht lüge. Besagte Person hat mir einige Details verraten. Zum Beispiel waren die Vorhänge im Zimmer Ihrer Tochter rot. In der Mordnacht stand auf ihrem Nachttisch ein Photo, das Ihre Tochter, Sie selbst und Ihre Frau im Badeanzug an einem Strand zeigt. Das Zimmer Ihrer Frau ist ganz in Blau tapeziert. Auf einer Kommode lag ein Nagelnecessaire aus Schildpatt...«

Herbert Jones weicht vor dem anderen zurück, als sei dieser ein gefährliches Tier, eine giftige Schlange.

»Das ist doch nicht möglich! Sie sind selbst dort gewesen! Sie selbst haben es getan!«

Der junge Mann lächelt nach wie vor.

»Aber nein, es handelt sich um eine Person, die ich kenne. Ich sage Ihnen das alles, um Ihnen zu helfen. Damit Sie sich wehren können, falls man Sie erneut beschuldigt.«

Doch Mister Jones hört ihm schon nicht mehr zu. Er stürzt

davon und begibt sich auf schnellstem Wege ins Büro von Inspektor Mac Bird.
»Ich weiß jetzt, wer es getan hat. Ich bin ihm soeben begegnet. Er heißt Alan Murdoch.«
Doch der Beamte zeigt keinerlei Regung. Ruhig erwidert er: »Er war es nicht.«
Herbert Jones bleibt fast der Atem stehen.
»Soll das heißen, daß Sie ihn kennen?«
»Selbstverständlich. Er ist ein Gauner aus Glasgow. Wir haben ihn als einen der ersten in der Sache verhört, aber wir haben rasch gemerkt, daß nichts dahinter ist.«
Umsonst wiederholt Jones gegenüber dem Inspektor, was der junge Mann ihm alles erzählt hat. Mac Bird läßt sich nicht beeindrucken. Als Jones am Ende die Argumente ausgehen, stößt er verzweifelt hervor: »Aber worauf warten Sie denn eigentlich noch? Daß er einen weiteren Mord verübt?«
Mac Bird antwortet nichts. Und ein ganzes Jahr vergeht, ohne daß sich an der Situation etwas ändert.
Am 28. Dezember 1957 nimmt die junge Patricia Wilson den Bus, um sich zu einem Ball zu begeben, wo sie ihren Verlobten treffen will. Als ihre Eltern am anderen Morgen entdecken, daß sie nicht nach Hause gekommen ist, machen sie sich Sorgen und gehen zur Polizei. Die Beamten stoßen bei ihren Nachforschungen auf einige sehr alarmierende Details. Von der Stelle aus, wo das junge Mädchen auf den Bus gewartet hatte, bis zu einem nahegelegenen Wäldchen führt eine Spur, die leicht zu verfolgen ist: In unregelmäßigen Abständen liegen verschiedene persönliche Gegenstände auf dem Boden, wie etwa ein Lippenstift, ein Taschentuch oder ein Schuh. Patricia Wilson selbst jedoch bleibt unauffindbar.
Am Tag danach kommt ein sehr aufgeregter Mann in Inspektor Mac Birds Büro, um eine Aussage zu machen.
»Gestern nacht ist bei uns etwas sehr Seltsames passiert, Herr Inspektor! Meine Frau und ich saßen im Wohnzimmer, und es war ungefähr elf Uhr. Da sahen wir plötzlich ein ganz weißes Gesicht an der Fensterscheibe... Es war einfach

schrecklich! Noch nie zuvor habe ich etwas Derartiges gesehen. Man hätte meinen können, daß es sich um einen Totenkopf handelte! Dieses Gesicht verfolgte jede unserer Bewegungen, doch zum Glück war meine Frau sehr geistesgegenwärtig. Sie hat mir zugerufen: ›George, hol das Gewehr!‹ Und ich habe geantwortet: ›Ja, ich hole es sofort.‹ Dabei haben wir noch nie ein Gewehr besessen. Aber auf der Stelle war das Gesicht hinter der Scheibe wieder verschwunden.«

Der Inspektor will diese Aussage zu Protokoll nehmen, doch der Mann ist noch nicht fertig.

»Das ist noch nicht alles, Herr Inspektor«, fährt er fort. »In dem Haus uns gegenüber wohnt eine Familie Smith, und dort haben wir auch etwas Seltsames bemerkt. Die Rolläden sind nämlich noch immer unten, obwohl unsere Nachbarn sonst sehr früh aufstehen. Vielleicht sind sie ja verreist, aber nach dem Erlebnis heute nacht wollte ich Sie lieber verständigen.«

Eine Viertelstunde später ist Mac Bird am Schauplatz, und sofort hat er eine schlimme Vorahnung. Der beschädigte Rolladen und die eingeschlagene Fensterscheibe rufen unangenehme Erinnerungen in ihm wach. Der Täter ist durch die Küche ins Haus eingedrungen, und genau dort wird die Vorahnung zur Gewißheit, als er die geöffneten Konservendosen sieht und die auf dem Fußboden ausgetretenen Zigaretten...

Während er auf dem Weg zu den Schlafzimmern ist, macht er sich über das, was ihn dort erwartet, keinerlei Illusionen mehr. Tatsächlich bietet sich ihm derselbe schreckliche Anblick wie damals bei den Jones'. Mr. und Mrs. Smith liegen blutüberströmt auf dem Bett. Beide sind aus nächster Nähe erschossen worden. Ihr siebenjähriger Sohn William, der im Nebenzimmer geschlafen hat, ist auf dieselbe Weise zu Tode gekommen.

Diesmal erzittert die ganze Stadt vor Angst. Die Polizei muß endlich handeln! Ein verrückter Mörder treibt in Glasgow sein Unwesen, und man weiß jetzt, daß es nicht Herbert Jones sein kann, der so lange des Mordes an seiner Familie verdächtigt worden war.

Außerdem müssen die Informationen endlich ernst genommen werden, die Jones nach seiner Begegnung mit jenem seltsamen jungen Mann an die Polizei weitergegeben hatte. Alan Murdoch wird verhaftet und verhört.
Als dieser in Inspektor Mac Birds Büro Platz nimmt, antwortet er seelenruhig auf dessen Fragen. Ebenso höflich wie präzise gibt er über alles Auskunft, doch obwohl das Verhör die ganze Nacht dauert, kommt nichts dabei heraus.
Und plötzlich, am frühen Morgen, beginnt er zu sprechen, so als ob das Spiel jetzt lange genug gedauert habe. Mit gleichmütiger Stimme erklärt der junge Mann: »Nun gut, ich werde es Ihnen jetzt sagen. Ich habe die Familien Jones und Smith und das junge Mädchen aus dem Bus getötet. Sie haben sogar noch ein Opfer vergessen: Katy Mac Gregor.«
Der Beamte bemüht sein Gedächtnis... Die siebzehnjährige Katy Mac Gregor war am 5. Januar 1956 bestialisch ermordet worden. Ihr verstümmelter Leichnam wurde auf einem Golfplatz gefunden, doch das Verbrechen konnte niemals aufgeklärt werden.
In völlig unbeteiligtem Tonfall erzählt der junge Mann weiter: »Bei den Jones' bin ich in ein Zimmer gegangen, wo ein junges Mädchen lag. Ich habe ihr einen Fausthieb versetzt, so daß sie das Bewußtsein verlor. Dann bin ich in ein anderes Zimmer gegangen und habe auf die beiden Personen geschossen, die ich dort vorfand. Anschließend hörte ich Geräusche aus dem Zimmer des Mädchens. Sie war wieder zu sich gekommen. Es gab einen kurzen Kampf, in dessen Verlauf ich sie ebenfalls tötete. Was das Mädchen aus dem Bus betrifft, so habe ich mich ihr unbemerkt genähert, während sie wartete. Nachdem ich sie getötet hatte, vergrub ich sie im Wald. Bei den Smith' habe ich es genauso gemacht wie bei den Jones'. Zuerst habe ich den Jungen niedergeschlagen, dann habe ich die Eltern umgebracht und zuletzt den Jungen.«
Erschüttert und vollkommen fassungslos fragt Inspektor Mac Bird schließlich: »Aber warum nur?«

Alan Murdoch schüttelt sein langes, mageres Gesicht. Er scheint nachzudenken, als sei es das erste Mal, daß er sich mit diesem Aspekt befaßt. Am Ende entgegnet er lediglich: »Einfach so. Es war reiner Zufall...«
Das ist alles. Mehr wird man über eine der schrecklichsten Mordserien der Nachkriegszeit niemals in Erfahrung bringen können. Während der Rekonstruktion der Verbrechen legt Alan Murdoch dieselbe unglaubliche Gefühlskälte an den Tag. Er wiederholt die einzelnen Schritte des Tathergangs ohne das geringste Anzeichen einer Emotion. Als der Mord an dem jungen Mädchen vom Bus rekonstruiert wird, zeigt er den Beamten, welche Strecke er damals zurückgelegt hatte. In dem Wäldchen hält er plötzlich an, geht ein paarmal hin und her und bleibt schließlich erneut stehen.
»Hier habe ich sie begraben«, erklärt er. »Ich wette, sie liegt direkt unter meinen Füßen.«
Die Polizisten beginnen zu graben, und tatsächlich: Er hat recht gehabt...

Die Psychiater befinden Alan Murdoch für normal und zurechnungsfähig. Kurz darauf wird das Gerichtsverfahren gegen ihn eröffnet. Angesichts derart schrecklicher Verbrechen ist der Urteilsspruch im voraus klar. Dennoch hält der Prozeß noch einige Überraschungen bereit.
Mitten im Gerichtssaal und unmittelbar vor dem Zeugenauftritt von Herbert Jones entläßt Murdoch seine Verteidiger. Er will seine Verteidigung selbst übernehmen. Die Zuschauer haben ihre Sensation!
Der Vorsitzende versucht, ihn von diesem verheerenden Entschluß wieder abzubringen, doch weder er noch die Anwälte vermögen sich durchzusetzen.
So kommt es, daß Murdoch selbst Herbert Jones als Zeugen befragt, und sofort wird allen klar, worauf er es angelegt hatte. Er beschuldigt plötzlich Mister Jones, seine Familie ermordet zu haben und will ihm auch noch die übrigen Verbrechen in die Schuhe schieben.

Und jetzt entspinnt sich zwischen dem jungen Mann mit dem Totenkopf und jenem, der bereits einmal des Mordes beschuldigt worden ist, ein dramatischer Dialog.
»Als Sie mich damals in der Kanzlei meines Anwalts aufsuchten, haben Sie zugegeben, daß Sie der Täter waren«, attackiert ihn Alan Murdoch.
»Das ist nicht wahr!«
»Sie haben sogar noch gesagt, daß Sie Ihre Tat bereuen.«
»Das ist nicht wahr!«
»Und Sie haben hinzugefügt: ›Ich werde es wieder tun müssen.‹«
»Das ist eine schändliche Lüge!«
Doch Murdochs Taktik konnte die Geschworenen nicht täuschen. Er wurde zum Tode verurteilt und am 11. Juli 1958 gehängt, ohne jemals eine weitere Erklärung für seine Verbrechen gegeben zu haben.
Er nahm sein Geheimnis mit sich und ging in die Kriminalgeschichte als »der Mörder mit dem Totenkopf« ein.

Ein einfacher Telefonanruf

Mai 1936. Joseph Martin lebt zusammen mit seiner Frau Emilie und der zehnjährigen Tochter Juliette auf einem Bauerngut in einem kleinen Dorf an der französisch-schweizerischen Grenze.

Joseph hat zwei Brüder, den älteren Pierre und den jüngeren Michel. Die beiden leben nach wie vor bei den alten Eltern und bewirtschaften gemeinsam mit den anderen die Farm.

Alles geht seinen gewohnten Gang, bis Joseph in der Nacht des 10. Mai jenes Jahres mit unerträglichen Bauchschmerzen erwacht. Da es sich um die rechte Seite handelt, ist es sicher der Blinddarm. Es muß also rasch etwas geschehen. Emilie versucht, einen Arzt aufzutreiben, was jedoch mitten auf dem Lande und zu der Zeit nicht ganz einfach ist.

Der Doktor trifft erst am Morgen ein und diagnostiziert sofort eine schwere Blinddarmentzündung. Joseph wird daher im Krankenwagen nach Genf gebracht, der nächstgelegenen größeren Stadt, wo er auf der Stelle operiert werden soll. Der Arzt hat Emilie gegenüber aus seiner Besorgnis kein Hehl gemacht. Selbst wenn bei der Operation alles gut geht, wird Joseph erst nach Ablauf von weiteren acht Tagen wirklich außer Gefahr sein. Solange darf er keinerlei Besuch empfangen.

Die Operation verläuft problemlos, doch während der folgenden acht Tage muß Emilie nach wie vor um ihn bangen.

Am achten Tag begibt sie sich nach Genf in die Klinik Beauséjour, wo man ihr jetzt endlich gestattet, ihren Mann zu sehen. Es geht ihm sehr viel besser. Das Fieber ist gefallen, was ein gutes Zeichen ist. Die Ärzte machen natürlich noch gewisse Einschränkungen, doch angesichts der robusten

Konstitution des Patienten gibt es allen Grund zu Optimismus. Außerdem ist Joseph selbst durchaus zuversichtlich. Er bittet Emilie, die übrigen Familienangehörigen zu beruhigen, denn er ist sicher, daß er das Ganze gut überstehen wird.

Voller Vertrauen in die Zukunft kehrt Emilie nach Hause zurück. Als sie sich abends zu Bett legt, kann sie zum ersten Mal seit einer Woche wieder richtig schlafen.

Aber ihr Schlaf wird jäh unterbrochen. Mitten in der Nacht klopft jemand heftig an die Haustür. Als sie davon erwacht, glaubt sie zunächst, das nur geträumt zu haben. Dann jedoch wird erneut geklopft und diesmal noch lauter.

Zum Glück ist Emilie eine vorsichtige Natur. Da sie nach Josephs Abtransport in die Klinik nicht allein bleiben wollte, hatte sie ihren jüngeren Schwager Michel gebeten, im Zimmer nebenan zu schlafen. In einem so entlegenen Bauernhaus muß unbedingt ein Mann anwesend sein.

Michel ist ein kräftiger, athletisch gebauter Bursche, wie es im Dorf keinen zweiten gibt. Schon ist er bei ihr. Er hat das Klopfen ebenfalls gehört und hält jetzt einen dicken Knüppel in der Hand.

»Wir müssen nachsehen, Emilie. Vielleicht ist es etwas Ernstes. Sei unbesorgt, es kann nichts passieren!«

Emilie geht die Treppe hinunter. Sie blickt aus dem Fenster und sieht vor dem Haus einen Wagen mit aufgedrehten Scheinwerfern stehen. Was hat das zu bedeuten?

Sie dreht sich zu ihrem Schwager um, und als sie sich erneut vergewissert hat, daß er sie notfalls verteidigen kann, öffnet sie die Tür.

Ein Mann in städtischer Kleidung, mit Anzug und Krawatte, steht draußen.

»Sind Sie die Frau von Joseph Martin?«

»Ja, die bin ich.«

»Ich bin Taxifahrer und komme aus Genf. Es tut mir leid, Madame, aber es geht um Ihren Mann.«

Emilie erwidert nichts. Sie verspürt nur noch eine große innere Leere.

»Die Klinik hat mich telefonisch verständigt. Sein Zustand hat sich sehr verschlechtert, und er möchte Sie sehen, Sie und Ihre Tochter.«
Völlig aufgelöst und einer Ohnmacht nahe zieht Emilie ihre noch halb schlafende Tochter Juliette an. Dann streift sie selbst rasch Rock und Bluse über und läßt sich mit dem Kind in das Taxi fallen, das sofort losfährt.
Erst etwa fünf Minuten später, nachdem der Wagen schon einige Kilometer zurückgelegt hat, beginnt Emilie nachzudenken.
Moment mal, überlegt sie, das ist doch im Grunde unmöglich! Joseph ging es noch vor ein paar Stunden so viel besser. Er hatte kein Fieber mehr und war in so guter Verfassung, daß er jetzt nicht plötzlich im Sterben liegen kann! Und außerdem waren auch die Ärzte voller Zuversicht gewesen.
Unvermittelt ist ihr in dem Taxi sehr unbehaglich zumute. Ihre Umgebung kommt ihr mit einem Mal bedrohlich vor. Vielleicht liegt es an der Dunkelheit. Oder es liegt es an diesem dichten, finsteren Wald mit den vielen Tannen. Und natürlich liegt es auch an dieser einsamen Straße, auf der ihnen bisher nur zwei Autos begegnet sind, ganz zu schweigen von dem Mann am Steuer, der nichts sagt und an den sie nicht das Wort zu richten wagt.
Emilie weiß nicht, was sie davon halten soll. Sie weiß nur, daß sie jetzt Angst hat. Sie ist mit ihrer Tochter mitten in der Nacht allein in einem dunklen Wald, und sie fühlt sich wie in einer Falle. Beschützend drückt sie das Kind an sich, das bleich und stumm neben ihr sitzt und das bestimmt genauso große Angst hat wie sie selbst.
Und so schrecklich es ist: Emilie ertappt sich dabei, wie sie insgeheim hofft, es sei wahr und ihr Mann liege tatsächlich im Sterben! Alles ist besser als das, was ihr und ihrer Tochter womöglich zustoßen wird und woran sie lieber nicht einmal denken mag...
Emilie sieht sich die Straßenschilder an. Es ist wirklich die Strecke, die nach Genf führt und die sie am Morgen selbst

schon zurückgelegt hat. Doch das will nichts heißen. Sie wird erst dann beruhigt sein, wenn die schmiedeeisernen Gitter der Kliniktore vor ihr auftauchen.
Das Taxi erreicht jetzt den Stadtrand von Genf. Es fährt am Bahnhof von Cornavin vorbei, steuert durch die verlassenen Straßen, und endlich ist das Tor der Klinik in Sicht.
Mit einem Schlag ist Emilies Angst gewichen. Doch gleich darauf folgt der nächste Schock. Sie stürzt zur Nachtglocke, und eine verdrießlich wirkende Schwester erscheint.
»Ich bin Madame Martin.«
»Ich weiß. Sie waren ja heute morgen schon hier.«
»Ich möchte zu meinem Mann.«
»Sie wollen um drei Uhr morgens zu Ihrem Mann?«
»Aber er liegt doch im Sterben!«
»Davon kann keine Rede sein. Es geht ihm sehr gut. Als ich vor einer Viertelstunde meine Runde gemacht habe, lag er friedlich schlafend in seinem Bett.«
»Ja, hat die Klinik denn nicht das Taxi für mich bestellt?«
»Kein Mensch hier hat ein Taxi bestellt!«
Emilie dreht sich zu dem Fahrer um, der hinter ihr stehengeblieben ist. Er begreift das Ganze ebensowenig wie sie.
»Aber ich weiß genau, daß man mich angerufen hat! Ich war am Bahnhof gewesen. Kurz nach zwei Uhr kam ein Anruf. Man hat mir gesagt, es handle sich um die Klinik Beauséjour. Sie hätten einen Patienten, der im Sterben liege, und ich müsse dessen Frau und die kleine Tochter holen. Man hat mir den Namen Ihres Mannes genannt und das Dorf, in dem Sie wohnen. Da ich die Gegend kenne, und es gewissermaßen als meine Pflicht betrachtet habe, bin ich sofort losgefahren.«
Der Taxifahrer scheint die Wahrheit zu sagen, und Emilie begreift endlich: Dieser Telefonanruf war dazu bestimmt, sie aus dem Haus zu locken. Und Michel wird anschließend sicher zu seinen Eltern gegangen sein, um diese zu verständigen.
Ohne Geld macht sich Emilie zusammen mit Juliette zu Fuß

auf den Heimweg. Völlig erschöpft passieren sie die Grenze. Auf der französischen Seite hat gerade ein kleines Bistro geöffnet. Am Ende ihrer Kräfte und ihrer Nerven geht sie mit ihrer Tochter hinein, wo die beiden von den Wirtsleuten mißtrauisch betrachtet werden. Schließlich ist es noch ganz früh am Morgen.
Emilie kann jedoch auf einmal nicht mehr an sich halten. Sie erzählt ihnen die ganze schreckliche Geschichte. Der Wirt ist ein wackerer Mann und schlägt vor, sie in seinem Wagen nach Hause zu bringen. Sie fahren los, und eine Viertelstunde später erscheint von weitem der Bauernhof.
Emilie hat sich nicht getäuscht: Überall brennt Licht, und die Fensterläden sind eingeschlagen. Der erste Akt des Dramas hat sein Ende gefunden, und der zweite beginnt, der leider sehr viel tragischer ausgehen wird...

Die Polizei trifft auf dem Bauernhof ein und beginnt mit ersten Ermittlungen. Nachdem er die Fensterläden eingeschlagen hatte, war der Dieb sofort ins Schlafzimmer des Ehepaars Martin gegangen. Dort brach er die Wäschetruhe auf. Er nahm sämtliche Ersparnisse mit und zwar sowohl Bargeld in Höhe von dreitausend Francs als auch diverse Wertpapiere, die sich insgesamt auf fünfzehntausend Francs beliefen. Da der Dieb nichts anderes angerührt hat, beweist das nach Meinung der Polizei, daß er die Räumlichkeiten kannte.
Dennoch führt die erste Zeugenaussage in eine andere Richtung. Gleich am Morgen sucht Michel Martin die Beamten auf. Wie Emilie richtig vermutet hatte, war dieser sofort nach der Abfahrt des Taxis zu seinen Eltern hinübergegangen.
Als Michel das Haus von Joseph und Emilie verließ, bemerkte er einen Wagen. Dieser Wagen war ihm sogar einen Moment lang gefolgt, als habe der Fahrer sich vergewissern wollen, daß Michel sich tatsächlich zu den Eltern begab. Dann drehte der Wagen um. Michel ist überzeugt, das Fahrzeug erkannt zu haben. Es gehört dem Tierarzt, Monsieur Montois.

Diese Zeugenaussage interessiert die Polizei jedoch nicht besonders, oder genauer gesagt, sie gefällt ihr nicht. Monsieur Montois ist nämlich in der Gegend eine ebenso angesehene wie wichtige Persönlichkeit, und jeder weiß, daß er über beste politische Beziehungen verfügt. Wer Montois als Verdächtigen verhört, riskiert seine Karriere, sofern dieser nicht tatsächlich schuldig ist.
Darüber hinaus ist Michel Martins Behauptung nicht sehr glaubwürdig. Zunächst einmal hat er sich sehr leicht irren können. Wie will er sicher sein, in dieser ungewöhnlich dunklen Nacht ein Auto genau erkannt zu haben? Und vor allem stellt sich die Frage, weshalb ausgerechnet ein so angesehener und wohlhabender Mann wie Montois einen Bauernhof bestehlen sollte. Das Ganze ergibt keinen Sinn.
Die Polizei verfolgt diese Fährte daher nicht weiter und kehrt zu ihrer ursprünglichen Vermutung zurück, daß es jemand aus der unmittelbaren Umgebung der Familie Martin sein muß, vielleicht sogar ein Familienmitglied selbst.
Im Dorf kursiert bereits ein Gerücht. Angeblich hat Pierre Martin, Josephs älterer Bruder, den Diebstahl begangen. Er ist so etwas wie das Familienoberhaupt, da der Vater schon sehr alt ist. Falls sein Bruder Joseph gestorben wäre, hätte es sicher Streitigkeiten mit seiner Schwägerin gegeben. So hat er es womöglich vorgezogen, die Dinge selbst in die Hand zu nehmen und sich des Geldes zu bemächtigen.
Ein Bankier in Nyon macht bald darauf der Polizei Mitteilung, daß ein elegant gekleideter Unbekannter versucht habe, Wertpapiere bei ihm einzulösen, bei denen es sich um jene der Familie Martin handeln könne. Leider jedoch nimmt die Polizei diesen Hinweis ebensowenig ernst wie die Dorfbewohner. Und so beginnt der Leidensweg des unglücklichen Pierre .
Überall im Dorf geht man ihm aus dem Weg, ob in den Geschäften oder im Café. Alle Türen werden ihm verschlossen. Man tuschelt , und sobald er auftaucht, schweigt man plötzlich, um erneut zu tuscheln, kaum daß er sich entfernt hat.

Jene Dorfbewohner, die von der Polizei verhört worden sind, machen drohende Gebärden hinter seinem Rücken, wie um ihm zu zeigen: Es ist deine Schuld, wenn andere Unannehmlichkeiten haben. Wann legst du endlich ein Geständnis ab?
Pierre Martin hält dem Druck schließlich nicht länger stand. Er ist im Krieg schwer verwundet worden, und seine Gesundheit ist angegriffen. Am 29. Mai erklärt er seinem Vater, er werde sich umbringen, falls die Gendarmen ihn noch einmal verhören würden.
Die Gendarmen kommen tatsächlich wieder, um ihn zu verhören, und am 30. Mai findet man seinen Leichnam mit gekreuzten Armen auf einer Hochspannungsleitung hängend. Der Telefonanruf hat ihn am Ende das Leben gekostet.
Dennoch ist jetzt jeder von seiner Schuld überzeugt, und sein Selbstmord wird allgemein als Geständnis gewertet. Am Tag der Beerdigung schreibt eine Lokalzeitung: »Die Familie Martin sollte endlich zugeben, daß er schuldig war und daß sie nach wie vor im Besitz der Wertpapiere ist...«
Der Fall wird zu den Akten gelegt und vergessen. Erst im finsteren Kriegsjahr 1942 muß sich die Polizei erneut damit befassen.

Als ein Mann versucht, bei einer Bank in der Region die Wertpapiere einzutauschen, wird der wahre Täter überführt. Er hatte geglaubt, daß nach sechs Jahren inmitten der Kriegswirren diese alte Geschichte längst vergessen sei.
Doch Bankiers sind penible und gründliche Menschen, die alles aufbewahren, so auch die Liste, in der gestohlene Wertpapiere erfaßt sind. Der Schuldige wird verhaftet: Es ist niemand anderer als Monsieur Montois, der Tierarzt.
Als die Polizisten ihn verhören, sind sie sich ihrer Niederlage wohl bewußt.
»Sie kannten doch die Räumlichkeiten überhaupt nicht. Weshalb sind Sie sofort an die Wäschetruhe im Schlafzimmer gegangen?«

»Neun von zehn Bauern bewahren ihre Wertsachen dort auf. Das weiß doch jeder.«
»Aber warum haben Sie es getan?«
Jetzt verrät Monsieur Montois endlich sein Geheimnis: Es heißt Kokain. Er ist süchtig. Er hatte damals dringend Geld gebraucht, egal, auf welche Weise...
Am Ende des Gerichtsprozesses wurde er zu fünf Jahren Gefängnis verurteilt. Außerdem mußte er die gestohlenen Papiere ersetzen und Schadenersatz in Höhe von dreitausend Francs leisten.
Dieser Urteilsspruch fiel verhältnismäßig milde aus, wenn man bedenkt, daß er, wenn auch indirekt, einen Menschen in den Tod getrieben hatte, und das mit Hilfe eines recht ungewöhnlichen Mittels: eines einfachen Telefonanrufs.

Der Herr der Schwerter

22. Oktober 1970, gegen sieben Uhr abends. Dr. Paterson und seine Frau steigen in ihren Wagen oder vielmehr in eines der Fahrzeuge, die sie ihr eigen nennen. An diesem Abend haben sie sich für den Cadillac entschieden.
Fast geräuschlos bewegt sich die Luxuslimousine durch die sandige Allee. Das elektrische Tor öffnet sich vor dem Wagen und schließt sich gleich darauf wieder. Am Steuer sitzt der fünfzigjährige Henry Paterson, ein erfolgreicher Mann von attraktivem Äußeren; neben ihm befindet sich seine Frau Vivian, die nicht nur wegen ihrer teuren Garderobe und ihres kostbaren Schmucks geradezu die Verkörperung von Klasse und Anmut ist.
Dr. Henry Paterson ist einer der wohlhabendsten Männer von Kalifornien, was in diesem Land nicht so ganz einfach ist. Als Augenarzt hat er sich auf die Operation des grauen Stars spezialisiert und genießt aufgrund seiner Fähigkeiten überall hohes Ansehen. Patienten aus ganz Amerika und sogar aus der ganzen Welt kommen zu ihm, um sich in einer seiner Kliniken von ihm operieren zu lassen.
Der sichtbare Beweis dieses immensen Erfolgs ist die Villa, die er vor fünf Jahren auf einem Felsgelände in Santa Cruz, in der Nähe von Los Angeles, hat bauen lassen. Selbst in Kalifornien sieht man nur selten einen derartigen Luxus.
Der Besitz erstreckt sich über die ganze Anhöhe, von der man einen überwältigenden Blick hat. Man sieht kilometerweit bis zur Grenze des Pazifik. Das Haus selbst ist zwar riesig, verliert sich jedoch fast in dem exotischen Park, der es umgibt. Ein kunstvoll geformter Swimmingpool ist die Krönung des Ganzen.

Von seinem Vermögen einmal abgesehen, ist Doktor Paterson aber ein Mann wie jeder andere. Seine Eheschließung mit Vivian, seiner zweiten Frau, hat ihm endlich das ersehnte Glück gebracht. Sie haben zwei Söhne, den zwölfjährigen John und den elfjährigen Derek.
Man kann also tatsächlich sowohl im Geld schwimmen als auch zugleich eine glückliche Familie sein. Bei den Patersons zumindest ist dies der Fall.
An diesem 22. Oktober begibt sich das Ehepaar zu einer Abendeinladung nach Los Angeles. Es handelt sich um eine jener gesellschaftlichen Verpflichtungen, von denen sie leider viel zu viele haben. Bevor sie losgefahren sind, haben sie ihre beiden Söhne zum Abschied umarmt und dem Kindermädchen, Dorothy Rogers, einige Anweisungen gegeben.
Gegen elf Uhr abends, als die Einladung sich dem Ende zuneigt, ruft Dr. Paterson zu Hause an.
»Alles in Ordnung, Dorothy?«
Die Stimme des Kindermädchens klingt vollkommen ruhig: »Alles ist bestens, Dr. Paterson. Die Kinder sind im Bett.«
»Sehr schön. Wir werden ungefähr in einer halben Stunde zurück sein.«
23. Oktober, ein Uhr morgens. Ein Bewohner von Santa Cruz ruft bei der Feuerwehr an: »Hören Sie, dort oben auf dem Hügel, bei den Patersons, scheint es zu brennen...«
Kurz darauf fährt das Feuerwehrauto die Allee zur Villa der Patersons hinauf. Anscheinend ist niemand zu Hause, denn auf das Klingeln der Rettungsleute erfolgt keinerlei Reaktion. Die Männer brechen das Tor auf.
Der Besitz ist so weitläufig, daß es einige Minuten dauert, bis das Feuerwehrauto die Villa erreicht. Unvermittelt stößt der Fahrer einen Fluch aus: Zwei Fahrzeuge stehen mitten in der Allee und versperren den Weg. Zweifellos gehören sie den Patersons. Es handelt sich um einen Rolls-Royce und einen Buick. Aber was bedeutet das? Allem Anschein nach hat man sie mit Absicht dort abgestellt, als eine Art Blockade.
Die Feuerwehrleute verlieren erneut mehrere Minuten Zeit

mit dem Entfernen der Fahrzeuge, und als sie endlich weiterfahren können, sind sie zu Recht äußerst alarmiert.
Schließlich kommen sie vor der Villa an. Der rechte Flügel des Hauses steht in Flammen. Der Feuerwehrhauptmann verteilt seine Männer, die sofort mit den Löscharbeiten beginnen. Er selbst geht um das Haus herum, um nach dem bestmöglichen Zugang zu suchen. Als er jedoch zum Swimmingpool gelangt, bleibt er wie angewurzelt stehen.
Entsetzt starrt er auf das schreckliche Schauspiel, das er jetzt vor Augen hat. Im Pool treiben fünf Leichen auf dem Wasser, zwei davon sind halbwüchsige Knaben...

Am frühen Morgen trifft Sheriff Herbert Rawley zusammen mit einem Trupp von Beamten und einem Polizeiarzt am Schauplatz ein. Die Feuerwehrleute sind nach wie vor damit beschäftigt, die letzten Überreste des Brandes im rechten Flügel der Villa zu löschen.
Die Leichen sind inzwischen aus dem Swimmingpool geholt worden. Der Polizeiarzt untersucht sie und stellt fest, daß Henry Paterson, seine Frau Vivian, ihre beiden Söhne und das Kindermädchen Dorothy Rogers alle durch einen Kopfschuß zu Tode gekommen sind.
Dann jedoch macht der Sheriff eine seltsame Entdeckung. Auf dem Rand des Wasserbeckens liegt eine Tarotkarte, nicht irgendeine Karte dieses Spiels, sondern jene, die den Tod darstellt.
Der Beamte dreht die Karte zwischen seinen Fingern. Die Abbildung zeigt das klassische Symbol für den Tod: ein Skelett mit einer Sense in der Hand...
Auf diese Weise hat der oder die Mörder das Verbrechen gleichsam signieren wollen. Eine seltsame Geste, über die man sich in Kalifornien jedoch nicht wundern darf!
Plötzlich hört Sheriff Rawley lautes Schreien. Einer seiner Beamten versucht, eine etwa dreißigjährige Schwarze vom Schauplatz fortzuziehen. Rawley begreift sofort, daß es sich um die Haushälterin der Patersons handeln muß.

Er geht auf sie zu und führt sie in den Salon der Villa, der von den Flammen nicht berührt wurde. Dann bittet er den Arzt, ihr ein Beruhigungsmittel zu verabreichen, damit sie in der Lage ist, seine Fragen zu beantworten.
Eine Viertelstunde später sitzt er ihr gegenüber. Die junge Frau hat sich von dem furchtbaren Schock noch immer nicht richtig erholt. Ihr ganzer Körper wird von heftigen Zuckungen geschüttelt.
»Oh, es ist so entsetzlich! Mr. und Mrs. Paterson und die beiden Kleinen! Und ich selbst, wenn ich gestern nicht gerade meinen freien Tag gehabt hätte...«
Sehr sanft richtet der Beamte das Wort an sie: »Sie allein können mir jetzt weiterhelfen. Sie wollen doch, daß man denjenigen faßt, der das getan hat, nicht wahr? Ich bitte Sie deshalb, sich zusammenzunehmen und meine Fragen zu beantworten. Wie ist Ihr Name?«
Die junge Frau beruhigt sich ein wenig.
»Jennifer Barnes.«
»Sagen Sie, Miss Barnes, wie viele Autos hatten die Patersons?«
»Drei: einen Cadillac, einen Buick und einen Rolls-Royce.«
Man hatte jedoch im Anwesen der Patersons nur zwei Fahrzeuge gefunden, nämlich jene, die den Feuerwehrleuten den Weg versperrt hatten. Der Mörder muß also mit dem Cadillac geflüchtet sein.
Sheriff Rawley bestürmt die Haushälterin mit weiteren Fragen: »Welche Farbe hat der Wagen?«
»Schwarz.«
»Und ist es das diesjährige Modell?«
»Ja. Mr. Paterson hatte es gerade erst gekauft.«
Erstmals hat der Sheriff etwas Greifbares in der Hand. Er wird unverzüglich den Befehl geben, überall in der Gegend Straßensperren errichten zu lassen.
Jennifer Barnes beginnt wieder zu schluchzen. Die Anstrengung, die sie gemacht hatte, um die Fragen des Beamten zu beantworten, ging über ihre Kräfte. Zwischen zwei Schluch-

zern stößt sie schließlich hervor: »Ich bin sicher, daß das die Hippies waren!«
Herbert Rawley erwidert nichts, doch er hat dieselbe Vermutung. Das schreckliche Verbrechen an Sharon Tate, die in einer Hollywood-Villa nur wenige Kilometer von hier entfernt ermordet wurde, liegt nur vierzehn Monate zurück. Jeder hat dies noch gut in Erinnerung, so daß der Gedanke an eine Querverbindung zur Familie Paterson durchaus naheliegt.
Die Vermutung ist um so wahrscheinlicher, als Raub nicht das Motiv für diese abscheuliche Tat sein kann. Das Haus, oder zumindest der Teil, der von den Flammen nicht zerstört wurde, ist nicht durchwühlt worden. Außerdem trägt Mrs. Paterson nach wie vor all ihren Schmuck, nämlich eine Brillantkette und mehrere Ringe, die alleine schon ein Vermögen wert sind.
Die Fakten würden zusammenpassen: Eine Art Ritualmord, der von irgendeinem Halbverrückten begangen wurde, und die Tarotkarte am Rand des Swimmingpools...
Doch jetzt muß rasch gehandelt werden. Herbert Rawley fährt zurück zu seinem Büro in Santa Cruz und setzt sich mit den Polizeistationen der Umgebung in Verbindung, denen er die Beschreibung des Cadillac durchgibt.
Als er die Polizei von Sacramento anruft, erfährt er eine höchst interessante Neuigkeit.
»Einen schwarzen Cadillac, sagen Sie? Das paßt genau!« sagt der Kollege am anderen Ende der Leitung.
»Haben Sie ihn etwa schon gefunden?«
»Nein, das nicht, aber heute nacht ist in unserem Gebiet ein Mord verübt worden. Ein schwarzer Cadillac hat an einer Tankstelle gehalten und volltanken lassen. Gleich danach hat der Fahrer einen Revolver gezogen und den Tankwart kaltblütig abgeknallt.«
Ein sechstes Opfer! Herbert Rawley hat noch nie mit einem derart ernsten Fall zu tun gehabt.
»Nach dem, was Sie sagen, saß nur ein einzelner Mann in dem Fahrzeug. Kann man da ganz sicher sein?«

In bestimmtem Ton erwidert sein Kollege: »Ja, das ist sicher, denn es gab einen Zeugen, einen anderen Autofahrer, der ebenfalls dort getankt hat. Er behauptet steif und fest, der Fahrer des Cadillac sei allein gewesen. Leider ist seine Beschreibung des Fahrers nicht sehr genau.«
Der Polizeibeamte Rawley bedankt sich und hängt ein. Er verfolgt jetzt die Spur eines der gefährlichsten Mörder: einen Mann, der aus unerfindlichen Gründen eine ganze Familie ausgelöscht hat und der anschließend einen Tankwart umbringt, nur weil dieser sein Gesicht gesehen hat. Er muß um jeden Preis gefaßt werden, bevor er einen weiteren Mord verübt.
Doch Rawley ist zuversichtlich. In Anbetracht des Geisteszustands, in dem sich der Mann zweifellos befindet, wird er aller Wahrscheinlichkeit nach bald eine Dummheit begehen. Zunächst wird er sicher versuchen, das Auto loszuwerden. Sobald man das Fahrzeug entdeckt hat, wird Rawley es Zentimeter für Zentimeter von den Spezialisten untersuchen lassen. Es müßte schon mit dem Teufel zugehen, wenn er dabei nicht auf irgendein brauchbares Indiz stoßen wird. Selbst der vorsichtigste Verbrecher hinterläßt im Innern eines Autos die eine oder andere Spur.
Da klingelt in Rawleys Büro erneut das Telefon. Diesmal ist es die Bahnstation von Sacramento.
»Hallo, Sheriff, hier ist der Bahnhofsvorsteher. Ich hatte vorhin bei der hiesigen Polizei angerufen, aber dort hat man mir gesagt, daß Sie den Fall bearbeiten. Es handelt sich um einen Unglücksfall. Ein Güterzug hat einen Wagen gerammt, der auf dem Gleis stand. Es ist ein schwarzer Cadillac, das diesjährige Modell.«
Rawley ruft aufgeregt in den Hörer hinein: »Und hat der Fahrer im Wagen gesessen?«
Doch der Bahnhofsvorsteher muß ihn enttäuschen.
»Nein. Dem Mechaniker zufolge wurde das Fahrzeug absichtlich auf dem Gleis abgestellt. Der Fahrer wollte den Wagen offensichtlich zerstören, was ihm perfekt gelungen ist.

Es ist so gut wie nichts mehr von dem Cadillac übriggeblieben. Er ist von dem Güterzug mehrere hundert Meter weit fortgeschleudert worden und ging dann in Flammen auf. Das Ding ist nur noch ein Schrotthaufen.«

Zutiefst entmutigt will der Sheriff den Hörer auflegen, doch der andere fügt hinzu: »Eines ist seltsam... Um den Cadillac an die Stelle zu befördern, wo er sich befand, mußte man die Ecke gut kennen. Man kommt nur über einen kleinen Feldweg dorthin, und der ist auf den Karten nicht verzeichnet...«

Der Sheriff hängt ein. Es ist noch keine zwölf Stunden her, daß die Familie Paterson und deren Kindermädchen ermordet worden sind, und seitdem haben sich die Ereignisse überschlagen. Ein weiterer Mord ist geschehen, und der gestohlene Wagen ist vom Täter höchstpersönlich auf meisterliche Weise dem Zugriff der Polizei entzogen worden! Rawley ist sich bewußt, daß er es mit einem sehr ungewöhnlichen Verbrecher zu tun hat.

Er selbst jedoch ist ein logisch denkender Mann, der den geraden Weg bevorzugt. Da der Mörder die Gegend von Sacramento gut zu kennen scheint, wird er den Tarotspieler eben genau dort suchen.

Er beschließt, öffentlich nach Zeugen zu fahnden. Seinen Anweisungen entsprechend, verbreiten die Zeitungen sowie die lokalen Rundfunk- und Fernsehstationen die Nachricht, daß sich alle Personen bei der Polizei melden sollen, die etwas Verdächtiges bemerkt haben…

Die Idee des Sheriffs erweist sich als richtig. Schon am nächsten Tag erscheint ein Mann in der Polizeistation von Sacramento, wo Rawley inzwischen Posten bezogen hat.

Dieser Mann ist der klassische Hippie. Seine leuchtendroten Haare hängen ihm auf die Schultern. Er trägt Jeans und eine Lammfellweste auf der nackten Haut.

Mit großer Zurückhaltung beginnt er das Gespräch mit dem Sheriff. Man sieht sofort, daß er sich überwinden mußte, zur Polizei zu gehen.

»Wissen Sie, ich habe für die Polizei nicht viel übrig«, erklärt er. »Aber ich glaube, daß ich mit Ihnen reden sollte. Burschen wie er schaden uns anderen nur.«
»Burschen wie wer?«
»Harry. Ich kenne nur seinen Vornamen. Er wohnt zusammen mit uns im ›Dorf der Liebe‹.«
Der Sheriff nickt bestätigend. Er kennt das »Dorf der Liebe«. Es handelt sich um ein unbebautes Stück Land am Ortsausgang von Sacramento, wo eine Hippiekommune in Zelten, Caravans und alten Autos lebt.
»Dieser Harry«, fährt der junge Mann fort, »wird von allen ›der Herr der Schwerter‹ genannt. Er hat sich diesen Spitznamen selbst gegeben.«
»Was heißt das: ›Der Herr der Schwerter‹?«
»Das ist eine Karte aus dem Tarotspiel.«
Der Sheriff kann seine Ungeduld nicht länger zügeln.
»Ich bitte Sie, nun reden Sie schon!« fordert er ihn auf.
»Der Bursche ist ganz verrückt nach dem Tarotspiel. Aber für ihn ist es kein Spiel. Für ihn ist es etwas anderes. Er liest die Zukunft daraus oder so. Gelegentlich mache ich mal eine Partie mit ihm, um ihm eine Freude zu bereiten.«
»Und haben Sie gestern abend auch mit ihm gespielt?«
»Ja. Er war in einer seltsamen Verfassung, irgendwie nervös und übererregt. Und mitten während der Partie hat er plötzlich aufgehört zu spielen. Er hatte die Karte des Todes gezogen. Er hielt sie in der Hand und sagte etwas wie: ›Jetzt weiß ich, was ich zu tun habe‹, und dann ist er gegangen.«
Gespannt sieht der Sheriff seinen Gesprächspartner an.
»Weshalb hat er es Ihrer Meinung nach getan? Kannte er die Patersons denn? Gab es einen besonderen Grund, weshalb er sie haßte?«
Der andere zuckt die Schultern.
»Ich weiß es nicht. Es ist Ihr Job, das herauszufinden.«
Rawley beharrt nicht weiter. Im Grunde hat der Hippie recht damit. Das Motiv kommt als letztes.

»Gut«, meint der Sheriff. »Können Sie ihn mir beschreiben?«
»Er ist klein und sehr dunkelhaarig, mehr ein spanischer Typ. Er muß mexikanische Vorfahren haben...«
Die Ermittlungen sind damit fast abgeschlossen. Aufgrund dieser Beschreibung muß man nur noch die entsprechenden Mittel einsetzen, um den Mann aufzuspüren. Rawley schickt Hunderte von Polizeibeamten los, die, mit einer Phantomzeichnung ausgestattet, die Gegend nach ihm durchkämmen.
Eine Woche später wird ein fünfundzwanzigjähriger Mann aufgespürt, der an einem Strand schläft. Er heißt Harry Romero, und er ist mexikanischen Ursprungs.
Als man ihn vor den Sheriff führt, gesteht er sofort.
»Ich mußte es tun. Die Karten haben es mir gesagt. Ich habe immer getan, was mir die Karten sagen. Ich hatte zuerst den ›Herrn der Schwerter‹ gezogen und dann den ›Tod‹. Also mußte ich die Patersons töten. Das war völlig klar.«
Für Herbert Rawley ist es keineswegs klar.
»Aber warum ausgerechnet die Patersons? Was haben sie Ihnen getan?«
Harry Romero, der ›Herr der Schwerter‹, verzieht das Gesicht zu einer finsteren Grimasse.
»Bevor sie diese verdammte Villa da oben hinbauen ließen, wohnte ich auf dem Hügel von Santa Cruz. Ich hatte mir in einer Ruine eine kleine Hütte errichtet. Damals gehörte das Land noch niemandem. Ich tat nichts Böses. Aber wegen der Patersons und ihrem Geld mußte ich verschwinden.«
»Und das ist der einzige Grund, weshalb Sie sie getötet haben?«
Der »Herr der Schwerter« antwortet mit der größten Selbstverständlichkeit: »Natürlich. Und auch wegen der Karten...«
Harry Romero ist nicht verurteilt worden. Die Psychiater haben ihn für unzurechnungsfähig erklärt. Noch heute sitzt er in einer kalifornischen Nervenklinik, und seine Gesellschaft besteht aus dem einzigen, was ihn jemals interessiert hat: seinem Tarotspiel.

Das Rätsel von Sheridan

Wie immer beginnt Inspektor Peter Ashbourne seinen Tagesablauf, indem er die Zeitung entfaltet und die Seite der Lokalnachrichten aufschlägt. Wie immer klopft Wachtmeister Golding drei Minuten später diskret an der Tür und bringt ihm seine Tasse Tee.

»Scheint ein schöner Tag zu werden, Inspektor.«

»In der Tat, Golding! Was gibt es seit gestern Neues?«

»Die Katze von Miss Seagrove ist wieder entwischt. Ich werde gleich hingehen und sie von ihrem Baum herunterholen.«

»Sehr gut, Golding...«

Inspektor Ashbourne nimmt seine Lektüre wieder auf. Mit seinem dichten roten Haar und dem ebenfalls roten Schnurrbart ist er ein recht gutaussehender Mann, obwohl vielleicht ein wenig zu rundlich um den Bauch...

Gewiß, der fast vierzigjährige Inspektor hat bei der Polizei nicht gerade eine glänzende Karriere gemacht. Doch wie hätte es anders sein können, wenn man ausgerechnet in einem Ort wie Sheridan lebt, dieser kleinen Stadt in der Grafschaft Yorkshire, wo nichts, aber auch absolut gar nichts passiert?

Die Probleme kreisen dort in der Regel um Haustiere wie den Kater der alten Miss Seagrove, einem unverbesserlichen Wiederholungstäter...

Was die letzte Rauferei im Pub betrifft, so kann sich der Inspektor schon nicht mehr erinnern, wann das gewesen ist. Dennoch, Inspektor Ashbourne bedauert keineswegs, in Sheridan zu leben. An einem Ort, wo nichts passiert, kann er wenigstens seinen liebgewordenen Gewohnheiten nachgehen. Und Ashbourne, der ein eingefleischter Junggeselle ist, hat seine Gewohnheiten stets über alles andere gestellt.

Erneut klopft es diskret dreimal an der Tür. Es ist Golding. Der Inspektor hebt die Augenbrauen.
»Was gibt es, Golding?«
»Draußen ist eine Dame, Inspektor. Sie besteht darauf, Sie zu sprechen. Sie sagt, es sei dringend.«
»Dringend?«
Peter Ashbourne wiederholt das Wort, als sei es etwas Ungehöriges und meint schließlich: »Nun gut, lassen Sie sie hereinkommen.«
Der Störenfried ist eine Frau um die vierzig, die ein rotes Kleid und einen hellen Regenmantel trägt. Sie wirkt ziemlich aufgeregt.
»Ich muß Ihnen unbedingt erzählen, was mir letzte Nacht passiert ist. Die Sache ist in Wirklichkeit vielleicht nicht so schlimm, aber ich habe trotzdem Angst.«
Inspektor Ashbourne nimmt ein Blatt Papier und einen Stift zur Hand.
»Wollen wir nicht der Reihe nach vorgehen, Madam? Sie heißen?«
»Patricia Lindquist. Ich wohne in der Prestwick Road in Sheridan.«
»Gut. Ich höre, Mrs. Lindquist.«
»Es war gestern abend gegen halb neun. Wie immer nahm ich den Bus von Kingston nach Sheridan zurück. Ein Mann setzte sich mir gegenüber auf die Bank, und ich weiß nicht, wieso, aber ich hatte gleich so ein komisches Gefühl. Er stieg dann an der letzten Haltestelle vor Sheridan aus.«
Patricia Lindquists Stimme überschlägt sich jetzt beinahe: »Die Art, wie er ausgestiegen ist, war so unerhört! Er hat gewartet, bis der Bus hielt und die Tür aufging, und dann ist er ganz plötzlich aufgestanden und hat alle Leute zur Seite gestoßen. Jeder hat gesagt, daß das einfach eine Frechheit sei und daß der Kerl keine Manieren habe...«
»Es ist in der Tat ein Zeichen von schlechter Erziehung, Madam, aber...«
»Warten Sie, das Wichtigste habe ich Ihnen noch nicht er-

zählt. Beim Aufstehen hat der Mann mich am Ellbogen gestreift. Ganz mechanisch bin ich mir danach über den Ärmel meines Mantels gefahren, und da habe ich gesehen, daß er auf einmal blutverschmiert war!«
Die Frau hält dem Inspektor ihren rechten Ärmel hin.
»Hier, sehen Sie! Auf meinem Regenmantel!«
Peter Ashbourne bemerkt einen bräunlichen Fleck auf dem Stoff.
»Tatsächlich...«
Die Frau ihm gegenüber schweigt jetzt. Sie wartet sichtlich darauf, daß er etwas sagt, und da nichts dergleichen geschieht, ergreift sie, diesmal in leicht gereiztem Ton, erneut das Wort: »Nun, was werden Sie jetzt unternehmen?«
»In welcher Angelegenheit, Madam?«
»In bezug auf diesen Mann, natürlich!«
»Hören Sie, Madam, glauben Sie wirklich, es sei Aufgabe der Polizei, Leute zu verfolgen, die bluten?«
Patricia Lindquist wirkt schockiert.
»Er hat nicht geblutet, Inspektor! Er hatte Blut an seiner Kleidung. Das ist etwas ganz anderes!«
Ashbourne seufzt.
»Zugegeben. Können Sie ihn beschreiben?«
»Ehrlich gesagt, nein. Und das ist ja gerade das Schlimme daran. Er las Zeitung, und ich konnte sein Gesicht nicht sehen. Auch als er aufstand, hielt er sich die Zeitung vors Gesicht. Sie werden doch nicht behaupten wollen, das sei normal!«
Obwohl der Inspektor das soeben Gehörte alles andere als interessant findet, wahrt er seinen höflichen Ton.
»Nun, vielen Dank, daß Sie sich herbemüht haben, Madam. Ich werde sehen, was man tun kann...«
Er begleitet Patricia Lindquist hinaus, doch zu seiner Überraschung wartet eine weitere Frau draußen im Gang. Wachtmeister Golding nimmt den Inspektor beiseite. Mehr als verlegen stottert er: »Diese Dame will Sie ebenfalls sprechen. Sie sagt auch, es sei dringend.«

Die zweite Besucherin heißt Pamela Bowes. Sie ist etwas jünger, nämlich etwa um die dreißig, jedoch genauso aufgeregt.
»Sie müssen mich beschützen, Inspektor. Es ist schrecklich: Ich wurde überfallen!«
Als er das Wort »überfallen« vernimmt, ändert sich die Haltung des Inspektors. Daß in Sheridan noch nie etwas passiert ist, heißt schließlich nicht, daß dies ewig so bleiben müsse ...
»Erzählen Sie, Mrs. Bowes.«
»Ich wohne allein in einem Häuschen nicht weit von hier. Dazu muß ich sagen, daß ich seit zwei Jahren geschieden bin. Nun, gestern abend hielt ich mich im Wohnzimmer auf und war dabei, Wäsche zu bügeln. Wie ich es immer mache, wenn ich bügle, ließ ich das Wohnzimmerfenster dabei offen...«
Ein Schauder durchfährt Pamela Bowes.
»Ich sah den Mann nicht kommen. Plötzlich ging das Licht aus, und ich spürte, wie sich jemand auf mich warf. Reflexartig packte ich das Bügeleisen und drückte es auf sein Gesicht. Gleich darauf roch es nach verbranntem Fleisch. Der Mann schrie auf und flüchtete. Danach zitterte ich am ganzen Leib. Schließlich machte ich schnell überall die Fensterläden zu. Ich besitze kein Telefon, und ich wagte nicht, aus dem Haus gehen, bevor es hell wurde.«
»Sind Sie verletzt?«
»Nein. Er hat mich kaum berührt.«
»Aber den Mann muß es im Gesicht ganz schön erwischt haben, nicht wahr?«
»O ja! Ich habe jetzt noch seinen Schrei im Ohr. Er muß sich fürchterlich verbrannt haben!«
Inspektor Ashbourne überlegt einen Moment lang. Er denkt an Patricia Lindquists Aussage zurück. Dieser Unbekannte im Bus, der sich eine Zeitung vors Gesicht hielt, wollte womöglich eine Verletzung verbergen. Aber was bedeutet dann die Sache mit dem Blut? Außerdem hatte der Mann Sheridan nicht etwa auf schnellstem Wege verlassen, nach-

dem sein Überfall mißlungen war, im Gegenteil, er befand sich auf dem Weg dorthin. All das ergibt keinen Sinn. Handelt es sich um ein zufälliges Zusammentreffen von Umständen? Dies scheint die einzig mögliche Erklärung zu sein.
Der Inspektor holt seinen Überzieher.
»Ich werde Sie nach Hause begleiten, Madam.«
In diesem Augenblick wird die Tür seines Büros aufgerissen. Ein junges Mädchen von etwa zwanzig stürzt herein. Hinter ihr taucht ein völlig fassungsloser Golding auf.
»Ich habe versucht, sie daran zu hindern, aber...«
Erbost wendet sich Ashbourne zu dem jungen Mädchen.
»Was soll das bedeuten?«
»Ich muß Sie unbedingt sprechen!«
»Ich bin beschäftigt.«
Das Mädchen sinkt auf einen Stuhl und bricht in Tränen aus.
»Ich flehe Sie an, hören Sie mir zu! Ich kann nicht mehr! Ich bin am Ende meiner Kräfte!«
Der Inspektor stößt einen Seufzer aus. Die Besichtigung von Pamela Bowes' Häuschen hat schließlich Zeit. Er gibt daher letzterer mit einer Handbewegung zu verstehen, sie möge im Gang warten. Nachdem sie das Zimmer verlassen hat, richtet er das Wort an seine dritte Besucherin: »Also? Was ist Ihnen zugestoßen? Und wie heißen Sie überhaupt?«
»Doris Crosby. Das Ganze hat schon vor zwei Monaten begonnen. Eines Nachts hat bei mir das Telefon geklingelt. Es war eine Männerstimme, die ich nicht kannte. Er hat schreckliche Dinge zu mir gesagt, die ich nicht zu wiederholen wage. Einen Monat lang hat er jeden Tag bei mir angerufen.«
»Sie hätten sich gleich an uns wenden sollen.«
»Ich habe mich zu sehr geschämt. Deshalb habe ich lieber die Flucht ergriffen. Ich fragte meine Tante, die in Kingston wohnt, ob ich eine Weile bei ihr bleiben könne, und dann bin ich zu ihr gefahren, ohne jemandem etwas davon zu sagen. Und stellen Sie sich vor, noch am selben Abend ging das Ganze von vorne los... Ich hielt es noch einen Monat bei

meiner Tante aus, bis ich schließlich nach Sheridan zurückgekehrt bin, um vorübergehend bei einer Freundin zu wohnen. Am Abend meiner Ankunft, also gestern, rief er wieder an. Diesmal hat er gesagt: ›Da du nichts von mir wissen willst, werde ich dich umbringen...‹.«
Doris Crosby bricht erneut in Tränen aus.
»Wie macht er das nur? Wie findet er mich nur überall, egal, wohin ich gehe? Ich flehe Sie an, helfen Sie mir!«
Ashbourne murmelt ein paar beruhigende Worte, während er verwirrt seinen prächtigen roten Schnurrbart zwirbelt. Was hat das alles zu bedeuten?
Zuerst ist da dieser angeblich blutverschmierte Mann im Bus, dann dieser geheimnisvolle Angreifer, der von seinem Opfer mit einem Bügeleisen traktiert wurde, und jetzt schließlich diese Verfolgung per Telefon.
Jahrelang war es hier mehr als ruhig gewesen, und unvermittelt hat er es gleich mit drei mysteriösen Ereignissen zu tun, die alle zum selben Zeitpunkt geschehen sind!
Doch wie dem auch sei, der Inspektor wird sich der Reihe nach mit den Dingen befassen. Als erstes wird er das Häuschen von Pamela Bowes in Augenschein nehmen, seiner zweiten Besucherin. Wenn das so weitergeht, wird er den Frauen noch Nummern geben müssen!
Peter Ashbourne weiß nicht, wie recht er damit hat. Er öffnet die Tür seines Büros und stößt einen Schrei aus. Im Gang sitzen fünf oder sechs Frauen – er kommt nicht dazu, sie zu zählen –, die sich bei seinem Anblick gleichzeitig erheben.
Wachtmeister Golding hat sich vollkommen aufgelöst in eine Ecke verzogen.
»Sie wollen alle zu Ihnen, Inspektor, und sie sagen alle, es sei dringend!«
Blitzartig hat Inspektor Ashbourne eine Art Vision. Der auf den Baum gekletterte Kater von Miss Seagrove wartet womöglich schon seit Stunden darauf, daß der diensttuende Beamte ihn herunterholt und protestiert jetzt mit wütendem Miauen gegen solche Vernachlässigung...

Aber was ist mit einem Mal in Sheridan los, der friedlichsten Stadt von ganz Yorkshire?
Tapfer macht sich Inspektor Ashbourne an die Ermittlungsarbeit, doch es kommt nichts dabei heraus. Im Fall von Patricia Lindquist ist es so gut wie unmöglich, Nachforschungen anzustellen. Wie soll man den Mann aus dem Bus finden, den nur sie bemerkt hat? Was Pamela Bowes betrifft, so scheint die Sache ganz im Gegenteil das leichteste von der Welt zu sein. Ein Mann mit einer derartigen Brandwunde im Gesicht wird überall auffallen. So schickt der Inspektor mehrere Beamte los, die Sheridan und seine Umgebung durchkämmen sollen, und er mobilisiert auch die übrige Polizei der Grafschaft. Vergebens. Der Mann mit der Brandwunde im Gesicht scheint verschwunden zu sein.
Am verwirrendsten erweist sich jedoch der letzte Fall, die Geschichte von Doris Crosby. Nachdem er sie aufgefordert hatte, in ihre Wohnung zurückzukehren, ließ der Inspektor ihr Telefon überwachen, und seitdem hat sich der geheimnisvolle Anrufer nie wieder gemeldet. Was die Aussagen der übrigen Bewohner von Sheridan betrifft, so sind diese derart vage, daß sie sich nicht überprüfen lassen.
Fast ein Monat vergeht darüber. Es ist der 13. Mai 1960. Wer würde die einst so friedliche Stadt Sheridan heute wiedererkennen? Im Büro von Inspektor Ashbourne herrscht ein ständiges Kommen und Gehen, denn die Klagen von Frauen, die nachts belästigt oder überfallen worden sind, wollen nicht abreißen. Und die Anspannung unter den Bewohnern der Stadt wächst immer mehr. Man fordert energisches Durchgreifen und sichtbare Resultate. Die Lokalpresse schreibt täglich über irgendwelche mysteriöse Angriffe, und selbst die überregionalen Zeitungen bringen jetzt gelegentlich unter der Rubrik »Vermischtes« einen kurzen Artikel über die Vorgänge in der kleinen Stadt.
Auch Inspektor Ashbourne hat sich mittlerweile sehr verändert! Er hat nichts mehr von dem selbstzufriedenen, genügsamen Junggesellen an sich, als er an diesem 13. Mai sein Büro

betritt. Er hat abgenommen, und seine Züge wirken eingefallen.
Mit verbissener Miene und hartem Blick setzt er sich an seinen Schreibtisch. Als Wachtmeister Golding ihm wie immer seinen Tee bringt, sieht er sofort, daß sein Chef die Zeitung nicht geöffnet hat, was ihn keineswegs verwundert, da die Presse ihn immer heftiger angreift.
»Wollen Sie nicht Ihren Tee trinken, Inspektor?«
Ashbourne erwacht aus seiner düsteren Starre. Er schlägt mit der Faust auf den Tisch.
»So kann das nicht weitergehen, Golding!«
»Ich weiß, Inspektor, aber was soll man machen?«
»Die Leute drehen allmählich durch, Golding! Ich bin inzwischen so gut wie sicher, daß diese ganzen Geschichten reine Erfindungen sind. Aber warum erzählen sie mir so etwas? Und warum alle zur gleichen Zeit?«
Wachtmeister Golding wagt einen Erklärungsversuch.
»Vielleicht aus Langeweile, Inspektor.«
»Ja, vielleicht... Wissen Sie, Golding, langsam wünsche ich mir fast, daß wirklich etwas passiert, egal was, selbst wenn es schlimm ist. Andernfalls greift diese vergiftete Atmosphäre immer mehr um sich, und am Ende verlieren wir dabei noch den Verstand...«
Eine halbe Stunde später soll der Wunsch des Inspektors in Erfüllung gehen. Wie er telefonisch erfährt, hat man soeben die Leiche von Doris Crosby aus dem Kanal gezogen, jenes jungen Mädchens also, das telefonisch belästigt worden war.
Doris Crosby ist ertrunken, wie der Inspektor feststellt, als er, von schweigenden Schaulustigen umgeben, am Schauplatz zu ermitteln beginnt. Sie weist weder Würgemale noch sonstige Verletzungen auf. Hat sie also ihrem Leben selbst ein Ende gemacht, oder hat man sie ins Wasser gestoßen? Genau diese Frage gilt es zu beantworten.
Und wieder führen die Ermittlungen zu keinem Ergebnis. Allem Anschein nach hatte Doris Crosby in der vergangenen Nacht das Haus verlassen und sich in die Nähe des Kanals

begeben, doch hatte niemand in der Gegend etwas Verdächtiges bemerkt. Es bleibt Inspektor Ashbourne also nichts anderes übrig, als auf Selbstmord zu schließen.
Dennoch ändert sich mit dem Tod von Doris Crosby von einem Tag auf den nächsten die gesamte Situation. Wie durch Zauberei hören die Geschichten über nächtliche Überfälle unvermittelt auf. Die Lokalzeitungen beginnen, über andere Dinge zu schreiben. Und in Sheridan breiten sich erneut Ruhe und Frieden aus...
Was also war geschehen? Diese Frage geht Inspektor Ashbourne immer wieder durch den Kopf, als er vierzehn Tage später an seinem Schreibtisch sitzt. Wie soll man diese Art von kollektivem Verfolgungswahn begreifen, der sich so vieler Bewohner der Stadt Sheridan bemächtigt hatte?
Abgesehen von der jungen Doris, die vermutlich unter nervösen Störungen litt, hatten die anderen Geschichten durchaus glaubhaft und vernünftig geklungen. Außerdem hatten sich die betroffenen Personen untereinander nicht gekannt. Sie waren sich nie begegnet. Folglich hatten sie sich gegenseitig auch nicht beeinflussen können.
Es war, als habe seit der Nacht vom 15. auf den 16. Mai irgend etwas in der Luft gelegen, das die Menschen von Grund auf veränderte. Sicher ist dies keine ausreichende Erklärung, doch was soll man sonst sagen? Das, was künftig nur noch »das Rätsel von Sheridan« genannt werden wird, wird sein Geheimnis nie lüften.
Plötzlich wird an die Tür von Ashbournes Büro geklopft. Es ist Golding. Mit leichtem Lächeln sagt er: »Draußen ist eine Dame, Inspektor. Sie sagt, es sei dringend...«
Peter Ashbourne fühlt sich einer Ohnmacht nahe, doch im selben Moment trippelt eine schüchtern wirkende, kleine alte Dame herein.
Ashbourne bricht in Gelächter aus, und Wachtmeister Golding stimmt mit ein.
»Miss Seagrove! Sie wollen mir doch nicht etwa erzählen, daß Ihr Kater noch immer auf dem Baum sitzt?«

Jesus, Maria und Josef!

Adelaïde Mercier ist alles andere als vernünftig. Mit ihren einundachtzig Jahren einen einsamen Bauernhof mitten auf dem Lande zu bewohnen ist äußerst gefährlich, zumal sie fast immer die Tür offenläßt. Wenn ihre Kinder und Enkel sie besuchen, sagen sie immer wieder zu ihr: »Du bist wirklich leichtsinnig, Mutter! Eines Tages wird dir etwas zustoßen, wo du doch dein ganzes Geld hier aufbewahrst!«
Doch die alte Adelaïde bleibt solchen Argumenten gegenüber taub.
»Was soll einer dummen alten Frau wie mir schon zustoßen? Für mich interessiert sich doch niemand. Und außerdem wird meine Stunde ohnehin bald gekommen sein, so oder so...«
Im nächstgelegenen Dorf Clergy, das sich bei Besançon befindet, denken die Leute dasselbe: Die alte Mutter Mercier fordert den Teufel heraus! Jeder weiß, daß sie Ersparnisse hat. Am Ende wird doch noch ein Unglück geschehen...

14. September 1946. Es ist acht Uhr abends. Madame Boisseau, die Nachbarin von Adelaïde Mercier, erreicht den Dorfplatz von Clergy und stürzt ins Café. Bei ihrem Erscheinen wissen die übrigen Gäste sofort, daß etwas passiert sein muß, denn es ist das erste Mal, daß sie den Fuß über diese Schwelle setzt.
»Rasch«, sagt sie aufgeregt, »wir müssen die Gendarmen anrufen. Es geht um Adelaïde... Sie ist überfallen worden. Ich glaube, sie ist tot.«
Eine halbe Stunde später ist die Polizei am Tatort. Nein, Adelaïde Mercier ist nicht tot. Sie liegt mit blutendem Kopf auf dem Steinboden des Wohnraums, doch atmet sie noch.

Schließlich kommt sie sogar wieder zu sich und kann nach und nach erzählen, was geschehen ist.
»Ich kam gerade aus dem Garten zurück. Ich hatte die Haustür nicht verschlossen. Im Wohnzimmer hatte sich ein Mann versteckt. Er schlug mit den Fäusten auf mich ein, und ich schrie: ›Jesus, Maria und Josef!‹ Als ich zu Boden fiel, traktierte er mich mit Fußtritten. Ich habe gerufen: ›Warum schlagen Sie mich? Das ist nicht der Mühe wert, Sie können alles mitnehmen!‹ Aber er hat nicht aufgehört, mich zu treten.«
Einer der Beamten fragt: »Haben Sie ihn wiedererkannt? Haben Sie den Mann früher schon einmal gesehen?«
Mit schwacher Stimme erwidert die alte Frau: »Nein. Es war schon fast dunkel, und ich schalte das elektrische Licht erst so spät wie möglich an, um Strom zu sparen...«
Während das Polizeiauto das Opfer ins Krankenhaus von Besançon bringt, kann die Nachbarin, Madame Boisseau, noch genauere Angaben machen: »Ich hörte Adelaïde schreien. Mein Hund hat sie ebenfalls gehört und angefangen zu bellen. Er hat den Einbrecher schließlich in die Flucht geschlagen. Als ich ins Haus kam, war der Mann schon fort. Es war ihm sicher keine Zeit geblieben, irgend etwas mitzunehmen, außer einem großen Laib Brot, den ich Adelaïde gebracht hatte. Er lag jedenfalls nicht mehr in der Küche.«
Die Gendarmen ziehen sich zurück. Diese Angaben sind präzise genug, um den Schuldigen aufzuspüren. Außerdem hat Wachtmeister Vauquier, der die Ermittlung leitet, bereits eine Idee.
»Es ist jemand aus der Gegend, darauf möchte ich wetten! Also, los geht's. Er kann nicht weit gekommen sein.«
Die Polizisten teilen sich in Zweiergruppen und beginnen, mit Taschenlampen ausgerüstet, die Gegend abzusuchen.
In einer verlassenen Scheune, die etwa fünfhundert Meter vom Hof der Adelaïde Mercier entfernt liegt, zieht sich Lucien Blanchet die Stiefel aus und läßt sich auf sein Strohlager fallen. Er nimmt die bequemste Lage ein und versucht, so

rasch wie möglich einzuschlafen, um zu vergessen, daß er nicht zu Abend gegessen hat.
Lucien Blanchet ist in der Gegend allgemein bekannt. Er ist ein Mann von einfältigem Geist, der keinen festen Wohnsitz hat, sondern sich mal bei diesem, mal bei jenem Bauern als Tagelöhner verdingt. Für ein paar Sous oder ein paar Gläschen Cidre führt er diverse grobe Arbeiten aus.
Im Grunde mögen ihn alle gern. Er gehört zu jenen schlichten und harmlosen Zeitgenossen, wie es sie überall auf dem Lande gibt. Obwohl er schon vierzig ist, hat er noch immer das Gesicht eines jungen Mannes mit seinen kurzgeschorenen Haaren und dem ewigen Lächeln, das einen zahnlosen Oberkiefer enthüllt.
Ja, für ein schlichtes Gemüt reduziert sich das Dasein auf wenige Dinge... Er kann kaum lesen, geschweige denn schreiben, er arbeitet, wenn er Hunger hat, ansonsten bettelt er oder stibitzt ein paar Kartoffeln. Das Wichtigste ist für ihn seine Freiheit und die Möglichkeit, nach Lust und Laune den Ort zu wechseln.
Zu den Dingen, mit denen sich Lucien Blanchets nicht sehr ausgeprägter Verstand ernsthaft beschäftigt hat, gehört der Umgang mit den Gendarmen. Er weiß, daß er Gefahr läuft, wegen Landstreicherei verhaftet zu werden, da er weder einen festen Wohnsitz noch eine regelmäßige Arbeit hat. Eines Tages hat ihm jemand gesagt, die Gendarmen würden ihn in Ruhe lassen, sofern er immer eine gewisse Summe Geld bei sich habe. Deshalb trägt er seitdem stets eine Zehnfrancs-Note in der Tasche.
Unglücklicherweise hat Lucien an diesem 14. September eine Dummheit begangen. Als er abends am Café von Clergy vorbeikam, überfiel ihn ein übermäßiger Durst, und er gab fast sein ganzes Geld für Cidre aus. Reuevoll kramt der Vagabund jetzt in seiner Tasche, in der sich nur noch fünfzig Centimes befinden.
Plötzlich hört er draußen Schritte und Wortfetzen. Als er den Kopf zur Scheune herausstreckt, sieht er zwei aufgeblendete

Taschenlampen sich nähern, was nichts Gutes verheißt. Instinktiv stürzt er ins Freie und ergreift die Flucht. Hinter sich hört er Schreie: »Sie da hinten, bleiben Sie stehen! Bleiben Sie stehen, oder wir schießen!«

Nein, Lucien hat sich nicht getäuscht. Es sind tatsächlich die Gendarmen! Um ihnen zu entkommen, muß er noch schneller laufen, sonst landet er womöglich im Gefängnis.

Jetzt ertönen Schüsse, doch Lucien bleibt nicht stehen, im Gegenteil, er beschleunigt seinen Lauf. Wenn er es bis zum Wald schaffen könnte, wäre er gerettet. Er kennt sich dort gut aus. Doch schon tauchen weitere Gendarmen vor ihm auf. Es ist nicht mehr zu ändern: Man hat ihn geschnappt!

Der Vagabund läßt sich atemlos zu Boden fallen. Während zwei Beamte ihn überwältigen, erklärt er in einem Ton, der selbstsicher klingen soll: »Ich habe nur noch fünfzig Centimes bei mir, aber noch vor einer Stunde hatte ich eine Zehnfrancs-Note, das schwöre ich! Sie brauchen sich nur im Café von Clergy zu erkundigen. Man wird Ihnen dort dasselbe sagen.«

Wachtmeister Vauquier leuchtet ihm mit seiner Taschenlampe ins Gesicht.

»Was soll diese Geschichte von Francs-Noten und Centimes? Hör zu, Bursche, wenn du trotz der Schüsse hinter dir einfach weitergerannt bist, mußt du einen verdammt guten Grund dafür gehabt haben! Also los, wir reden auf der Gendarmerie darüber.«

In Handschellen folgt Blanchet den Polizisten. Er muß klein beigeben, aber er ist jetzt trotzdem ein wenig beruhigt. Sein Mangel an Geld scheint die Gendarmen nicht sehr beeindruckt zu haben, und das ist ein gutes Zeichen.

Auf dem Polizeiposten von Clergy beginnt sofort das Verhör. Lucien ist inzwischen zu Tode erschrocken. Fünf Gendarmen sind um ihn herum und starren ihn an. Und diese vielen Uniformen... Seit seiner Kindheit fürchtet er sich vor Uniformen. Er würde alles dafür geben, in diesem Moment woanders zu sein...

Wachtmeister Vauquier, der Luciens ausgefransten Personalausweis in der Hand hält, richtet das Wort an ihn: »Gut, du hast deine Papiere bei dir, das ist ja schon einmal etwas. Sag, Lucien, ich wette, du hast keine Lust, die ganze Nacht hierzubleiben. Du willst doch genau wie wir, daß die Sache rasch ein Ende hat, nicht wahr?«
Lucien Blanchet lächelt und enthüllt dabei die schwarzen Löcher in seinem Oberkiefer. Das ist zu schön, um wahr zu sein, damit hatte er nicht gerechnet! Im Grunde sind die Gendarmen nicht so schlimm, wie sie tun.
»Oh, ja!« ruft er.
»Also wirst du jetzt brav unsere Fragen beantworten.«
Und Lucien beantwortet brav alle Fragen, wie man ihn geheißen hat.
»Wo hast du dich versteckt, als du auf die alte Mutter Mercier gewartet hast?«
»Nun, ich weiß nicht...«
»Sei vernünftig. Du willst doch, daß wir bald damit fertig sind. War es im Wohnzimmer?«
»Ja, im Wohnzimmer.«
»Und als sie hereinkam, hast du sie mit den Fäusten geschlagen. Und du hast sie auch noch geschlagen, als sie am Boden lag...«
»Ja, genau.«
»Obwohl sie laut geschrien hat. Sie hat gerufen: ›Jesus, Maria und Josef!‹ Sie hat dich gebeten, damit aufzuhören, aber du hast sie weiterhin geschlagen...«
Offensichtlich beeindruckt schüttelt Lucien den Kopf: »Jesus, Maria und Josef!«
»Und dann hast du den Hund von Madame Boisseau bellen gehört, und da hast du Angst bekommen...«
»Ja, ich hatte Angst.«
»Und dann bist du fortgelaufen...«
»Ja, ich bin fortgelaufen.«
»Du konntest nichts anderes mitnehmen als einen Laib Brot, nicht wahr?«

Der Vagabund schüttelt erneut den Kopf und sagt gleichzeitig: »Ja, so ist es.«
Wachtmeister Vauquier lächelt zufrieden.
»Siehst du, es hat gar nicht lange gedauert! Gut, ich lese dir jetzt dein Geständnis noch einmal vor: ›Ich, der unterzeichnete Blanchet, Lucien, geboren am 7. März 1907, erkläre hiermit, daß ich des Nachts bei der besagten Mercier, Adelaïde, eingebrochen bin, mit der Absicht, sie zu bestehlen. Als diese hereinkam, stürzte ich mich auf sie und versetzte ihr mit den Fäusten mehrere Schläge ins Gesicht. Sie fiel hin und rief: ›Jesus, Maria und Josef!‹ und flehte mich an, sie zu verschonen. Dennoch schlug ich weiter auf sie ein, als sie am Boden lag. Durch das Bellen des Hundes von nebenan überrascht, wurde ich von Angst ergriffen und floh, indem ich einen Laib Brot mitnahm‹... Kannst du unterschreiben?«
»Nein.«
»Also mach hier mit deinem rechten Daumen einen Abdruck.«
Lucien Blanchet tut, was man ihm sagt. Er gibt sich sogar redlich Mühe und streckt die Zunge heraus, um den Daumen zu befeuchten. Dann steht er auf und fragt mit seinem strahlenden Lächeln: »Kann ich jetzt gehen?«
Einige der Polizisten brechen in Gelächter aus, während Wachtmeister Vauquier nur die Schultern zuckt.
Einige Wochen später bestätigt der Gefangene Blanchet ohne zu zögern sein Geständnis gegenüber dem Ermittlungsrichter.
»Ja, Herr Richter, so war es. Sie hat gesagt: ›Jesus, Maria und Josef!‹«
Er hält seine Baskenmütze auf den Knien und lächelt wie gewöhnlich. Er würde den Richter gern fragen, wann er endlich gehen kann, aber der Richter ist eine noch bedeutendere Persönlichkeit als die Gendarmen, und so wagt er es nicht.
Am 13. Juli 1947 wird in Besançon der Prozeß gegen Lucien Blanchet eröffnet. Der Vagabund macht große Augen, als er in den Gerichtssaal geführt wird. So viele Uniformen auf

einmal hat er noch nie gesehen: all diese roten und schwarzen Roben...
Fügsam antwortet er auf die Fragen des Vorsitzenden. Mehrere Zeugen werden gehört, und Adelaïde Mercier, die im Rollstuhl erscheint, erklärt, ihn nicht wiederzuerkennen. Doch sie hatte ja bereits ausgesagt, daß sie den Angreifer nicht richtig gesehen hatte.
Der Psychiater meint, der Angeklagte sei zwar geistig minderbemittelt, doch voll verantwortlich für seine Taten.
Lucien Blanchet, der auf der Anklagebank sitzt, schüttelt von Zeit zu Zeit den Kopf und lächelt ohne erkennbaren Grund.
Nachdem der Staatsanwalt eine wortreiche Anklagerede gehalten hat, wendet er sich zum Schluß an den Beschuldigten: »Blanchet, Sie haben Glück, denn Ihr Opfer hat trotz der Schläge, die Sie Madame Mercier versetzt haben, überlebt. Dafür können Sie ihm dankbar sein! Auf die Weise retten Sie nämlich Ihren Kopf! Da es sich hier also nicht um Mord handelt, fordere ich nicht die Todesstrafe, sondern lebenslange Gefängnisstrafe.«
Lucien scheint damit einverstanden zu sein. Er sieht aus, als glaube er tatsächlich, noch einmal Glück gehabt zu haben. Und genauso verhält er sich auch, als der Schuldspruch dann verkündet wird: lebenslanges Gefängnis.
Er lächelt noch einmal in den Saal, eines von jenen zahnlosen Lächeln, das sein Gesicht in zwei Hälften teilt, und dann wird er von den Gendarmen hinausgeführt.

Im Gefängnis von Besançon erweist sich Lucien Blanchet als geradezu mustergültiger Häftling. Er ist sanft wie ein Lamm, doch seine Mitgefangenen versuchen nicht, aus seiner Schwäche Gewinn zu ziehen, denn er ist einfach zu nett und zu zuvorkommend.
Zwei Jahre vergehen. Im September 1949 bittet er einen seiner Zellengenossen: »Sag mal, könntest du für mich einen Brief schreiben? Ich selbst kann nämlich nicht schreiben.«
»Klar, mach ich. An wen?«

»An den Richter. Du mußt ihm sagen, daß ich unschuldig bin. Denn ich habe jetzt genug davon, hier zu sein. Ich will frei sein, verstehst du? Deshalb werden sie mich gehen lassen, und ich verspreche dir, daß ich dir Cidre mitbringe, wenn ich dich besuchen komme.«

Sein Zellengenosse versucht, ein etwas trauriges Lächeln zu verbergen, während er unter Luciens Diktat zu schreiben beginnt. Ja, Lucien ist wirklich unschuldig, ein armes, unschuldiges Individuum.

Der Brief landet auf dem Schreibtisch des Ermittlungsrichters, Monsieur Chevalier, doch nachdem dieser ihn gelesen hat, legt er ihn unter der Rubrik »erledigt« ab. Um sein Gewissen zu beruhigen, hat er sich zuvor noch einmal das Geständnis vorgenommen, das der Verurteilte mit seinem Daumenabdruck unterzeichnet hatte. Alles ist vollkommen in Ordnung, und es gibt nicht den geringsten Grund, den Fall wieder aufzurollen. Außerdem kommt es häufig vor, daß Häftlinge sich während der ersten Gefängnisjahre plötzlich für unschuldig erklären. Um in der Sache etwas zu unternehmen, bedürfte es neuer Fakten.

Und es gibt keine neuen Fakten, zumindest nicht für die Dauer von weiteren zwei Jahren. Denn im Jahre 1951 erhält der Untersuchungsrichter ein seltsames Schreiben. Es stammt aus dem Gefängnis von Chartres. Darin berichtet der Zellengenosse eines gewissen Jérôme Lelong, was dieser ihm anvertraut habe. Der zu sechs Jahren verurteilte Lelong soll sich damit gebrüstet haben, 1946 in Clergy eine alte Frau niedergeschlagen zu haben.

Obwohl einige Zeit vergangen ist, hat Untersuchungsrichter Chevalier jenen Brief aus dem Gefängnis von Besançon nicht vergessen. Er beschließt, den Dingen auf den Grund zu gehen. Rasch entdeckt er zwei wichtige Fakten. Jérôme Lelong ist im Oktober 1946 wegen einfachen Diebstahls verhaftet worden und zwar in Besançon, also ganz in der Nähe von Clergy. Die dortigen Vorfälle lagen zu dem Zeitpunkt zwei Wochen zurück. Darüber hinaus wurde ihm die Strafe,

die er momentan verbüßt, auferlegt, weil er eine alte Frau überfallen hatte, die allein auf einem einsamen Bauernhof lebte.
Monsieur Chevalier läßt Jérôme Lelong in sein Büro bringen. Trotz seiner fünfundzwanzig Jahre ist Lelong bereits ein mit allen Wassern gewaschener Ganove. Der Untersuchungsrichter hat zuviel Erfahrung im Umgang mit Straftätern, um nicht sofort zu erkennen, daß er hier eine harte Nuß zu knacken hat. Andererseits besitzen manche von diesen einen gewissen Sinn für Humor, und das scheint bei Lelong der Fall zu sein.
Schulterzuckend erklärt der junge Gauner: »Ja, Herr Richter, ich habe im Gefängnis zu sehr das Maul aufgerissen. Aber ich bereue es nicht wirklich, denn es gefällt mir nicht, daß so ein armer Schlucker an meiner Stelle zu lebenslänglich verdonnert wurde. Also einverstanden, ich gebe zu, daß ich das damals war in Clergy.«
Dennoch bleibt der Untersuchungsrichter auf der Hut. Falls sich die Unschuld von Lucien Blanchet tatsächlich erweisen sollte, so würde das bedeuten, daß er ein falsches Geständnis abgelegt hatte. Er hat also allen Grund, dem Geständnis von Jérôme Lelong ebenfalls zu mißtrauen.
Andererseits weiß er ein Mittel, um die Wahrheit herauszufinden, ein unfehlbares Mittel...
»Gut«, erklärt er gegenüber Jérôme Lelong, »ich werde eine Rekonstruktion des Tathergangs vor Ort anordnen. Dann werden wir ja sehen...«
Fünf Jahre nach dem schrecklichen Überfall ist Adelaïde Mercier noch immer am Leben. Ein wenig ängstlich empfängt sie den Untersuchungsrichter, die Polizeibeamten und den mit Handschellen gefesselten Gefangenen auf ihrem Bauernhof.
Jérôme Lelong gibt sich gelassen und selbstsicher. Er stößt die Haustür auf und sagt: »Die Tür war nicht verschlossen. Ich ging also hinein, versteckte mich im Wohnraum und wartete. Als die alte Dame auftauchte, stürzte ich mich auf sie

und versetzte ihr ein paar Schläge... oh, nur ein paar ganz leichte Schläge, denn ich wollte sie schließlich nicht umbringen. Trotzdem begann sie laut zu schreien. Immer wieder rief sie: ›Jesus, Maria und Josef!‹ und bat mich, aufzuhören.«

Der Untersuchungsrichter Chevalier gibt nicht viel auf solche Einzelheiten, die man damals überall in der Presse hatte lesen können. Wenn der Mann ein pathologischer Lügner ist, so wird er sich noch genau daran erinnert haben.

»Und was haben Sie danach getan?«

»Ein Hund fing an zu bellen. Ich bekam Angst. Aber ich wollte trotzdem irgend etwas stehlen. Deshalb ging ich in die Küche und nahm einen großen Laib Brot mit.«

»Dann gehen Sie jetzt in die Küche so wie damals!«

Ohne zu zögern öffnet Jérôme Lelong die Tür, die sich auf der linken Seite des Wohnraums befindet und bleibt wie angewurzelt auf der Schwelle stehen. Dahinter ist nicht die Küche, sondern ein kleiner Salon.

Mit ironischem Lächeln öffnet der Untersuchungsrichter eine angrenzende Tür.

»Sie sehen ja wohl selbst, daß Sie uns hier Gott weiß was erzählen. Die Küche ist dort...«

Und tatsächlich erspäht man durch diese Tür eine neueingerichtete Küche.

Doch der Gefangene schüttelt energisch den Kopf.

»Nein, nein, so sehr kann ich mich nicht irren! Die Küche war auf der anderen Seite. Hören Sie, da stand ein Herd, und obenauf lag das Brot. Ich erinnere mich daran, als ob es gestern gewesen wäre...«

Untersuchungsrichter Chevalier schüttelt den Kopf. Jetzt kennt er die Wahrheit. Nach dem Überfall wurde das Haus von Madame Mercier umgebaut. Die ehemalige Küche wurde verlegt und der Raum in einen kleinen Salon verwandelt. Dies konnte niemand wissen. Jérôme Lelong ist also wirklich der Täter, und Lucien Blanchet ist unschuldig.

Der Prozeß gegen Jérôme Lelong beginnt am 30. April 1951.

Lucien Blanchet, der natürlich sofort freigelassen wurde, nimmt ebenfalls daran teil. Er lächelt glückselig. Zum ersten Mal hat er keine Angst vor den Roben der Richter und Anwälte und vor den Uniformen der Polizei.
Man hat ihm gesagt, er könne jetzt wieder leben wie zuvor, und es sei nicht weiter schlimm, wenn er nur fünfzig Centimes in der Tasche habe. In Zukunft werden die Gendarmen ihn in Ruhe lassen, das haben sie ihm geschworen!
Am Ende des Gerichtsverfahrens wird Jérôme Lelong zu neun Jahren Zwangsarbeit verurteilt. Das vergleichsweise milde Strafmaß ist in erster Linie der Tatsache zu verdanken, daß er sich im nachhinein doch noch spontan zu einem Geständnis entschlossen hatte.
Was Lucien Blanchet betrifft, so hat dieser sein Dasein als vagabundierender Tagelöhner in der Gegend von Besançon wiederaufgenommen. Zuvor, und gleich nach Ende des Prozesses, hat er jedoch an Adelaïde Mercier eine kleine Botschaft geschickt, die ein Anwalt für ihn abgefaßt hatte:

Madame,

ich danke Ihnen, daß Sie nicht tot sind. Denn wenn Sie tot wären, so wäre ich selbst jetzt sicher ebenfalls tot.